Michel Quint

Avec des mains cruelles

Gallimard

Cet ouvrage a précédemment paru
aux Éditions Joëlle Losfeld.

Michel Quint est né en 1949. Il a publié une trentaine d'ouvrages (romans noirs, nouvelles, dramatiques et feuilletons radio). Il a reçu le Grand Prix de littérature policière en 1990 et le prix Cinéroman en 2001.

Son roman *Effroyables jardins* a été adapté au cinéma en 2003 par Jean Becker, avec Thierry Lhermitte, Jacques Villeret, André Dussollier et Benoît Magimel. *Aimer à peine*, le deuxième volet d'*Effroyables jardins*, a paru en 2002 aux Éditions Joëlle Losfeld.

Pour Aliette et Gilles,
en cadeau tardif de mariage

Rien n'est advenu ce matin de juin. Rien qui bouleverse le cours du monde, trouble le flot du temps. Nul n'aurait soutenu le contraire sur l'instant. Pourtant, peu avant déjeuner, il se fit un grand massacre dans un lycée, en plein centre de Lille. Hors ceux qui y furent mêlés directement et ceux qui y perdirent le jour, et en gardèrent forcément une mémoire très fugitive, le reste de la ville reçut un écho différé et d'autant plus terrible, en même temps que le pays entier, de la tragédie désormais inévitable.

Pour ma part, la nouvelle m'est parvenue à l'heure des apéritifs dans la rumeur des voitures montant jusqu'à l'unique fenêtre de mon établissement, parmi les débris de conversations abandonnées au fil de mon zinc par des clients émus. Précisons : je tiens un bar. Un rêve de bar. Rien que des eaux minérales, du café et des bières, des bières de toutes sortes. La bâtisse, place de la Déesse, est si étroite qu'elle se confond avec les restaurants qui l'épaulent, leurs murs mitoyens. Modestement, cet endroit est le nombril du monde, ni plus ni moins.

Ceux qui fréquentent la salle en boyau, sans guéridons, au premier, où d'Artagnan a peut-être dormi avant de s'aller faire tuer à Maastricht, ne viennent pas s'asseoir par hasard sur la douzaine de tabourets chromés devant le comptoir du même roux sombre que les lambris. Pour y arriver il faut bien qu'ils aient commerce avec l'univers des songes. Boire chez moi tient d'abord de l'imagination. Même le nom, Dominus, peu se souviennent qu'il est celui d'une bière dont la réclame est restée accrochée sous la gouttière, une plaque ronde, émaillée, avec une couronne d'argent à trois pointes sur fond cramoisi entourée de l'inscription Dominus Bier. Une marque qui n'existe plus depuis la fermeture de la brasserie de mes parents au lendemain de la Seconde Guerre, voire un peu plus tard, vers Courtrai, ou Tournai, c'est selon. Il n'empêche, sans vraiment savoir pourquoi, personne ne m'appelle autrement que Dom, abréviation de Dominus et non de Dominique. Je n'ai rien d'un dimanche, d'un maître non plus, d'ailleurs. Gringalet moyen entre deux âges, vers cinquante, le cheveu assez brun, les traits d'un dont les ancêtres ont pas mal roulé leur bosse, au fond un homme sans qualités, physiquement au moins. De mon véritable nom Athanase Descamps. Ma mère qui avait fait ses humanités espérait me prémunir du trépas avec ce prénom : «celui qui ne meurt pas». Comment lui en vouloir d'avoir ignoré que nul ne craint plus la mort que l'immortel parce qu'il doute de son privilège ? La mort des autres, scandaleuse, inique, qu'aucune morale, aucune religion, aucun combat ne peut justifier, nous ronge aussi la vie, à moi

12

comme à elle, et, disons-le, à tous. Ainsi, ce jour de juin, quand le récit furieux, désordonné, de la tuerie au lycée a fait vaciller la mousse des chopes sur mon zinc, bien sûr c'était le souffle dernier des pauvres victimes qui s'exténuait, vibrait encore à peine dans les mots, et il m'a volé toute la lumière de l'été. Je le sais maintenant.

Jamais Rop Claassens n'aurait imaginé telle réception. Certes pas de tapis rouge dans le vestibule du lycée haussmannien, mais l'incendie du matin par la grand-porte de la cour aux marronniers en fleur, un jeune concierge à sourire tendre et cravate jaune, debout sur le pas de sa loge, et une haie d'élèves, une douzaine, garçons et filles, en frais de tenue, le cheveu au mieux, l'œil solennel, qui se mettent à l'applaudir dès qu'il a posé le pied sur le paillasson. Leurs bravos font un bruit de cathédrale sous le haut plafond à moulures. Et lui qui s'est nippé distrait, sa maigre gueule de grand flahute en éclats de silex pas rasée, la bourrasque blanche de sa tignasse pas coiffée, poussiéreux de la godasse, la sacoche avec son premier Leica cabossé, le Canon numérique, les objectifs, son barda de photographe au long cours bien lourd à son épaule basse! Il se fait l'effet d'un vieux potache déplacé, celui qui, ici même, aux résultats tardifs du bac dérisoire de 68, montrait son cul au proviseur, t'as vu, je l'ai eu, et je t'emmerde! Aujourd'hui, plus de quarante ans après, ça le saisit d'un coup, ils sont beaux ces gamins, pas vingt ans, des espérances plein les mirettes, est-ce qu'on était pareil, est-ce qu'on a tenu nos promesses de rebelles, et il n'est pas sûr d'être digne de leur claire admiration. Déjà qu'il est taiseux d'habitude, là, il fait sa tête de vieux chien, assez retourné du sentiment et bien étonné de son émotion, lève les bras, qu'on arrête de le célébrer, il ne le mérite pas. Ils obéissent, cessent de battre des mains, et une petite dame à la jolie cinquantaine sort de derrière, la prof, un bouquet ambulant dans son tailleur en lin imprimé de géraniums géants. Presque il la cueillerait, timide et révérencieuse, fragile au point que rien que de parler, sa chevelure en Jeanne d'Arc brune vibre et son visage se plisse en pétales écarlates :

— Monsieur Claassens, les élèves de terminale littéraire et moi-même sommes fiers de vous accueillir dans ce lycée qui fut le vôtre pour cet hommage au témoin de l'Histoire que vous êtes devenu.

D'une traite. Les jeunes frémissent, rient poliment, bien convenu le laïus de la prof mais c'est fait, le protocole prévu, on s'en est acquittés ! Déjà ils refluent vers l'escalier, madame, on y va ? Madame a un geste de la main, comme à l'accueil d'un restaurant, ou à des condoléances, Rop pense ça, à une apparitrice de pompes funèbres, et s'en veut :

— Si vous voulez bien nous suivre... Mais vous connaissez le chemin : l'exposition de vos clichés et nos travaux ont été installés dans la salle où vous suiviez autrefois les cours de philosophie. La 322...

Elle montre une flèche de carton pointée sur l'escalier, « Expo Rop Claassens », a une petite moue coquette :

— … j'ai vérifié aux archives de l'établissement l'attribution des locaux l'année où vous avez obtenu le baccalauréat !

Bon, d'accord, Rop fait oui de la tête. Et ils grimpent, ça se bouscule autour de lui pour partager les marches qu'il gravit à la suite de madame, au milieu des petits parfums des demoiselles, les roulements d'épaules des mecs. Impatients et trouillards de ce qu'il va dire de leur travail, faut se frotter à lui, qu'il soit bienveillant, nous casse pas d'une remarque. S'il tourne le regard, les demoiselles clignent de la paupière, minaudent de la poitrine et les garçons font les blasés, qu'au fond on s'en fout, ça compte pas pour le bac l'expo, mais essuient leurs mains à leur T-shirt. Et Rop, vieille bête, ne dit rien, elles ont sorti leurs souliers à talons, se sont maquillées, ils ont choisi le maillot avec une inscription qui leur tient à cœur, *I love personne*, *Pas mort Elvis*. Pour lui. Il le sent et ça l'émeut autant que de revenir aux lieux anciens. D'avant les apocalypses.

Et ainsi ils montent dans le lycée déserté entre l'écrit et l'oral du bac, vers le soleil, au troisième, par la cage d'escalier où résonne le grincement des degrés usés par un bon siècle de souliers traînés. Quand ils sortent sur la dernière galerie ouverte, à barreaudage de fer rigoureux, avec le toit du lycée en casquette, qui dessert les classes comme à chaque étage, tout autour de la cour en puits, Rop voit la cime des arbres, en canopée verte, juste là, qu'on pourrait marcher dessus, qui masque le bitume en bas. Quelques mètres dans la chaleur et la petite troupe stoppe : 322, les chiffres au pochoir sur les briques à hauteur d'épaule n'ont pas changé.

Avant de pousser la porte de la salle, madame se tourne, presque à toucher Rop, lui embrasser la poitrine, lance un regard nettement pédagogique à ses ouailles, qu'ils restent à distance, et souffle :

— Je ne leur ai pas dit que nous nous connaissions d'aussi près... Qu'ils aient l'impression que vous êtes venu seulement à cause de leur lettre d'invitation...

Et elle ouvre sur une salle obscure, allume sans entrer et s'efface, triomphale, que Rop pénètre le premier. Il fait deux pas, ces satanés cours de philo, il avait beau bûcher, tâcher de faire ami-ami avec Descartes et Kant, leurs relations tournaient court, et Bubu, le prof, l'humiliait d'une note qu'il annonçait depuis son bureau avec les doigts, refermés un à un, d'une seule main. Les rigolades des copains, il les entend encore, sitôt le seuil passé. L'odeur poivrée même, de craie et de plancher sec, lui revient. Et sa candeur d'alors. Pourtant, aujourd'hui, dans la pénombre de la classe vidée de son mobilier, aux ouvertures obturées de draps noirs comme un apparat de deuil, ça pue la terre grasse et l'humidité, le fumet d'un champ après un orage de printemps. Encore un pas et il comprend : tout l'espace de l'estrade est occupé par un large charnier reconstitué dans un bac étanche. Des bras décharnés, écorchés, hâlés ou livides, noirs, mutilés, poussent dans cette terre comme des plantes cruelles, des crânes affleurent, les orbites remplies d'eau croupie, des flancs aux côtes saillantes, des mains aux ongles brisés grattent la surface sous une lumière crépusculaire. Au-delà, il devine l'amorce du parcours de visite, toute une série de ses clichés est accrochée dans un labyrinthe de cimaises mobiles. Rop a un haut-le-corps, près de faire demi-tour. Déjà la mauvaise conscience portée en écharpe le fait dégueuler, alors les alibis de la bonne…! Est-ce qu'ils sont contaminés, ces jeunes, insidieusement? Est-ce que ce foutu devoir de mémoire, ce travail, ne prépare pas un terrain fertile aux conflits? *Remember*, souviens-toi, foutaises, on se mithridatise à l'horreur, on se polit l'âme au sanglant, tiens, comme aujourd'hui les unes des magazines aux devantures des kiosques, l'œil glisse sur des poitrines nues, des cuisses ouvertes, personne ne s'offusque ni même n'en conçoit de désir. Du décor tout ça, du décor! Qui devient l'unique réalité au Moyen-Orient, en Afrique, en Colombie…

Tandis que les élèves se faufilent, s'alignent presque, en petits soldats, côté cour, avec des chuchotis, madame est venue à hauteur de Rop :

— Voilà, ils ont travaillé sur votre métier de correspondant de guerre, sur ce que nous disent vos photos des théâtres d'opérations où vous êtes allé… Sur la notion d'information…

Rop ne peut pas s'empêcher de briser net, tout grommeleux, en détournant le regard vers le porte-manteau, où Bubu jetait son pardessus, son imper, bougres de jeunes cons, je ne suis pas venu philosopher sur mon boulot de frimeur et vous délivrer un diplôme de bac option humanitaire :

— J'ai arrêté depuis vingt ans. Et vous me rejouez Timišoara, le charnier roumain bidon, la honte du journalisme? Tout ça pour exécuter sommairement les Ceaucescu avec l'assentiment universel? Mais c'est le monde entier transformé en jeux du cirque où les populations civilisées tournent le pouce vers le bas! C'était en décembre 89 : on connaît la combine désormais! Et cette magnifique demoiselle qui pleure en direct sur tous les écrans qu'on massacre les bébés dans l'hôpital du Koweït où elle travaille, elle déclenche une guerre du Golfe parce que ces cons du Congrès la croient! Or elle est fille d'un ambassadeur aux États-Unis et rentre chez elle en limousine après sa prestation d'actrice! Les mensonges de la presse tuent, madame, aussi sûrement que des armes! Même s'ils tuent des salauds, c'est indigne! Alors n'éduquez pas ces gamins à bidouiller la vérité.

La première fois qu'il ouvre la bouche. Pour mettre par terre l'engagement naissant de ces mômes, douter de leur lucidité face à la part sombre de l'humanité, et à l'instant il s'en veut d'être cynique, de les regarder en petits-bourgeois débutants qui se donnent bonne conscience au chaud, avec des simulacres sans danger, sauf qu'il ne faut pas leur laisser d'illusions :

— Justement parce que...

Et puis à quoi bon expliquer...? Fallait pas venir, voilà tout! Il a un geste maladroit, résigné, allons-y pour la visite. Et devant sa grande figure triste de Quichotte qui ne sait pas où garer ses abattis, le groupe flotte, surtout les garçons, on piétine de déception chez les filles, on tombe de haut, ils ont perçu son recul, pas loin de foutre le camp eux aussi, le mépris du monsieur les douche, Timișoara comment il veut qu'on sache, le Golfe, la guerre de Cent Ans bientôt il faudrait qu'on l'ait faite, et puis le poil se hérisse, tiens si on bousillait tout, lui déchirer ses clichés en face, au moins on rigolerait cinq minutes… Au fond non, allez, c'est bon, les râteaux pleine poire on a l'habitude, on vaut pas tripette.

Et puis une gamine, comment Rop ne l'a-t-il pas distinguée tout de suite, une à fleur de peau, un Rubens blond aux cheveux fous, son visage pointu maquillé fatal, en robe noire à trois sous, trop petite pour toute cette belle chair, une gamine va se planter devant l'ossuaire, dressée sur ses talons éraflés. Elle a pleuré, son rimmel griffe ses joues. Dieu qu'elle est splendide et vulgaire ! Et dure comme une qui en a vu, en colère, à défier Rop, ses yeux turquoise bien en face de ce putain de vieux prétentieux.

Du temps de Rop, d'abord c'était pas mixte le lycée, et réglementé fallait voir, déjà pour les garçons fallait veste, chemise et cravate, pull toléré en hiver, sinon, la porte en attendant une tenue décente, mais chez les jeunes filles la règle était monacale, blouse, blouse, blouse, jamais on n'aurait laissé entrer une telle sensualité, on lui aurait collé un écriteau avec écrit : putain, et renvoyée au trottoir définitif ! Un tel regard par-dessus le marché, non mais !

Madame renifle le *casus belli*, propose sur-le-champ un traité de paix :

— Et si Louise nous servait de guide ?

— Non. M. Claassens va nous conduire, nous raconter ce qu'il a été incapable de photographier, il va nous dire pourquoi ces clichés sont ratés. N'est-ce pas ? On a dessiné le jardin de votre vie, un chemin qui la raconte, on en a bavé des ronds de chapeau, cette terre on l'a montée ici après nos cours, dans des sacs plus lourds que nous, vous

20

croyez que c'était pour vous élever un monument, se sentir bien, se la jouer Kouchner ? On a une seule question : Monsieur, c'est comment la mort des autres ?

Silence immobile, à peine le froissement des respirations serrées, bouche ouverte. Rop plisse les yeux. Celle-là, cette fille mauvais genre, d'où lui vient le culot, et l'incroyable discernement, de mettre ainsi le doigt sur le stigmate, de rouvrir la plaie fermée depuis tant ? Elle a une voix de diseuse, grave, mûre, une voix bleu foncé. Alors, qu'est-ce qu'on décide ?

Machinalement, Rop a sorti son Canon, laisse sa sacoche juste derrière la porte, parmi les sacs à dos, les besaces Longchamp, tout le fourniment des élèves. Pourquoi il tend la main, il ne sait pas, Louise met la sienne dedans et elle lève vers lui son regard maquillé au chagrin, confiante. Il la ramène au lopin de cimetière barbare. Les autres viennent, en ordre dispersé, ne savent pas s'ils ont le droit. Et il laisse couler les émotions anciennes, se met nu devant les gamins écarquillés, rien qu'à cause de Louise, qu'elle a pleuré, et qu'il ne peut pas supporter :

— Transformer l'horreur en spectacle, débusquer la beauté dans l'insupportable, justement pour qu'il devienne supportable, voilà ce que je faisais. Je provoquais, loin, dans les pages glacées des magazines, des indignations convenables. En Afrique, en Amérique du Sud, mes premiers charniers j'en dégueulais au point de merder mes cadrages, de mitrailler sans viser. Les rédacs chefs des hebdos rigolaient quand ils les recevaient…

21

Travail d'amateur… J'ai tout bazardé, tirages et négatifs. Pourtant, peut-être c'étaient mes meilleurs clichés… Parce qu'à l'époque, j'étais encore un homme… Je voyais avec mes yeux. Et peu à peu, c'est l'objectif qui a vu… Je me suis oublié. J'ai perdu ma part d'humanité.

Et Rop entraîne Louise dans le parcours de sa vie. La mauvaise troupe se met en route sur leurs pas, on se presse pour entendre la voix basse, sourde comme si les mots venaient malgré Rop. Évidemment ils ont repiqué les documents sur le Net, photocopié de vieilles publications, pillé des albums d'associations de journalistes, des compilations regroupant les photos de tel ou tel conflit, c'est à chier, mal éclairé de loupiotes à pinces, pourtant aucune galerie ne saisirait autant le cœur, ne dirait cet élan sans préjugés ni admiration factice. Rop arpente lentement, s'arrête devant chaque accrochage, c'était le printemps, l'hiver, on entendait le bruit des armes, j'avais faim, soif, le secteur n'était pas sécurisé, on ne voulait pas me laisser photographier, cette femme hurlant la mort de son fils, c'est bidon, je lui ai demandé de crier parce qu'elle était belle, après elle m'a demandé des sous, proposé… oui, bref, je me souviens de ses lèvres… Regarder le monde en débâcle d'ici, de nos Occidents européen ou américain, c'est considérer un champ de bataille comme une revue militaire depuis un balcon. Nous sommes tous ces courtisanes, ces dames aristocrates Ancien Régime, émoustillées, transportées par les rois sur le théâtre des opérations, qui faisaient salon sur une colline écartée, contemplaient de loin la piétaille en bel uniforme se faire mutiler, éventrer à boulets rouges, jusqu'à en avoir des orgasmes d'horreur. Oh oui, Dieu, la guerre est toujours jolie ! Là on nous canarde, ce cadavre je le shoote à la sauvette, plus loin un gamin en uniforme avait les pieds dans un torrent, du soleil plein les cheveux, j'ai vu le dormeur du val en vrai et pas pu prendre la photo...

Rop dit ses manques, les taches invisibles à sa fierté, ses frustrations, les terribles coups de hasard restés gravés au fer bien profond, quand il saisit le dernier regard d'un petit Biafrais mort de faim la seconde d'après, les fois où il shoote trop tôt, trop tard, pris entre deux tirs, surtout se mettre à couvert, pas pisser dans son froc :

— ... Un cliché représente surtout celui qui appuie sur le déclencheur... Le témoignage n'est pas dans ce qui figure à l'intérieur du cadre mais dans l'émotion du photographe. Je n'aurais dû publier que des instantanés flous de chialer devant des corps suppliciés ou douloureux... Et j'ai photographié froidement ce qu'on attendait d'horrible domestiqué, réduit par ma technique, du pathétique mondain, pas la véritable barbarie. J'aurais dû me shooter moi-même, en larmes, au bord de foutre le camp de trouille, moche et lâche, avec la gueule distraite des assassins ordinaires, les yeux ailleurs, là oui, je disais juste ! Montrer une victime c'est facile, montrer ce qui reste d'homme, d'enfant, même dans un bourreau, ou un témoin silencieux, impuissant, s'il y demeure trace d'humanité, j'ai pas réussi... Regardez-moi ces femmes, ces hommes, s'ils sont beaux de souffrance ! À un point inconvenant ! Comprenez : j'en étais à appeler la guerre de mes vœux, à surveiller le moindre incident de frontière et prier qu'il dégénère, rester chez moi ici, en France, je ne pouvais pas, fallait le sang, j'étais sur place avant tout le monde, je repérais des sites grandioses ou sordides avec l'espoir qu'ils soient le théâtre d'un événement, putain, un attentat avec ce souk, ou bien cette ligne de montagnes, cette mosquée, en arrière-plan, j'aurais presque posé la bombe moi-même pour ne pas rater la photo ! Le bon droit, la machine politique, la cruauté appliquée à des populations sans défense, je laissais à d'autres, je m'en lavais les mains...

Au bout du parcours, le dernier document montre le baiser d'un jeune couple, juché sur le mur de Berlin, au milieu d'une chenille humaine à califourchon sur le faîte, dans la vapeur des haleines de furieux qui attaquent les moellons à la pioche, juste sous eux. Derrière, les uniformes ont les yeux vides. C'est la nuit et les projecteurs de surveillance les éclairent de face comme pour un numéro de music-hall. Et puis une photo prise sur la crête du mur, dans l'axe, avec, presque hors champ à droite, une fille mince, en débardeur orange, le cheveu court bouffé de lumière à contre-jour, qui souffle un baiser sur sa paume ouverte, en direction de l'objectif. Rop effleure son visage du doigt, comme s'il lui caressait les lèvres, et sa voix est plus basse encore, si possible :

— En 89, le mur de Berlin est tombé, démoli à la main, j'ai cru à un signe de réconciliation universelle, que les guerres allaient finir. On n'était plus obligé de choisir le camp américain ou le soviétique, on désarmait, la guerre froide avait gelé, on vivrait une paix universelle, celle rêvée par les anarchistes, les Proudhon, les Reclus... Je n'avais pas compris que seule la guerre était désormais possible. Pauvre con...

Maintenant ils sont assis par terre, Rop adossé au charnier, les petits en fatras alentour, enlacés, le bras à une épaule, penchés contre une poitrine, affalés sur place, leurs élégances au diable, mais tous le front levé, et leurs larmes ils s'en foutent, s'essuient le nez d'un coup de manche, les yeux de leurs paumes ouvertes, et les filles ont le malheur griffonné au mascara en travers des joues, comme Louise. Un bouclé bien noir de poil, un éphèbe Renaissance, est venu se mettre en tailleur contre elle, poser une main à sa cuisse. Madame est restée debout près de la porte, aussi droite que les fleurs de son tailleur, lèvres entrouvertes, respiration suspendue. Claassens s'arrête devant une série de regards vides, en gros plan, mangés de mouches :

— À Sabra et Chatila, en 82, les phalangistes des milices chrétiennes ont massacré des réfugiés palestiniens, entre neuf cents victimes et trois mille, ça en fait des cadavres aux yeux ouverts. Les forces de l'ONU venaient de quitter Beyrouth après l'assassinat de Gemayel, le chef des phalanges, Israël et Sharon ont regardé ailleurs... Mes premiers morts en Afrique étaient des enfants, exécutés par une autre milice, peu importe laquelle, des fanatisés drogués à peine plus vieux que les élèves, sur le terrain où ils jouaient, derrière leur case-école, dans un village de brousse. Une fosse avait été creusée mais pas assez profonde, des pluies de déluge équatorial avaient tout raviné et les petits cadavres étaient remontés, comme s'ils voulaient revenir. En supplément de barbarie, la balançoire, leur seul luxe, une connerie offerte par un donateur européen, mais qui était leur fierté, cette balançoire avait été enterrée avec eux et dépassait de la terre remuée. Il ne manque qu'elle à votre installation. Les restes humains, tels que vous les avez recréés, demi-enfouis, ici, dans la classe où j'étais élève, c'est le destin des hommes résumé...

«Voilà, aujourd'hui je peux photographier l'inhumain, sans tricher... La mort violente des autres, celle des campagnes ravagées, des villes bombardées, des camps de réfugiés oubliés, elle s'inscrit en nous, elle nous boursoufle ou nous dessèche, nous pourrit, jusqu'à ne plus laisser d'apparent qu'une sorte de négatif, un macchabée de carnaval qui traverse la lumière avec toutes les apparences du vivant... Vous avez vu des tableaux de Francis Bacon? Nos visages ne sont que des masques de la mort! Elle est dessous, même sous les sourires les plus séduisants...

Et il lève la main qui tient le Canon, déclenche, au jugé, zzz, zzz, zzz, saisit les visages des petits, mâchucrés de douleur.

En bas, au profond de l'entrée principale une porte a claqué, sèchement, dont l'écho d'explosion roule aux galeries de la cour. Et un cri, long, noir, de femme. Tout de suite madame sort, on la voit se pencher par-dessus la balustrade, tâcher de percer le toit des marronniers, puis elle crie, Monsieur Daoudi, Monsieur Daoudi, et, dans les intervalles de ses appels, nettement, on entend approcher, amplifié par la cage d'escalier, un tam-tam féroce de marches avalées quatre à quatre. Madame se redresse, tourne la tête vers sa droite, parle à quelqu'un surgi sur la galerie, invisible de la classe :

— Mais… Qu'est-ce que… ? L'expo n'est ouverte qu'à compter de cet après-midi jusqu'aux oraux…

— Jusqu'à Zorro ? Eh ben Zorro est arrivé et il la ferme ton expo, tout de suite !

La détonation fait s'envoler les moineaux, les pigeons perchés aux gouttières, dans la classe tous se pétrifient, et l'objectif de Rop capte l'instant immobile où la mort rouge couvre le visage de madame. Puis, immédiatement, en même temps que les lycéens hurlent, la silhouette à contre-jour d'un zoulou en jean, rangers astiquées impeccable, et veste de treillis. Pas géant, pas un combattant hollywoodien, juste un gamin maigriot ingrat de figure, ciré de sueur, coiffé à la Tintin, ras à minuscule toupet, mais l'œil orageux, qui braque un fusil à pompe :

— Toi, le vieux, tu bouges pas une patte ! Moi aussi j'ai un canon ! Qui tire plus vite que le tien !

Et il a un toussotement de rire :

— C'est pas un Kodak au moins ? Parce que là, ma blague marchrait plus… !

Rop a baissé son appareil, au ralenti, la marque Canon bien visible pour saluer le jeu de mots. Des situations critiques pareilles, il a vécu, des énergumènes des armées parallèles, dopés à la mort, prêts à se payer un petit carnage de plaisir, il a vu, et sait qu'il reste une chance de survie pour le groupe si le gamin n'a pas fusillé dès son entrée. Parfois c'étaient des gosses, clope au bec, Kalach pointée, et le risque était plus redoutable encore. Mais c'était en des lieux et des temps mangés de violence gratuite, sans règles sinon sauvages, loin des simples mécanismes de la cruauté intermittente dans un pays en paix... Il faut calmer les petits, qu'ils ne paniquent pas, voir ce que veut exactement ce zèbre qui ne tire pas dans le tas comme à Columbine, ou en Finlande, à Stuttgart, tous ces massacres de plaisir immédiat, pour être reconnu important dans une société de consommation, celui-ci n'est pas du genre pubertaire qui tue les copains d'école, pour l'heure il a juste éliminé deux obstacles, il veut obtenir quelque chose qui vaut au moins un mort, possible deux... Rop, pas héroïque pour un sou, juste envie de connaître les enjeux, ouvre la bouche mais pas le temps, Louise est debout depuis l'irruption de l'énergumène, droite, vulgaire tout à coup, matrone de faubourg, la hanche brutale, l'œil foudroyant, la main qui démange de torgnoler ce moutard insupportable :

— Géry, qu'est-ce que t'as fait... ?

— J'ai tenu mes promesses. Tout le contraire de toi.

Vingt-cinq ans à tout casser, une voix sombre, des intonations, des tournures de Lille Sud, sans pathos, déterminées. Clairement un bidasse de métier, même pas saoul, mais dangereux de jalousie, maintenant on le devine, incapable désormais de sortir de ses paysages intérieurs. Louise va à lui, presque à toucher la gueule du fusil :

— Tu veux quoi ? Des sous ? Une bagnole ?

T'aurais pas pu voler une banque ou la caisse de ton foutu régiment ? Et puis pour aller où ? Demain, dans un mois, à supposer que tu sortes d'ici, tu te feras choper et tu prendras la prison à vie...

— Je te veux toi. Rien d'autre.

Nous y voici donc. À cette balance démesurée, toujours penchée, où aucun souffle, aucune lumière vivante ne peut équilibrer l'amour de Louise. Géry pourrait exécuter la terre entière, le destin de Louise pèserait toujours plus lourd.

— Compte là-dessus, bois de l'eau ! Tu me toucheras jamais plus.

On voit bien qu'elle tremble, toute crâneuse qu'elle est, qu'elle parle droit devant, par habitude de rabrouer, ne pas se laisser faire, parce qu'elle est un chien méchant, mais elle connaît aussi l'ostrogoth, qu'il est buté, vient du même monde qu'elle où la civilisation n'a pas cours, la vie pas de prix, et que jamais elle n'aurait dû le laisser croire à des horizons domestiques ensemble, à du quotidien doré.

— Alors je vais tuer tout le monde, et puis toi et moi après. Le concierge, la prof, je suis plus à un mort près.

Simple, lapidaire. Sans haine ni émotion. Deux meurtres donc, déjà. Le petit troupeau serré gémit, on tâche de reculer sur les fesses à l'abri des panneaux d'exposition, sans se lever, ça piaille, ça sanglote, on se raccroche aux manches des autres. Géry manœuvre juste la pompe de son fusil, clac clac, tout s'immobilise et Rop pense à l'occasion ratée, il n'avait pas réarmé après avoir tiré sur madame, il suffisait de lui sauter dessus, c'était jouable... Décidément, il n'est bon à rien...

29

— Stop! Ou bien j'en dézingue un au hasard! Sauf si tu me dis c'est qui ton mec, ton nouveau, celui-là que tu reviens du lycée avec, celui que t'habites chez lui au lieu de coucher chez nous...

— Pour que tu le tues? Toute façon il est pas dans ma classe!

— Me prends pas pour un con. Et recule...

Louise obéit, fait marche arrière jusqu'à buter contre le charnier. Géry passe en revue du regard les cinq garçons, les évalue, s'attarde sur le *ragazzo* aux boucles noires :

— ... On va faire autrement : mes petits bourges, c'est lequel de vous qui s'envoie Louise pendant que moi je suis à en chier avec mon bataillon, ma vie pour pas une thune, à patrouiller au fin fond de l'Afrique? Il se dénonce le joli cœur, bon, je lui crache dessus, que ça, mon mépris, et je me casse avec Louise, je touche à personne... T'en penses quoi, Louise, c'est un deal honnête, non...? Tout le monde a la vie sauve... Maintenant faut voir si ton monsieur a les couilles de croire à ma parole... Sinon, dans une heure pile, tu y passes en premier, juste avant moi... T'es qui toi, le frisé...?

— David...

— Et toi?

— Karim...

— Maxime...

— Olivier...

— Jérémie...

À chaque prénom, Géry a fixé un instant le gamin paniqué avant de considérer le suivant, qu'il se présente. Ils ont la voix blanche, l'œil incrédule, comme s'ils nommaient d'autres lycéens.

Il fait maintenant une chaleur rouge, de celles du Nord, traversées des vols fous de bêtes d'orage, moites à faire pousser des palmiers. Rop écoute la rumeur d'en bas, le lamento de mort a cessé. Bien sûr, la police arrive, une brigade d'intervention débarque, les gros moyens se déploient déjà. Des frôlements, des pas précipités, la sonorité d'un talkie, aucun doute... Et les badauds sur les trottoirs alentour commencent de lever les yeux, de chercher derrière quelle fenêtre se déroule le drame. Ils se mordent le poing et utilisent leur téléphone portable pour prendre des photos inutiles. Rop, avec la conscience de conjurer la panique par un dérapage, un fil en aiguille de la mémoire, repense à la bande à Bonnot en 1912, aux deux sièges que les anarchistes ont soutenu avant de mourir sous une débauche de balles et de dynamite. Bonnot et Dubois, puis Valet et Garnier. Des pacifistes venus au crime pour la bonne cause. Deux fois deux hommes vaincus par des maladroits, la criminelle et l'armée, qui auraient fait sauter tout Choisy-le-Roi et Nogent pour sauver la face devant l'opinion publique assemblée. Les familles étaient accourues assister à la curée, enfants et dames compris. On posait pour les reporters ! Toute la presse de l'époque y était, y compris Colette, l'écrivain, l'amoureuse des chats et des vrilles de la vigne... Quand même, même si Géry a tué, s'il fait commerce ordinaire de guerres inavouables, post-coloniales, s'il est un assassin toléré, qui oserait aujourd'hui donner l'assaut de façon aussi radicale ? Ceux qui commencent à se poster derrière l'arête du toit, côté opposé du bâtiment, ne savent pas le pourquoi du carnage, croient sûrement à une action terroriste et ils sont sans états d'âme, un mot et ils mitraillent en snipers, une balle doit suffire, après c'est du gâchis… Rop croise le regard de Géry qui tend aussi l'oreille et sans sortir hurle par la porte, pas d'émotion, pas de crainte, juste fort, qu'on le comprenne bien :

— Eh, bande de flics ! J'ai treize otages… Je veux une voiture devant l'entrée à midi pétant ! À prendre ou à laisser ! Si vous attaquez, vous m'aurez mais je m'en irai pas seul !

Et puis il se retourne vers la petite troupe terrorisée, Louise livide et Rop qui ne cille pas :

— Maintenant, même si c'est déjà trop tard, faudrait répondre à ma question. On n'a pas toute la vie…

Et il fait signe de son fusil : tout le monde bien rangé contre le mur côté cour.

— … Pas toi, Louise ! Toi tu restes là, près de votre joli cimetière, plus près de la porte, encore, qu'ils se rincent l'œil à tes fesses, les bouffons du GIGN… Voilà… T'es mon bouclier vivant…

Sur la coursive, en plein soleil, les géraniums rouges fanent au tailleur de madame, comme des fleurs vite coupées.

On s'installe ainsi, assis en rang d'oignons dans la demi- lumière de serre tropicale, sous les fenêtres de la galerie, Géry en face, hors de vue, les otages et la porte, Louise entre deux, également dans sa ligne de mire et celle du groupe d'intervention. À écouter le dispositif policier finir de se mettre en place, les sirènes dans les rues autour, les courses brèves, d'abri en abri, comme dans toute guérilla urbaine… Et il semble à Rop que ses photos exposées ont produit cet effet d'amener la mort en ce lieu où elle n'était que théorique au travers du cours de Bubu autrefois, suicide stoïcien, existentialiste, la douleur provoquée par les tortures orientales, la violence comme victoire sur le temps, raccourci évitant le discours. Géry commence une sorte de mélopée, bas, presque à l'oreille de Louise, avec juste un mot, une expression qui déborde parfois, rebondit comme une goutte d'eau bouillante jusqu'aux autres. Bien sûr l'amour, on était tiots, ta mère, les types, qui c'est le seul qui, et les meubles, hein, les meubles que je t'ai mise dedans, me faire ça à moi, je passe pour qui, déserter c'est pas rien, allez viens, viens… Tous les petits regardent Louise amollie, une sorte de diva en coulisses, son profil voluptueux, un peu gras, découpé net par la lumière crue qui vient de la porte, une main pressée contre la bouche, parfois agitée de soupirs, regard au sol, quelquefois vaguement sur Géry, comme à l'amorce d'une route lointaine, et elle secoue la tête, non, non, non…

Au bout d'un moment, au milieu des suppliques intimes de Géry, un mégaphone a retenti, divisionnaire Bernard Libert, le dialogue se fera avec lui, exclusivement. Il a répété un numéro de portable, on négocierait par ce canal. Géry a noté les chiffres du doigt dans la terre mouillée du charnier et continué ses incantations dérisoires. Même pas pris le téléphone que lui tendait David. Mais il a des mouvements d'animal sur le qui-vive, secs, l'œil arrondi, fixe une demi-seconde, nez levé, oreille tendue. Rop a suivi beaucoup de soldats dans des zones non sécurisées et tous étaient dans cet état d'alerte sensorielle, presque à la chair de poule. Comme Géry. À ce stade rien ne passe plus par le cerveau, l'arc réflexe de la moelle épinière prend les décisions, on court, on saute, on se jette à terre, on mitraille, sans raison à part un craquement, un battement de feuille, une odeur… Rop le sait aussi. Et le vaudeville tragique de ce petit couple aux sentiments calqués sur les sitcoms télé, largement au-delà de la morale, du bien et du mal, le révulse. Ils ont leurs affaires ensemble, régies par des motifs minuscules dont pourtant ils font dépendre la vie de gamins innocents, comme si le sort d'une nation, le salut d'un peuple était en jeu. Louise, il ne l'aurait pas crue si commune, si basse de vues. Géry a regardé sa montre. Encore trente minutes. Rop connaît Libert, ses impatiences, l'assaut aura lieu avant. Possible même que le divisionnaire en profite pour laisser une balle perdue régler un vieux compte avec lui… Est-ce qu'il sait qui est retenu ici seulement ? Si oui, qu'est-ce qu'il ressent notre garant de la loi ?

Géry a un geste de l'index vers David :

— Ton portable… Donne à Louise…

David obéit, Géry montre à Louise le numéro inscrit dans la terre et elle le compose, lui tend l'appareil :

— Caporal Géry Imbrecht, désormais déserteur de la Légion étrangère… Dernier avis avant exécution… Une voiture en bas à midi… Non, ni négociation ni délai… Vous appelez, vous dites OK et je descends accompagné… Ou bien vous prolongerez le jeu d'une heure maxi, douze fois cinq minutes…

Il raccroche, considère ses otages :

— … Alors ? Ma proposition tient toujours, jusqu'à midi. Après je ne réponds plus de rien. Si vous voulez éviter que Louise y passe, faut que je sache le nom de son mec. Dans ce cas, possible que je tente une sortie en vous laissant la vie sauve. Mais dans vingt minutes, si j'ai rien, je respecte l'ordre alphabétique : David, Jérémie, Karim… Euh, Olivier ? Non, toi c'est Maxime, tu passes avant.

Rop se lève doucement, appareil qui pend au bout de son bras, Clint Eastwood nonchalant à l'instant du duel, et toute la trouille du monde sous la chemise :

— Moi d'abord. Parce que Louise c'est moi qui l'entretiens, sache-le. Réfléchis : aucun de ces gamins ne pouvait te remplacer… Pas les moyens… Et puis il lui faut du solide à Louise, un type qui peut lui donner la mesure de la vie, et toi et moi, du vécu on en a plein les poches, hein ? Regarde les photos de mes reportages, tu aurais pu les faire à ma place, tu sais que les cris des orphelins et des parents d'enfants morts ne s'éteignent jamais et que le silence en est peuplé, même à l'autre bout de la terre…

Géry a une espèce de désarroi, ça ne supplie pas comme il espérait, il ne sait plus, il oublie les snipers dehors, laisse Louise sortir de la ligne de mire.

— Non, non, essaie pas de m'avoir au trémolo, et puis t'es trop vieux pour Louise, tu m'enfumes là ! Pour protéger qui ?

— Moi… Héloïse… Louise et moi on a découvert que deux filles… On s'aime…

Héloïse est une noiraude toute sèche, en coton-
nade lavande, qui s'est levée et elle ne peut même
pas finir, Karim se redresse le long du mur, met la
main à son cœur, Louise est une houri qui lui ouvre
chaque jour le paradis ici-bas, et Myriam l'interrompt, dit son amour sans retenue, et puis Sara,
Olivier, tous sont debout, David le dernier, dans
une sorte de retard affolé, et revendiquent Louise
qui dit non, mais non, arrêtez, et veut les bâillonner
de la main. Rop sent Géry se raidir, les comédies
amoureuses il n'en veut pas le fiancé trahi, faudrait
pas que ces morveux rigolent de ses sentiments !
Rop hausse le ton, que Géry se concentre sur ses
propositions :

— ... On va sortir nous trois Louise, prendre
mon auto à moi, elle est garée juste au coin, et je
vous conduirai où tu voudras et on s'expliquera, tu
me foutras une balle si tu veux... Mais les autres on
les laisse... Ici, en vie...

Géry braque son arme sur David :

— Chuut... Tais-toi, le journaleux... David,
pourquoi tu parles pas... ? T'es bien le seul... Moi je
parie sur ta tronche de poète maudit de mes deux...
D'ailleurs on va vérifier...

Il lève son arme et à l'instant où Louise marche
vers lui qui recule jusqu'à être à découvert dans
l'axe de la porte :

— Non, c'est pas lui, c'est pas lui... !

On entend un mouvement sur les toits, un début
de cavalcade au lointain de la coursive, l'assaut,
merde, Libert n'hésite pas, en même temps le
portable sonne, abandonné au bord du charnier,
attire tous les regards, et Rop laisse tomber son

Canon, et dans un hurlement de guerrier fou, que Géry ne fasse attention qu'à lui, oublie les autres, fonce, comme un rugbyman va au placage offensif, bien fléchi pour donner toute la puissance quand il percute Géry, le ceinture aux hanches, que l'autre ne parvient pas à se tourner entièrement, lâche un coup de feu qui dévaste la poitrine de Louise, tente de donner de la crosse sur la nuque de Rop mais le mouvement est donné, Rop l'entraîne à travers la galerie, ils butent violemment contre la rambarde qui frémit et basculent par-dessus, voient les cagoulés du GIGN débouler tout près sur la coursive, se pencher comme à l'arrivée d'un sprint, lâcher leurs armes et tendre des mains inutiles, leurs corps arrachent les chandelles fleuries d'un marronnier, moissonnent des branches sans même être ralentis et s'abîment à grand fracas au dallage de la cour.

Un instant Rop voit le ciel là-haut dans la trouée des feuilles tendres déchirées par la chute, les visages des petits penchés vers lui et il entre dans une immense chambre noire.

Tout, pour moi, dans cette longue tragédie, procède, en aval ou en amont du temps, du nœud de ces morts violentes dans un lycée, en plein jour, peu avant les épreuves du baccalauréat et les vacances, et des riens anciens qui, décuplés, se multipliant en ondes concentriques depuis le fond des mémoires ont rendu cette horreur inévitable. En soi l'événement ne représentait qu'un fait divers, douloureux, certes symptomatique d'une dérive sanglante de nos sociétés mais rien qui me permette de le situer dans l'Histoire. Au cours des mois qui ont suivi, sont venus s'y agréger d'autres faits nouveaux, remontés aussi du siècle écoulé, anodins ou notés dans les annales historiques mais à l'importance mal appréciée.

Toujours, en effet, existe un meurtre d'origine, une mort, une absence monumentale, une rupture d'où naît un tel courant d'air, un tel vent, une telle bourrasque que les paupières nous battent, l'œil se mouille et le cœur chamade. Sans qu'on puisse déchiffrer comment ce phénomène apparemment isolé, l'assassinat d'Abel, Cronos dévorant ses

38

enfants ou Landru brûlant des petites femmes dans sa cuisinière, comme l'acte de Ravaillac, celui de Prinzip, ou le massacre sauvage d'une prof anonyme, d'une petite avide d'amour, d'un concierge et d'un grand reporter retiré des objectifs, chacune de ces inhumanités, chacun de ces scandales au regard du jour s'inscrit dans la mécanique simple de l'univers, résulte de faits incongrus, infléchira le cours des époques à venir et dira l'horrible perfection du monde.

Indiscutablement, le premier événement notoire qui survint après la tuerie de ce début d'été fut l'entrée de Laura au Dominus, un lundi matin, très très tôt, juste avant la braderie du premier week-end de septembre...

Je suis en train de finir de ranger des bouteilles de Ciney bleue dans le placard du bout, personne n'entre jamais à cette heure, même si c'est ouvert parce que je n'ai pas d'horaires, qu'il m'arrive de fermer vers une heure et de rouvrir à quatre après un léger somme, mes bouteilles tintent et il y a cette voix de toile émeri qui saute le zinc :

— N'auriez-vous pas besoin d'une barmaid ?

Comme ça, à trac, sur le souffle sombre d'une femme sans sommeil. Clac, je referme le compartiment réfrigéré, je contourne le bout du comptoir et elle est au dernier tabouret vers la fenêtre, une pochette pailletée de jais posée à hauteur de son coude, assise sur le flot de lumière grise, jupe droite et chemisier cache-cœur de soie noire, talons hauts sur la barre chromée, les cheveux noirs à la diable, aux épaules, et ses grandes mains abandonnées entre ses genoux. Pas de manteau, ni même un trench, un pull noué aux épaules, comment a-t-elle marché dans la ville où la nuit, avant de passer, mouille l'aube de sa sueur froide ? Avec son visage charpenté de villageoise sensuelle, son regard lent d'être si foncé, marine, elle fait calabraise, ou sarde ou corse, ou une à la García Lorca, une adultère aux cuisses fuyantes comme des truites, une rescapée de noces sanglantes, ou bien une gardienne de chèvres habillée dans les bonnes maisons de couture. Et elle a un hématome sur la pommette gauche, avec une brève coupure qui ne saigne plus.

— D'une archiviste. J'ai besoin d'une archiviste.

— C'est beaucoup demander. Qu'est-ce que vous offrez en retour ?

— Mon amour. Et un salaire de barmaid.

— Le salaire suffira.

— L'amour est compris. Comme le service, ou le citron ou les petits cubes de pain d'épices dans le prix de la bière. Vous n'êtes pas obligée de consommer, de m'épouser, mais vous avez payé d'avance et vous pouvez disposer de vos achats. Ce que vous laisserez ira à la poubelle…

Elle fait hmmm, lèvres fermées, un battement de cils, se laisse glisser du jour triste et s'approche au long du comptoir en poussant sa pochette sur le zinc, une sibylle d'aujourd'hui, une mystérieuse interprète des dieux, aussi grande que moi sur ses talons, paume levée que je scelle le pacte entre nous, et là j'ai trois secondes pour revenir à moi, à ce qui m'a pris de marivauder ainsi et me rendre aux évidences du coup de foudre. J'ai dit l'amour dans une course gagnée par les mots sur la pensée, avant que l'idée même du sentiment me traverse. Et désormais il vaudrait mieux se taire, pas avoir l'air d'un type sur le retour, moche, mais cette *ragazza* appelle le mot tendre... Je tope là dans sa main, et pendant que je précise qu'ici, c'est souvent moi qui choisis ce que va boire le client selon ce que je sais ou devine de lui, elle me dépasse, va prendre position face aux douze pompes à bière de cuivre rouge, tire une brève giclée moussue d'une ou deux, au hasard :

— Cette façon de faire me convient parfaitement... Duvel, Paulaner, Leffe, Grimbergen, Ch'ti, Spaten, Affligem, Doreleï, Pikantus, Aventinus... J'ai de quoi satisfaire tous les tempéraments, faire face à toutes les situations... J'ai de la bière de cocu et de la bière de puceau... Même une spéciale femme volage... Je suis opérationnelle. Autre chose?

— Nom, date et lieu de naissance, numéro de SS... Tout ce qui va nous mettre en règle avec l'administration... Le reste, il sera toujours temps que je découvre...

L'incongru de la situation ne me frappe même pas, d'engager au débotté une fille de nulle part, bien trop belle, avec un esprit affûté, dont je suis raide amoureux depuis cinq minutes, si, je persiste, amoureux. Elle ouvre sa pochette, sort un porte-cartes :

— Ne me pose pas d'autres questions si tu veux que j'y réponde un jour. Pas de grivoiseries à double sens non plus : tu découvriras ce que je te montrerai, patron! Et ne parle plus d'amour. À part cela, je n'ai pas de chez-moi, nulle part où dormir, et pas un sou en poche. D'ailleurs je n'ai pas de poches…

Laura n'a pas non plus de bagages. Non, et ça ne te regarde pas, patron. Ni d'où je viens, ni ce que j'étais avant ce matin. Consens-moi seulement une avance et je me constituerai dans la journée une garde-robe qui te fera honneur, sois-en assuré. Mes papiers, les voilà, tu peux me déclarer comme ton employée, barmaid ou archiviste, qu'on soit bien en règle dès aujourd'hui. Et c'est là, elle dit son nom en même temps que je le lis sur ses documents, je m'appelle Laura, Laura Ricordi, j'ai trente ans pas loin, et elle ajoute : pour le deuil de notre mariage, ne précipite rien. Ton amour, même muet, ne le jette pas à la poubelle… Moi je n'en veux pas pour l'instant, mais qui sait plus tard ? Ou une autre saura t'écouter et acceptera le cadeau… ? Aussitôt elle a son premier sourire, franc, de gamine moqueuse, qui lui plisse tout le visage. Je fais d'accord, bien, de la tête :

— Moi c'est Athanase Descamps mais on dit Dom et j'attendrai… Les tarifs des consommations sont affichés à côté de la caisse avec la carte, bière pression ou bouteille, café, eaux, on ne sert rien d'autre… Et jusqu'à présent j'ouvrais à l'humeur, sans horaires… Ah, tu peux t'installer dans le studio, à l'étage du dessus. Il est équipé et je n'y viens jamais. Ce soir on prendra un moment pour que tu voies le gros du travail… Le vrai travail…

Denis Picard, mon premier client, chaque jour, a dû entendre la fin de ma phrase depuis le seuil et enregistrer aussitôt le changement de personnel. Massif, tweed couleur automne et nœud papillon, moustache Belle Époque et cheveu blanc cranté. Il a l'air d'une feuille morte qui n'en finit jamais de tomber. Soixante-dix ans sans les paraître. Il reste un instant à demi-distance du zinc, attend. C'est lui qui est venu, en juin, me dire la tuerie du lycée, tout pathos banni, comme un promeneur qui a cueilli trois coquelicots et les pose, déjà morts mais beaux encore, sur une table de cuisine, en rentrant chez lui. Et, bien sûr, je ne m'en rends pas compte, mais quelque chose s'échange, là, comme une envolée de pollen, entre nous, nos mémoires, et qui va germer, sans que nous en ayons encore conscience. Ce sera plus tard. Laura a déjà trouvé le sourire soyeux, la façon de s'appuyer au zinc, légèrement penchée :

— Bonjour, monsieur… ?

Avec juste le mot qui reste en l'air, ne pas demander ce que va boire le client mais qu'il sache qu'on n'attend que de lire son désir et la bière choisie moussera dans sa chope. Denis, journaliste de *La Voix du Nord* en retraite, un grand appartement où il vit seul, place Rihour, à trois enjambées de *La Voix*, quatre du bar, a conservé les horaires noctambules du bouclage à l'ancienne, l'homme qui a ses entrées dans tous les milieux, incarne la mémoire vivante du dernier demi-siècle dans la métropole lilloise, en est assez soufflé :

— T'as engagé une barmaid, Dom… ?

— Une archiviste, monsieur. J'officie ici en complément de service.

C'est elle qui a rectifié, un zeste d'indignation dans la voix, qu'on puisse soupçonner… Moi je reste impassible, je regarde l'examen de passage. Voir si Denis l'adopte… Il grimpe sur son tabouret

43

habituel, devant la caisse, et balance son sourire de camelot à Laura :

— Pareil pour moi. Je suis une archive vivante et je bois en complément de service.

Laura a attrapé une flûte sur la crédence :

— Une Doreleï sans faux col… Une bière d'homme sans esbroufe…

— Bravo… Pour les autres moments de la journée, tu apprendras au fur et à mesure. Parce que des fois, l'esbroufe je ne dis pas non…

Et on rit tous les trois, que le rite se soit bien déroulé.

À midi, donc, de ce jour sans âme de fin août je donne deux heures de congé à Laura et la carte de crédit du Dominus. Qu'elle se rende digne de ses nouvelles fonctions : toujours habillée de noir quand elle sera derrière le comptoir, d'accord ? Pour l'essentiel du poste, travailler aux archives proprement dites, elle peut se permettre la fantaisie vestimentaire. Parce que je ne plaisante pas, j'ai, en dessous du loft que j'habite, rue Princesse, presque dans le berceau de De Gaulle, né à portée de vagissement, à cinq minutes à pied du Dominus, trois cents mètres carrés de paperasses entassées, des caisses, des étagères de cartes postales, de faire-part, décès, naissances, mariages, de programmes, d'affiches, de catalogues, de prospectus, de la correspondance privée oubliée aux armoires. Voilà vingt, vingt-cinq ans, quand j'ai acheté, c'était l'entrepôt d'un chiffonnier. J'ai conservé et alimenté le fonds papier. Hors les journaux dont je ne veux pas en général, parce qu'ils saturent l'information où mon imaginaire n'a plus de place, j'ai en dépôt presque tous les déchets papier de la région transfrontalière, le sans-valeur qui devient essentiel parce que personne n'a songé à conserver un paquet de cigarettes d'une marque oubliée, l'annonce d'un spectacle de cirque… Des témoignages sans arrière-pensée que j'ai pu récupérer dans les habitations achetées avec Judith, mon associée en affaires immobilières, ou chez Emmaüs, qui réclament un vrai classement si je veux y repérer des fragments de destinées simples et inventer le reste, essayer d'être Dieu, longtemps après la création du monde. Pour l'instant je suis le seul à pouvoir m'y retrouver, au moins dans les couches supérieures. Je suis quelqu'un qui a fait un pas de côté, un de retrait et jette un regard oblique sur les faits et les gens. Et tout cela est parfaitement vain, n'aura jamais aucune utilité.

Non, je me trompe. L'irruption de Laura dans ma vie vient après un épisode qui tient du ragot puant, que donc j'ai pris au sérieux parce que j'ai les appétits inavouables de chacun : outre le massacre du lycée, en juin, j'ai aussi appris de Denis, mon éternel reporter, au bout d'une longue soirée de début d'été, le destin exemplaire et navrant, la résistible chute de Rop Claassens, devenu obscur pigiste à *La Voix* après avoir fait la une des plus grands journaux et magazines et avoir été exposé dans le monde entier.

Denis, en chemisette rose et nœud écarlate, perché sur le dernier tabouret en bout de comptoir, buvait de la Rodenbach bien sombre et fixait la mousse dans son calice de bière. On entendait par la fenêtre ouverte sur la nuit urbaine les groupes de jeunes gens s'éclabousser sans conviction avec l'eau de la fontaine au pied de la Déesse et crier comme des mouettes égarées. Quelques foutues voitures aussi, ensommeillées à cette heure.

— Rop Claassens n'était pas un type bien au fond... Pas de sa faute... Après tout ce qu'il a vu dans son objectif, il était malade, névrosé... Et misanthrope au dernier degré. Souvent j'ai essayé de le pousser dans ses retranchements, savoir pourquoi il avait foutu sa carrière en l'air. Oh il répondait, par des expressions toutes faites, qu'il avait décidé de chercher les racines du mal, de comprendre comment un brave n'importe quoi, commerçant, ingénieur, ouvrier, peut devenir un type aux mains cruelles... «Mains cruelles», son expression... Quelle est la guerre des assassins de droit commun et quels assassins les guerres fabriquent-elles? J'ai encore sa voix dans l'oreille... Les grands criminels se révèlent dans la violence ordinaire, la sournoise jamais condamnée, ils y font leurs armes. Les grands conflits commencent là, il disait. Personne ne photographiait les lieux d'un fait divers comme Rop. Grâce à lui les chiens écrasés devenaient des tragédies antiques. Au point qu'on s'est demandé s'il ne les écrivait pas en partie lui-même, ces tragédies...

Denis a sa voix des grands deuils, dans la gorge le grain de compassion des fois où il passe boire après l'enterrement d'une gloire locale. Il vient de m'apporter un paquet ficelé de vieux programmes d'opérettes récupérés dans un placard du théâtre Sébastopol où il n'avait rien à faire, comme partout où il va. Que je m'en régale tout à l'heure est tout aussi vain que ses errances sans but : Denis et moi goûtons des plaisirs similaires.

— Pour avoir rédigé pendant une dizaine d'années des articles avec les infos et les clichés qu'il m'apportait, en tant que complice occasionnel je peux confirmer : il fabriquait l'événement, Rop Claassens... Il avait sa propre éthique journalistique et faisait ses expériences sur le vif, comme les toubibs de Dachau... Le suicide de Roger Salengro, il aurait pu le provoquer à lui tout seul quand il voulait, et pleurer après qu'on n'ait pas empêché ses manigances, que Salengro soit vraiment mort...

— Quel intérêt?

— Alimenter son pessimisme... Se donner des preuves du caractère profondément maléfique de la nature humaine... Je me souviens, il m'a dit une fois qu'il traquait la violence de proximité parce que jamais elle n'était belle, jamais héroïque, toujours sordide... Que donc il ne pouvait pas la sublimer... Quitte à en devenir paradoxalement presque monstrueux de cynisme. Tomber dans la barbarie par horreur de celle-ci... Des fois, il me faisait peur... Tiens, une nuit... Je te parle d'il y a six, sept ans...

Possible que cette nuit-là, Denis Picard sorte du Dominus. Un passé minuit d'automne, avec cette impression que l'humidité se condense directement sur ses os. À cette heure tardive, il doit introduire son ticket de parking souterrain dans un lecteur, au bas d'un escalier à ciel ouvert. Denis est trempé de brouillard, le cheveu et la moustache raplaplas, le tweed tout emperlé à ses épaules. Il entre, paie, descend, à petits pas, de peur de glisser sur cette suée du béton peint, jusqu'au second sous-sol quasiment désert. À dix mètres de son

auto, il bipe, scchh, scchh, les portières se déver-
rouillent, les phares clignent, éclairent brièvement
un type adossé au mur sombre du fond. Du diable
si ce n'est pas…?

— Claassens? T'as perdu tes clés?

— Non.

C'est bien lui, Claassens, il arrive dans la lumière
de l'allée, livide, sa dégaine de décharné, en parka
sable, Leica au cou et s'arrête, regarde à droite, à
gauche. Denis, tout grelottant, suffocant plutôt,
et blême comme dans un poème de Verlaine
– remarque de Rop – ouvre sa portière, pas bien à
l'aise sous le calme regard du photographe :

— Tu dors quand même pas ici?

— Je prends quelques photos.

— De quoi? Qu'est-ce qui s'est passé?

— Rien encore. Mais ça ne peut pas manquer.
Alors, en attendant je photographie le spectre de
la violence. L'endroit où le pire adviendra. Si j'ai
raison, quand je reprendrai ma voiture, ou que je
me garerai un matin, demain, dans un mois, le mal
aura germé…

Sur le ton de l'évidence douloureuse. Avec la
terrible lucidité du médecin formulant un diag-
nostic. Denis le prend à la légère, par instinct de
sauvegarde, surtout ne pas se laisser contaminer,
Claassens est marqué au fer rouge, ses poches sont
pleines de cris et de gémissements au point qu'il
n'ose plus y mettre les mains, pourtant c'est son
boulot de dire l'ineffable, montrer le visage de la
méduse. Comme un dompteur de tigres allergique
à la fourrure.

— T'espères un meurtre, un passage à tabac

nocturne, et y assister…? Et le cul, non, tu fais pas dans le cul? Parce que, malgré les caméras de surveillance, des tripotages et des roulages de pelle dans les bagnoles, avant de démarrer et de remonter au grand jour, c'est plus courant que des meurtres! T'aurais de quoi publier un catalogue de lingerie ou faire chanter quelques belles bourgeoises mariées…

Claassens en a un sourire de coin, nettement il est navré d'avoir dû consentir à échanger trois mots, mais il garde cette distance bienveillante de celui qui est revenu du pire, de l'otage survivant :

— Effectivement, les caméras ont leurs zones d'ombre. Je traîne ici depuis plusieurs heures et personne n'est venu me chasser. Maintenant, oui, je suis repéré, je vais reprendre ma voiture et rentrer… M'en fous, j'ai toutes les images que je voulais. Bonne nuit, Denis. On se croisera bien ces jours-ci à *La Voix*…

Et Claassens, avec sa démarche d'escogriffe, de bretteur désarmé, va à la caisse valider son ticket. Il remonte du parking alors que Denis est encore assis dans sa voiture et renifle, transi, en regardant les reflets des néons coupants sur les légères ondulations du béton humide.

Le piège photographique de Rop Claassens a fonctionné plus tard, au revers orageux du printemps suivant. Une fin d'après-midi où le parking encore bondé transpire après une averse scintillante et épaisse. Rop pousse la porte battante du second sous-sol où il a l'habitude de se garer et s'arrête une seconde, rituellement, écouter la rumeur souterraine et parcourir du regard l'alignement des autos. Un homme, Rop le connaît, monte dans une grosse Peugeot, puis fait marche arrière là-bas au fond, les pneus grincent sur la peinture mouillée du sol, le bruit du moteur se cogne à la rampe de remontée, et c'est tout, Rop fait déjà glisser de son épaule la sacoche avec ses appareils, voyons, sa Rover est plus loin... Et il voit la femme. Une naufragée, demi-allongée dans le bref espace entre deux voitures, qui tâche d'atteindre une poignée de portière pour se relever et retombe avec des cris avortés de terreur, incapable d'appuyer sur sa jambe. Rop reste au milieu de l'allée, face à elle, à regarder ses efforts absurdes, respiration courte, petit visage de brune coquette, coiffée chic, toute pâle et moite, luisante, dodue, pas un sac d'os, et tailleur paille gâté d'eau sale. Elle souffre, on n'a pas ces suées sans souffrance.

— Quelqu'un vous a agressée, madame.

Une affirmation, même pas une question. Sans lever le petit doigt sinon pour tirer le Leica de sa sacoche. Et commencer à mitrailler, d'abord l'alentour, puis l'environnement proche de la dame, puis la dame elle-même, un pas de côté, un autre, il s'accroupit, il cherche l'angle, le même qu'en l'absence de la dame, ses clichés nocturnes. À la voix de Rop la dame arrête de se tortiller, réussit à s'asseoir, dos à une VW noire, elle ne comprend pas cet objectif braqué sur elle, tire sur sa jupe, se rajuste la veste :

— Comment ? Pas du tout... Allez-vous-en... !
C'est quoi ces photos, je vous préviens je suis avocate...

Voix outremer. Des gens débouchent dans le sous-sol, passent dans le dos de Rop avec un regard curieux qui fait baisser les yeux à la dame, d'autres chalands arrivent par d'autres escaliers récupérer leur voiture, les portières claquent, on ralentit en frôlant Rop, sans plus, personne ne s'arrête. Rop demeure à distance :

— Vous ne pouvez pas conduire. Je vais vous transporter…

— Écoutez, je n'ai pas besoin de vos services, je n'ai rien, qu'une légère foulure, mais si vous insistez, vous allez m'aider à monter dans ma Golf et me foutre la paix… !

Un temps, d'évaluation, est-ce que je peux me fier à cet escogriffe, et elle soupire, douloureuse, mystérieuse martyre. Faux cul, Rop ne s'y trompe pas.

— … Pardonnez-moi, je ne voulais pas vous offenser, j'ai mal… Un grand type, dégarni, en imper, allait monter dans une Peugeot, j'ai eu peur, je me suis précipitée et je me suis tordu la cheville… Il est parti ?

Rop a rangé son appareil, passé sa sacoche en bandoulière, et vient mettre un genou en terre face à la dame dont le pied gauche commence à enfler dans l'escarpin. De près elle est habillée très léger, pas lourd sous le mince tailleur, parfumée. Il retire la chaussure de la blessée, lui palpe doucement la cheville, aïe aïe aïe, son genou écorché, la prend sous les aisselles, la met debout contre la portière, lui palpe la fesse si vite fait qu'elle arrondit les lèvres et les yeux, sans plus.

— Je crains une fracture plus qu'une simple

51

foulure et oui, votre mari a repris sa Peugeot, maître. Soyez tranquille.

Alors là, elle montre les dents, se hausse du col, furibarde :

— Salaud, espèce de salaud, Bernard a engagé un privé pour m'espionner ! T'es une pourriture, me touche pas !

Toutes griffes dehors, maintenant elle va hurler, Rop n'a pas d'autre solution que de lui prendre un bras et de la faire pivoter brutalement, face à sa Golf et la bâillonner de la main, lui parler à l'oreille et sentir son corps regimber d'abord puis s'apaiser peu à peu :

— Taisez-vous… Aujourd'hui vous croisez par hasard votre monsieur. Mais il finira par comprendre que vous le trompez et là vous risquez gros. Il est commissaire de police, n'est-ce pas ? J'aurais pu lui envoyer des photos de vous, troussée par votre gigolo sitôt sortie du palais de justice, et des baisers, des baisers, des baisers… Je ne le ferai pas. Voyez-vous, je guette les prévenus, les justiciables après les audiences, j'essaie d'évaluer dans les yeux des déçus du barreau tout ce qui peut déclencher des cruautés urbaines, de la petite guerre conjugale. Mais je ne provoque rien, j'attends la réalisation de ce qui est prévisible, écrit presque. Un Roubaisien, Debaisieux, est accusé d'avoir violé sa petite voisine, Sabrina Garneri. Il est acquitté faute de preuves. Avenue du Peuple-Belge, à la sortie du palais, j'assiste aux vociférations d'après procès, je te crèverai, dit le père Garneri, je suis innocent, hurle le voisin, d'ailleurs Sabrina l'a toujours dit, c'est toi qui la sautes, toi son propre père… Moi je traîne dans leur quartier, je ne les quitte plus de l'objectif jusqu'à ce que Garneri venge sa fille. Au moins je note par des clichés volés de la vie courante les symptômes de la tragédie à venir. Bien sûr le miracle aurait été d'être présent au moment du coup fatal, mais j'avais anticipé et *La Voix* a fait sa une avec mon pauvre zigue de Garneri qui brandit un couteau à découper d'une main et de l'autre serre sa fille contre lui au méchoui de la place du Travail quelques jours avant son crime. Pire : sans mon objectif je ne l'aurais pas su avant tout le monde, qu'il allait devenir un meurtrier, ce gars ordinaire... Il a égorgé Debaisieux avec une scie égoïne dans la menuiserie où ils travaillaient tous les deux... Vous vous souvenez, vous étiez partie civile à son procès ? Ma photo, vous l'avez brandie au prétoire comme une preuve de préméditation. Alors maintenant, maître Agnès Libert, ne me faites pas le numéro de l'effarouchée, je vais vous emmener aux urgences, en citoyen compatissant, et vous appellerez votre mari... Il vous aime, vous êtes sa terre, il tuerait pour vous, il viendra vous chercher... J'aurai déjà disparu...

Elle a écouté, terrifiée, c'est qui, ce monstre, même pas l'instinct de se rebiffer, son corps est lourd et chaud contre Rop, plus de résistance. Et hop, il la soulève, la porte, tout du long, comme une fiancée enlevée la veille des noces, jusqu'à sa Range, et Agnès se tait, elle a levé les yeux sur cette gueule de forban triste qui dit tendrement des horreurs et maintenant n'a même plus de sursaut, elle se blottirait presque.

Ainsi il l'emmène aux urgences du CHR, patiente

pendant les radiographies, la pose d'un plâtre sur la fracture, ne détrompe pas les infirmiers et médecins qui le prennent pour le mari, lui confient des clichés, un dossier médical. Avant de raccompagner dame Agnès chez elle, belle maison de style éclectique, échauguettes, colombages et corbeaux, au bord de Lambersart, rencontrer l'époux officiel, accepter des remerciements émus et expliquer qu'une mauvaise glissade dans le parking proche du palais, Dieu merci il était là... Et dès le début de son mensonge il comprend que M. Bernard Libert, flic à intuitions, un bloc de granit en complet veston noir, dont les cils blonds ne battent pas, le prend pour l'amant culotté de sa femme :

— Donne-moi tes clés et le ticket, Agnès, je vais aller récupérer ta voiture... Monsieur va me déposer.

Il a une voix sèche, une voix de sirocco, sans émotion. Celle d'Agnès a blanchi d'un coup :

— C'est-à-dire... Elle n'y est pas.

Bernard attend, debout devant le canapé où Agnès a allongé sa jambe, des types qui tricotaient une version jolie de crimes sanglants il en a interrogé presque au quotidien, il sait d'expérience que la vérité viendra s'il laisse s'empêtrer sa femme. Un long silence, Agnès regarde Rop qui fait le distrait, mais offre un alibi :

— Ah oui, bien sûr...! Elle est place de la Déesse où je suis allé récupérer la mienne après les soins à votre femme.

— Ah, d'accord! Donc vous étiez à pied dans un autre parking?

— Je suis photographe à *La Voix* et les prévenus jugés au palais se garent immanquablement là, avenue du Peuple-Belge. Quand ils remontent en voiture, je vole des clichés bien plus révélateurs qu'à la porte de l'audience. À pied je suis plus mobile. Je vois aussi qui les attend.

— Et qui attend les avocats...

— Aucun intérêt pour moi. Je ne travaille pas pour la presse à scandale.

Demi-sourire de Bernard. Ben voyons... Sa conviction est faite. Il se penche sur Agnès, une main à sa joue, repose-toi, et sa question la surprend :

— Vous avez passé longtemps aux urgences, vous en êtes sortis tard ?

— Dix-huit heures.

Le sourire s'est élargi :

— Tu as eu de la chance, c'est parfois beaucoup plus long... Est-ce que vous passez dans le centre, monsieur Claassens ? Auquel cas, vous me laisseriez près du parking : je n'ai pas envie de payer jusqu'à ce qu'Agnès puisse y aller elle-même. Tes clés, ton ticket, Agnès, s'il te plaît...

Rop a compris la manœuvre : la somme à acquitter en caisse automatique dira au mari combien de temps la Golf d'Agnès a stationné et il aura la preuve du mensonge :

— Aucun problème... J'habite vers Cormontaigne mais je ferai un petit crochet.

Pour souligner qu'il n'est pas le gigolo : une maîtresse, même inquiète, ne laisserait pas sa voiture si loin de chez un amant. Il y a d'autres mercis, les yeux d'Agnès affolés dans ceux de Rop quand ils se serrent la main, et puis Bernard, sourire arrogant, qui n'ouvre plus la bouche du bref trajet avant de descendre de la Range, juste devant le Dominus :

— Ne grillez jamais un feu rouge, monsieur Claassens, je m'arrangerais pour que cela vous envoie au bagne, et ma femme ne sera plus jamais sans surveillance, je vous en donne ma parole.

Exactement ce qu'il ne fallait pas dire à Rop. Tout ordre lui est une provocation à désobéir.

Dans les mois qui suivent l'incident, il accompagne la convalescence d'Agnès, passe régulièrement chez elle, ostensiblement, et lui parle debout derrière une fenêtre, afin d'être bien visible de l'extérieur, d'une voiture où attend un type avec un journal. Un sbire du mari divisionnaire. Après, quand elle se remet à plaider, ils se voient, sans fixer de véritable rendez-vous, par des hasards provoqués, près du palais, à La part des anges, un bar à vin où ragotent chaque jour avocats, juges, greffiers, où là aussi un homme distrait, jamais le même, fait durer un verre d'eau, un autre satrape du commissaire. Jamais Rop n'accepte un contact physique, même pas une poignée de main. Puisque Libert fait espionner sa femme, comme annoncé, il en sera pour ses frais. Elle a nié en bloc avoir un amant, être arrivée au parking de la Déesse vers midi, a prétendu que Claassens et elle avaient interverti leurs tickets au moment de l'échange des véhicules… Libert a admis l'explication, en apparence. Armistice, donc.

Mais Rop interroge Agnès sur son quotidien, il sème la brouille, prépare le terrain à la violence conjugale. Il compatit, souligne discrètement la tyrannie du mari, sa volonté d'avoir un enfant dont Agnès ne veut pas, sa jalousie et les moyens dont il dispose pour se venger du moindre grand écart. Rop évoque aussi l'amant, un commerçant dont la boutique de mode et l'appartement sont au tout début de la rue Esquermoise, en plein centre, un cœur de gigolo blond, long et cranté façon années cinquante, délicieusement con et lâche, accusé de fraude fiscale, et qu'elle a défendu. Dommage qu'elle ne puisse plus guère le rencontrer depuis son accident. Rop rappelle sa douceur, sa compréhension, leur bonheur confisqué. Agnès se laisse engluer dans ces relations perverses, elle sait qu'elle ne devrait pas pactiser avec Rop, elle se souvient de son cynisme devant sa souffrance dans le parking, mais voilà, il a ce charme des aventuriers de ciné, la frusque et le cheveu en révolution, et des photos explicites. Très vite, quand elle a voulu l'envoyer paître, il est allé les montrer à Jérôme, le bel ami, en offrant de jouer les *go-between*, les messagers, comme dans le film. L'offre était tentante. Et Rop ne prend jamais de note écrite de ses tendres commissions, n'accepte pas de billets cachetés, il écoute seulement les phrases d'amour et va les répéter à l'autre sans changer un mot. Parfois il prend la photo d'un baiser soufflé qu'il montre discrètement au destinataire en débitant à son tour le commentaire brûlant ajouté par Jérôme ou Agnès. De la sorte, sans y toucher, il crée des intimités troubles, rajoute un peu à la fois des déclarations inventées, très intimes, surtout avec Agnès dont la chair parle haut, qui se déboutonne, s'impatiente dans des souvenirs et des espoirs de plaisir qu'elle lui livre parfois tout cru, impudique, juste parce qu'il est là.

Et puis il arrive un temps où, dans cette tension

entretenue, amplifiée tout doux, parce qu'il la voit ainsi, changée, en prenant un cliché destiné à Jérôme, un cliché bien décolleté, Rop trouve qu'Agnès s'épaissit, se néglige, déprime, larme facile, airs suicidaires, baisse les bras. Presque elle envisagerait d'oublier Jérôme? Alors il lui tient la tête hors de l'eau : un drame de couple entre un flic de haut vol et une avocate, voilà bien la preuve que la barbarie germe dans les milieux censés la contrôler... Il lui faut ce vaudeville tragique...! Parfois des scrupules lui viennent, qu'il ne devrait pas provoquer l'engrenage du mal, et puis il pense à la fascination ordinaire, des gens ordinaires, pour le sordide et veut aller au bout de sa démonstration, que tous nous sommes capables du pire.

Guère plus tard, presque insensiblement, il semble que la surveillance se desserre, que le commissaire ne puisse mobiliser des hommes *ad libitum*. Alors Rop commence à croire qu'on peut jouer avec la chance et souffler à Agnès que Jérôme, peut-être, pourrait la retrouver, ailleurs qu'ici, évidemment, où elle irait le rejoindre... Et il hâte le processus, juste donner un tour d'écrou au destin, voir si les cieux auraient l'humanité de respecter les amours vraies, il défie les hasards et convoque Jérôme à La part des anges, le terrain où Agnès est connue et observée de tous, sans rien lui dire. Bien sûr Rop fera des photos volées, au Leica, et demandera aux confrères du barreau qui est le type avec maître Libert, son amant? Ah ah ah, je plaisante. Et la calomnie, vraie cette fois, sera en route, et on verra quand elle atteindra les oreilles du mari...

Ce jour du tour d'écrou il la trouve sexy, sanglée

dans son tailleur noir à séduire les jurys, mais défaite, incapable de boire le gigondas qu'elle a commandé. Elle est toute barbouillée, yeux cernés, estomac au bord des dents, n'a même pas le cœur aux messages amoureux. Et des suées brusques, une façon de se tenir le ventre, qui rappellent à Rop les symptômes de civils sournoisement maltraités par des militaires entraînés, et dont il photographiait les stigmates des violences subies. Nous y voilà enfin, le mari passe à l'acte !

— Il vous a frappée ?

— Non. Ça ressemble juste à un début de grippe... Et puis ne restez pas là, je l'ai appelé au secours, il va arriver.

Oh la jolie coïncidence, Rop ne pouvait espérer meilleure conjonction des astres !

— Jérôme aussi...

Agnès comprend immédiatement la perfidie, et n'a pas la force de gifler, juste gémir :

— Oh, Claassens, qu'est-ce que vous avez fait ?

— Dites tout à votre mari, videz l'abcès, vous vous porterez mieux. Il sait puisqu'il vous bat, admettez-le. Logique : je lui ai clairement laissé entendre que j'avais menti pour l'histoire du parking...

Et voilà une sournoiserie magnifique ! Agnès en est effarée, à vomir sur son guéridon. Et Rop même pas le temps de tenter une sortie dans la presse des consommateurs accoudés, Libert est sur le seuil, minéral, le poil ras. À sa vue Jérôme va évidemment faire demi-tour, ne pas aborder Agnès ! Il faut improviser sinon le vidage de sac, le lavage de linge sale, risque de tourner court !

— Je file, Agnès, voilà le cocu…

Rop lui sourit, de loin, provocant parmi la foule, personne ne me cognera en public, et garde le sourire affiché dans sa progression vers la porte :

— Bonjour, commissaire. Vous arrivez trop tôt pour un flagrant délit mais à temps pour écouter les révélations de votre femme et la conduire chez un médecin. Chacun son tour…

Libert ne baisse même pas les yeux, il descend dans la salle, droit vers Agnès, et Rop ne sait pas quoi penser, on l'humilie ou la grande lessive se prépare ? Ou bien il s'est trompé du tout au tout sur le potentiel de violence des Libert ? Dehors, il traverse la rue de la Monnaie, se poste plus loin, entre les buveurs sortis d'autres bars qui encombrent le trottoir, guetter si Jérôme va survenir. Et l'arrêter, finalement empêcher le gâchis qu'il a machiné, ou escorter le joli monsieur que voilà juste sortir de la petite rue au Petterynck, mon Jérôme tout guilleret de désir, jusqu'à son amante, et s'esquiver avant le choc avec Libert, à distance d'objectif, vérifier les instincts obscurs des êtres aussi policés que ce trio de vaudeville à façade sociale irréprochable. Leur tirer le portrait pendant qu'ils s'étripent. S'ils en arrivent là… La décision lui échappe parce qu'Agnès, une main aux lèvres, ou sur la gorge semble-t-il, hauts talons mal assurés, soutenue, traînée, emportée par son mari qui tient aussi ses dossiers et sa robe de plaidoirie, quitte le bar, s'éloigne de dos. Jérôme les aperçoit, se détourne vite, s'enfuit le regard dans une vitrine. Rop reste en coulisses de ce qu'il a déclenché, un mot à Jérôme au passage, qu'il se conduise une fois encore en gentleman, digne même meurtri, et oublie le beau roman, la belle histoire : le mari est au courant et Agnès rentre dans le rang, pardonnée... Il a ces mots faux cul, pose brièvement une main de consolation à l'épaule de cette gueule d'amour navrée, et passe son chemin.

Le Jérôme ne valait rien comme acteur de tragédie, on va se concentrer sur le couple, s'assurer que l'amour est désormais impossible, malgré les apparences, le décor de la civilisation, dans un monde où parfois les bourreaux, les tortionnaires n'ont pas quinze ans. Même si c'est ailleurs, c'est ici aussi, en puissance, dans l'air et nos consciences. Aujourd'hui, le ménage Libert doit voler en éclats...

Dix minutes après il gare sa Range dans une petite rue et gagne à pied une maison à vendre, presque en face de celle des Libert. Sous peu la nuit mangera le jardin dont il escalade vite fait la clôture et il pourra s'installer sur le perron, à hauteur d'étage d'où il verra tout. Si tout arrive. Mais ce serait bien le diable qu'Agnès ne craque pas.

Et Rop attend. Dans un petit froid et le vent qui court droit sur l'avenue où, comme celle des Libert, presque toutes les demeures sont des démonstrations tarabiscotées de folies d'architectes, le fruit d'un concours au début de l'autre siècle. Fantastiques, nids à fantômes et très chères, elles s'éclairent peu à peu, au fur et à mesure des propriétaires revenus du travail. Temps couvert, guère de lune, visibilité fort moyenne. Il sait la fenêtre de la cuisine des Libert, leur chambre, sur la gauche, la salle de bains au-dessus de la cuisine, et une des baies, celle en *bow-window*, du living. Ni volets ni persiennes, des voilages impudiques, transparents à cause des lumières de l'intérieur. Rop ne se souvient pas de doubles rideaux, au moins au rez-de-chaussée… Le téléobjectif de son appareil lui sert de longue-vue. Ces affûts que l'aube seule termine, comme à une chasse à l'animal nocturne, il en a connu de plus périlleux en Afghanistan du temps soviétique, au Rwanda… Ici, c'est du théâtre de boulevard… pour l'instant. Le pire finira par advenir, il le parierait.

De ce qui passe fugitivement dans le cadre des fenêtres, de l'ordre dans lequel elles s'éclairent, Rop déduit le déroulement de la soirée. La chambre et la salle de bains, Agnès se repose, avale quelques aspirines peut-être, la cuisine s'éclaire alors que la chambre est encore allumée, Libert qui s'affaire, bon il prépare le dîner. Photos. Et puis l'étage qui s'éteint, Agnès entrevue au living, pas de médecin en vue, elle se porte mieux donc… Maintenant le mari peut la questionner, qu'est-ce qu'elle a à lui dire, dont parlait Claassens en sortant de La part des anges ? Il a l'air d'apostropher, d'avoir la parole vive, il ponctue ses phrases en agitant un couteau à légumes, photos, et elle, elle ne passe plus devant les fenêtres… Et d'un coup, le piège se détend, Rop voit Libert s'essuyer les mains en hâte, décrocher son portable, dire deux mots. L'instant d'après il grimpe dans sa Peugeot. Certainement une urgence policière… Tant pis. Possible qu'il revienne et qu'il soit d'une humeur à rebrousse-poil, tienne à laver le linge sale séance tenante, qu'on en finisse avec cette journée noire.

Et Rop attend. Pendant que la circulation

diminue dans l'avenue. Maintenant il n'y a plus de lumière que dans la cuisine. Parfois Agnès passe dans le champ, s'arrête, boit une gorgée... Elle a dû grignoter à l'improvisée et rester là, sur un tabouret, à siroter un verre de rouge pour se donner du courage et parler à Libert dès son retour... Oui, plausible... Elle va lui dire... Rien du tout, parce qu'elle va aller se coucher... Rop vient de la voir surgir dans son téléobjectif, vaciller, ouvrir la bouche sur un cri dont il entend presque l'écho, se rider de douleur, regarder par terre devant elle et presque basculer en avant... Et durant un bon moment, plus de mouvement, plus d'ombres jouant sur le mur du fond de la pièce, rien qui s'allume ailleurs... Et si elle faisait un malaise...? Est-ce qu'il ne faudrait pas intervenir...? Déjà Rop dévale de son perron, merde, fallait pas attendre, traverse le jardin en bataille, attrape ferme un barreau de la grille à escalader et se fige : Agnès vient de sortir, un sac de plastique au poing. Elle traverse l'avenue, pliée en deux par une colique, quelque chose de cet ordre, jette le sac dans une poubelle, à deux mètres de Rop, sans le voir, et rentre en vitesse chez elle, sur un sanglot aigu. Mais non le sanglot c'est pas elle, elle a reclaqué sa porte et la plainte, le hurlement étouffé continue... Rop se hisse, passe de l'autre côté, soulève le couvercle de la poubelle... Nom de Dieu ! Il entend maintenant clairement le vagissement, vite il sort le sac, déchire. C'est un nouveau-né, un garçon, tout dégueulasse de mucosités, les cheveux blonds collés en accroche-cœur, cordon coupé net, pris dans une pince en inox, de celles qu'on utilise pour refermer les sachets de nouilles ou de riz. Et le gaillard a du coffre! Ramasser des bébés sur des tas de décombres, dans le bruit des bombes, tâcher de les mettre à l'abri, Rop l'a souvent fait ou vu faire en enfer, mais là, malgré ses résolutions d'aller au cœur du mal, d'allumer des bûchers pour innocents, gratuitement, cette rue résidentielle, ce bout de vie qui lui gigote contre la poitrine, être complice de ce genre d'ignominie, non, ce n'est pas ce qu'il souhaite de crépuscule moral, il ne réfléchit pas, traverse, le gamin sur les bras, avec son Canon comme berceau, et il entre chez Agnès. Et là… ! Elle est dans la cuisine qui ressemble à un abattoir, du sang partout, Agnès affalée dans un coin, qui commence une hémorragie à tremper les torchons qu'elle se fourre entre les cuisses et répète, les yeux riboulés : il est pas à moi, il est pas à moi… ! Il est vingt-deux heures, à peu près.

Au retour du commissaire chez lui, vers quatre heures, Rop est encore là. Après avoir appelé le SAMU, Agnès transportée d'urgence au CHR, il a fait le ménage en grand et s'est endormi, la tête sur la table de la cuisine. Après seulement il a laissé un message au commissariat. Il se réveille parce que Libert s'est assis en face de lui et a toussoté :

— Je viens de la maternité… Je devrais vous casser la gueule de continuer à harceler ma femme mais vous avez sauvé Agnès et mon fils… Dire que je n'ai rien vu venir… La révélation dont vous parliez, ce qu'Agnès devait m'annoncer, en sortant de La part des anges, c'était donc cette grossesse ?

Rop a posé les mains à plat, de chaque côté de son Canon, il regarde Libert bien droit :

— Non. Je lui avais suggéré de quitter son amant

et de s'en expliquer avec vous… D'après l'urgentiste qui l'a examinée ici, comme elle refusait mentalement sa grossesse, elle ne se savait pas enceinte. Jusqu'à ce que le bébé ait envie de sortir. Cela s'appelle un déni.

Libert regarde dans le vague, respire large, surtout garder ses nerfs :

— Nom de l'amant… ?

— Je ne vous le dirai pas. Demandez à Agnès. Peut-être l'enfant est-il de lui, cet amant anonyme… À vous de décider si vous voulez un test ADN avant d'adopter ou de rejeter le petit.

— Et votre rôle là-dedans ?

— Metteur en scène… À partir du moment où j'ai surpris Agnès avec un homme, que je la savais mariée à un autre, commissaire divisionnaire, j'ai voulu voir la violence conjugale à l'œuvre, vérifier la méchanceté originelle des hommes, quelle que soit leur fonction sociale. J'espérais presque un assassinat. J'aurais été présent, croyez-le, et j'aurais mitraillé. Parce que là je participais au mal… Mais jamais je ne vous aurais dénoncé, personne n'aurait vu mes clichés. Et j'aurais peut-être été incapable de les prendre. Pas encore assez méchant… Vous l'êtes sûrement plus que moi… Mais déjà, qu'Agnès ait foutu son enfant dans la poubelle d'en face, cette espèce de syndrome de Médée qui tue l'enfant de son mari, ou de son amant, ça ne plaide pas pour l'instinct maternel et la bonté humaine.

Il s'est levé et Libert garde les yeux baissés :

— Faut vous faire soigner, Claassens. Ou vous marier et avoir un enfant. Avant que quelqu'un ne vous tue, vous.

Denis a vidé la larme de bière au fond de sa chope, a glissé de son tabouret. Le griot des Flandres finissait son petit conte :

— Toutes ces histoires lui faisaient du mal. Il les fabriquait pour se flageller, se sentir un sale type et participer de l'abjection universelle... Un christ à l'envers... Qui pensait racheter les péchés du monde en les faisant éclore... Les photos qu'il en tirait, il ne les supportait pas. Encore, celle-là, je la connais par Agnès, divorcée de Libert, tu penses bien, elle me l'a racontée juste après la mort de Claassens. Du temps de ma rédaction en chef à *La Voix* elle m'a toujours refilé des tuyaux sur les gros procès, on a continué à fêter ses victoires ensemble, et un soir arrosé, fin juin, elle avait sauvé une infanticide de perpète, elle m'a parlé de son gamin, Raphaël, asthmatique, et de fil en aiguille... Même pas sûr qu'elle soit authentique cette jolie parabole biblique. Pas plus que plein d'aventures incroyables qu'il m'avait confessées lui-même. Il a dû en vivre d'autres et des pires, dont il ne parlait pas. Et tu sais le plus ironique du sort ? Le commissaire Libert était responsable des forces d'intervention au moment de la tuerie du lycée. On a dit qu'en apprenant que Claassens faisait certainement partie des otages il n'avait pas forcé son talent. On raconte beaucoup de choses... Moi le premier.

Je suis allé fermer la fenêtre, Denis renfilait sa veste, tâtait ses poches, toujours ces foutues clés, où diable je les ai laissées, je vais finir par dormir ici Dom... Diable, c'est le mot de Denis, l'excuse commode pour tout ce qu'il rate, y compris sa putain de vie. Putain et foutue, il aime aussi, sûrement pour le lien de cause à effet. En revenant je prends au passage le paquet de programmes d'opérette, ne pas l'oublier à la fermeture, le premier de la petite pile ficelée est celui des *Cloches de Corneville*, de Robert Planquette, saison 59/60. Une sombre affaire de gamine abandonnée, élevée en Normandie par un serviteur en l'absence du maître, si je me souviens, et de captation d'héritage, et de petit mousse que le vent pousse.

— Tu es sûr de l'histoire d'Agnès ou bien tu as brodé?

— La rumeur, c'est jamais de la dentelle. Rop, fallait apprendre à lire entre ses lignes. Et Agnès, si elle me confiait de l'inavouable, elle disait forcément vrai. Toujours le vieux commandement journalistique du film *L'homme qui tua Liberty Valence* : imprimer la légende quand elle est plus belle que la vérité…

— Si je peux me permettre, Claassens prolongeait surtout, avec une douleur accrue, ses vieilles expériences de conflits armés… Tu sais pourquoi Rop Claassens en souffrait plus durement que d'anciens combattants de guerres inavouables, Denis? Parce qu'il vivait deux fois cet enfer de la mort traversée et imprimée comme sur un suaire sensible au fond de sa conscience, une fois physiquement, dans le souffle de la bombe, le sifflement des balles, et une seconde fois, simultanée et dérisoire, à travers son objectif qui focalisait toute la violence instantanée du monde! Là, dans ses chasses aux petites brutalités urbaines, il n'y avait pas le danger proche mais Claassens débusquait la semence du mal dans les laideurs quotidiennes pour continuer à se sentir au-delà de la mort. Il faisait l'inverse d'une thérapie par la création artistique comme en suivent les soldats traumatisés qui dessinent, écrivent, racontent, parce qu'il était l'artiste de la guerre... À mon avis, il détruisait ses clichés au fur et à mesure, ou bien il envisageait de tout bazarder à un moment où il aurait renoncé à tout. À la vie, en fait. Pour y voir clair. C'était pas un antéchrist, c'était un christ véritable mais sans la foi.

Denis m'a regardé en biais, de ses yeux d'épagneul impavide, a lapé dans son verre un souvenir de Rodenbach tiède :

— Tu l'as connu, Dom ? Il t'a raconté son histoire ?

— Je me connais moi. Je sais d'où je viens. Et ce que ça fait de ne pas s'aimer.

Ensuite, dans cette toile lâche d'événements sans rapports apparents, il est arrivé que Judith a acheté, pour notre compte à tous deux, une maison sise rue de la Bassée à Lille. Cela s'est produit vers les fêtes, Noël. Judith est un aigle au regard aigu et vert, porte une tignasse courte, à peine aux oreilles, de jument noire, se fout de son corps de Tosca et s'habille trop souvent en chef de chantier. Elle détient le record des traversées quotidiennes de la place de la Déesse, toujours en mouvement, prête à claquer la portière de sa bagnole d'occasion du moment, un break. Tout le monde lui mange dans la main, et elle est certaine d'être à couteaux tirés avec tout le monde. Judith Rosencrantz, quarante ans à peine passés, n'aura jamais d'enfants. Elle a fait le nécessaire pour empêcher ce malheur, qu'une fille, ou un fils qui lui serait venu, aurait eu à supporter l'histoire de sa famille et la sienne. Je pense n'avoir pas d'enfants pour les mêmes raisons, plus exactement pour les raisons propres à Judith. Si nous avons été amants, cela ne regarde personne que nous. Mais désormais nous représentons notre seule famille réciproque et nous sommes associés dans la promotion de maisons et appartements rachetés en mauvais état puis retapés par Judith et ses équipes et loués ou revendus toujours par les soins de Judith. Elle a des gens dans sa manche que je ne veux pas connaître, qui lui fournissent les tuyaux, souvent des héritages à reprendre au vol, un viager, une indivision à régler en coulisses avec quelques liasses. Un notaire en particulier lui indique des affaires, très officieusement il va sans dire, Me Colpaert, qui mettrait sa fortune aux pieds de Judith sur la promesse d'un sourire. J'ai des parts dans la société dont j'assure la partie juridique et l'intégrale propriété du Dominus qui me vient de mes parents. Elle possède l'endroit où elle habite, un duplex rue de la Monnaie, et un appartement, haussmannien, boulevard Carnot, dont elle a un usage, disons, muséographique. Les bénéfices qui me reviennent ont moins d'importance à mes yeux que les papiers anciens, les lettres, les publications fugitives donc introuvables qu'on nous abandonne avec le contenu des logements négociés en l'état. Ainsi je possède une BD en deux couleurs, bleu et blanc, d'une seule page, sur papier quasi buvard, qui résume en une douzaine de vignettes le début des *Vikings*, un film de Richard Fleischer à la fin des années 50, avec Kirk Douglas borgne et Tony Curtis amputé d'une main, Janet Leigh aimée de ces frères ennemis... Il est programmé pour une semaine, du dimanche 2 au samedi 8, on ne sait pas de quel mois et de quelle année, 58 peut-être, au cinéma Familia à Wattrelos, pas loin de la frontière, après Roubaix. Des documents pareils m'enivrent, je me saoule à l'imaginaire, la matinée du dimanche, Jean Mineur publicité, le petit garçon venu avec papa-maman... J'ai aussi un programme du cirque Amar, même année, avec Achille Zavatta, le clown, et Alphonse Halimi, champion du monde poids coq... Des laissez-passer magiques, frottés de vies que j'écoute bruire. Judith s'attacherait plutôt à récupérer des meubles Art déco ou Biedermeier s'il s'en trouve dans le lot. Ce n'est jamais arrivé jusqu'à aujourd'hui.

L'arrivée de Laura l'a prise à rebrousse-poil. Ce premier après-midi. Je venais de rédiger le chèque à mon laveur de vitres, BB Clean, un jeune type vaillant, trapu, capable de porter son échelle à bout de bras, qui venait de lâcher les études pour monter cette entreprise de nettoyage, avec juste une petite employée blonde, un oiseau aux yeux jamais en repos, joliment vairons, qui manie la raclette à vitres avec précision et plaisir, comme une baguette de chef d'orchestre. Vu leurs prix et leur gentillesse, j'avais accepté de signer un contrat d'entretien. Une intervention hebdomadaire. Pour une aumône. Le montant des dépenses d'uniforme de Laura les aurait ahuris. Elle était revenue de son shopping avec un trousseau d'un goût parfait, complet et somptuaire, des robes, des chaussures, du linge, un manteau, un imper qu'elle m'a montrés sans ciller avec les douloureuses factures avant de tout ranger dans les placards du studio, au-dessus du bar. Judith a dû croiser les petits de BB Clean au seuil du bar et monter nous surprendre au moment où Laura, encore en soie noire du matin, penchée sur les tiroirs du dressing, y glissait une lingerie dont elle n'avait, à l'évidence, que peu d'usage. Elles ont croisé leurs regards comme les escrimeurs croisent le fer, froissent leur lame rapidement et reculent pour un assaut, plus tard. Judith a rompu d'un pas, toisé Laura... Et puis d'un coup, elle porte son attaque sur moi, elle me joue une scène, burlesque, vaudevillesque, mains aux hanches, poissonnière, ah monsieur donne dans la cocotte, eh bien il va en avoir de la volaille, et puis elle renifle, essuie une larme, se pend à mon cou, ou alors tu crois que c'est l'âge, je suis trop vieille, tu me connais trop par cœur, et c'est qui cette jeunesse que tu installes à domicile, Dom, t'es un salaud...

J'ai commencé par être terrifié, le temps de percevoir le jeu, puis j'ai commencé à rire, et je n'en peux plus, mal aux côtes, merci de tes folies, Judith, pourtant je vois bien son numéro, qu'elle en rajoute pour ne pas étaler sa trouille de ne plus être la seule femme dans ma vie, même si elle rétrogradait juste associée... Et soudain elle arrête la comédie, se tourne vers une Laura interdite, nouée, presque sur une défense agressive, prête à abandonner ses achats et son job et repartir, Judith soudain pointe son index :

— Je ne te demande rien. Si tu es là, c'est que Dom t'a acceptée. Donc tu as ta place au Dominus. Comme à la Légion étrangère, quoi que tu aies fait ou subi, ici tu recommences de zéro, rachetée. Vierge.

Et elle ouvre les bras, le regard en dessous, rigolard :

— Quand même, tu serais plus laide, je me sentirais mieux... Dom et moi, c'est de l'histoire ancienne qui devrait bientôt exister, ou pas, on n'a pas encore décidé, mais je suis jalouse de toi. Je m'appelle Judith et tu peux m'embrasser.

Laura s'exécute, avec la distinction des accolades mondaines, à peine un bruit de lèvres, un frôlement de joues, le coup de râpe douce de la voix, moi c'est Laura, et les yeux interrogateurs vers moi, par-dessus l'épaule de Judith. Qui maîtrise aussi ces faux-semblants, et les vacheries :

— Tu sais, Laura, les clients vont se faire des idées : t'es beaucoup trop bien pour une barmaid.

— Je sais, je fais plutôt escort-girl, mais pour un poste d'archiviste particulière, je satisfais à peine aux conditions physiques requises.

Le bec cloué, Judith. Archiviste ? Tu engages miss Monde pour souffler la poussière de tes papiers morts ? Exactement, chacun son luxe ! Et je l'ai entraînée en bas, que Laura nous rejoigne une fois installée. Après, devant des bières blanches, en dessous, dans les intervalles des clients, on a fini de s'expliquer tous les trois, de décrire les étapes vers une possible réalisation de mon rêve. Mon capharnaüm à mettre en ordre, renouer les fils des vieux hasards, bricoler des rapports logiques. Ordonner ainsi la mémoire collective à partir de l'éphémère trivial et intime de la vie, tout ce qu'elle produit d'écrit, ce qu'elle donne à lire au quotidien, hors les romans, la littérature à pignon sur rue, la presse. Dans ce matériau, saisir, au moins en partie, comment on en est arrivés là, à ce point de pas bien, ou de bonheur, d'insouciance, avec cet homme, cette femme. Repérer quel rien a échappé autrefois à une demoiselle distraite, un salaud sans précaution, qui a produit cet aujourd'hui que je ne comprends pas, ou mal... Seul, cette utopie, cette folie d'une archéologie totale du papier, je ne m'y attaquerais jamais. Avec Laura, vraisemblablement si... Pas parce qu'elle est belle, parce qu'elle a accepté sans demander. Laura magnifique en robe trapèze toute neuve, de lainage noir, à emmanchures américaines.

Au soir on ne savait rien de plus d'elle, même pas pourquoi elle est entrée au Dominus – pour voir mon sourire de près n'est pas une explication recevable –, non, on ne connaissait rien d'elle, hors sa capacité d'adaptation à son nouvel univers, son pouvoir de séduction sur les habitués, Denis surtout avec qui elle avait déjà des confessions à part, et puis que j'avais le double de son âge, ou pas loin, et aucun espoir de vieillir avec elle. Son hématome à la joue, évidemment Judith avait demandé qui était le pauvre type capable de, Laura s'était bornée à plaisanter, me disculper avec des airs faux cul qui m'accusaient pire qu'une dénonciation directe, je ne l'avais pas frappée, et puis les esclaves, le maître a le droit de les corriger, et ça n'avait d'ailleurs plus aucune importance. À l'instant, rien n'en avait davantage pour moi. Judith récupérait du tranchant de la main des miettes de silence oubliées au comptoir.

Le destin a fait signe une autre fois, aux alentours de la Toussaint, aux époques de crachin et de brouillard, le jour où les particuliers se débarrassent de leurs objets encombrants, les déposent au bas des immeubles. Judith a trouvé un secrétaire Biedermeier, un Charles X, vers 1815, en acajou, sur le trottoir du boulevard Carnot, à deux pas de l'appartement qu'elle n'occupe pas. Elle n'en revenait pas, elle n'osait pas le quitter des yeux et m'a appelé, viiiite, pour que je vienne l'aider à le sauver de la rosée. J'ai apporté mes petits muscles, le vieux Kangoo de Judith, et on a entreposé le secrétaire au bord de mes archives, comme un chevalier blessé dont on craint de retirer l'armure et de voir le sang. Il y attendrait des soins, une remise à neuf, et un transfert définitif vers l'angle du salon de Judith, quand cet angle aura été réalisé selon les plans de Judith. Judith essaie de remonter le temps, d'aller quelque part dans le passé empêcher la barbarie. Elle ne peut qu'en rectifier certaines conséquences, sans même se donner l'illusion que rien n'est advenu qui fût dans l'ordre. Elle sait son entreprise vaine et ridicule mais pense qu'elle doit cette forme de dévotion aux siens. Elle a acheté un appartement dont l'ordonnancement rappelle d'aussi près que possible celui où ses grands-parents furent raflés, à Paris, en 42, et où sa mère a passé sa petite enfance. Avec des photos, les souvenirs flous ou faux consignés par sa mère et ceux d'une cousine plus âgée, toutes deux maintenant disparues, Judith s'est juré de reconstituer, ici à Lille, pas un mausolée, mais la matrice familiale, le lieu de toutes les intimités à venir.

Sans cesse à me répéter que sinon, tu comprends, Dom, je suis morte, peut-être c'est pour ça que je ne peux pas t'aimer... ? Mais si, tu sais bien que je t'aime... ! Et toi, tu m'aimes ? Non, ne réponds surtout pas... !

Pour l'instant, depuis pas mal d'années qu'elle s'est attelée à la tâche, l'architecture intérieure n'est toujours pas définitivement établie et le mobilier se résume à deux chaises, des copies Biedermeier justement, droites et bêtes. Judith s'y assied de temps en temps, c'est un début n'est-ce pas, Dom, le reste viendra... ? Oui Judith, surtout ne pleure pas. Alors ce secrétaire écritoire, on va te le bichonner, rien qu'à le frôler de la paume, tu sentiras les baisers de tes grands-parents à tes joues, promis, Judith !

Que je dise aussi, Laura, un soir où elle venait archiver, est restée plantée un moment devant le secrétaire. Ensuite lui est venue une sorte d'envie de caresse du bois, de manœuvrer les tiroirs, elle a tendu la main et puis son visage s'est crispé, non, non, s'il te plaît, patron, on ne pourrait pas ranger ce meuble ailleurs? On l'a mis au fond de mon garage, tous les deux à le trimballer, les mollets raidis à trébucher dans mon bazar, et on n'en a plus parlé. Tout de même, m'appeler patron à cause d'un bête meuble, j'en avais l'âme balafrée.

Oui, entre fin août, l'arrivée de Laura et l'année moribonde, excepté ce sauvetage de secrétaire, ces quatre mois ont simplement balayé la vieille poussière. Les poumons de Laura doivent en avoir aspiré la plus grande partie à tout déranger, manipuler, faire son travail d'archiviste, elle y tenait. Chaque fin de séance de tri dans mon enfer de papier, elle avait l'air d'un petit mineur de fond. Et sa beauté en devenait effroyablement accessible, avec le minuscule paraphe de l'ancienne coupure, juste un trait de plume à sa pommette gauche, qui noircissait de saleté. Moi aussi, quand je ne la relayais pas au Dominus où je dessinais des phrases sans suite avec le doigt dans la buée de mon zinc, après des années d'entassement sauvage, j'ai enfin manié des caisses, des dossiers, installé des kilomètres d'étagères métalliques, bien rectilignes, où Laura n'avait plus qu'à glisser ces fantômes imprimés. Elle a commencé par les cartes postales et les lettres, pas seulement celles d'amour, on en a lu aussi à dégueuler, agenouillés côte à côte, des inhumaines, des assassinats à l'encre violette, des confessions crues, d'incestes, de pédophilie, à des notaires de famille, et ces aveux, ces menaces sanglantes ne produisaient que la rumeur craquante des vieux feuillets et nos gémissements navrés. Le monde est là en négatif, où figurent ma propre existence et sa vanité, mon syndrôme Howard Hughes, ma trouille de me colleter à la chair et l'envie en même temps que cela survienne dans les traces écrites d'une affaire refroidie, à la Seznec, et que la lave en coule de nouveau, brûlante. Savoir que seuls les mots sont réels et que rien n'en survenait décuplait nos souffrances.

Ensuite Laura s'est permis une escapade à classer le passé d'un commissariat de quartier. Quand les services de police étaient entrés dans des locaux neufs, voilà deux ou trois ans, Judith et moi avions racheté les murs mis en vente par le domaine public. Évidemment, on s'attendait à du bric-à-brac de meubles mis à la réforme, au souvenir d'heures sombres, à l'écho d'aveux terrifiants et misérables, à des lieux habités d'esprits gémissant pour l'éternité, mais pas à trouver des tonnes de procès-verbaux anciens, jaunis, beaucoup datant des alentours de la Seconde Guerre, tapés avec une mauvaise machine, à l'en-tête du service régional de la police de sûreté, juste jetés en tas au centre de deux pièces à peine éclairées de soupiraux. J'ai tout transporté chez moi, aux anges. Après, les lofts réalisés dans l'ancien commissariat se sont vendus comme des indulgences, les acheteurs au courant du passé des locaux s'y sentaient inconsciemment en sécurité, comme si les ombres des policiers y demeuraient, protectrices. Mais la paperasse récupérée m'a autant réjoui que la plus-value sur la revente. Et quand Laura l'a classée, faits divers crapuleux, collaboration de la police française avec les Allemands, recherche de résistants... Pour elle j'ai remonté les fils brillants de vies inconnues, comme à tirer machinalement sur la laine d'un vieux tricot enfoui sous une pile de frusques à jeter, et s'apercevoir qu'il est magnifique malgré ses trous. J'ai commencé à improviser des séquences à resituer loin derrière nous, à raccommoder les histoires simples qu'elles soient entières et vraies, rassembler à haute voix les murmures bruissant autour de nous, les froissements de feuillets, de pages, qui sont les mots de disparus oubliés, à laisser mes lèvres libérer des témoignages anciens :

— Tu vois, ces «Individus à rechercher»... ? Hippolyte Wallers, né le 2 juillet 1895 à Lille, ouvrier d'abattoir, on ne dit pas à quel abattoir, taille 1 m 64, un petit mec, cheveux grisonnants, barbe rasée, yeux concentriques – c'est-à-dire ronds? – marron moyen (sic), front intermédiaire, nez rectiligne sinueux (re-sic!), bouche moyenne, menton ordinaire, teint ordinaire, visage ordinaire...

On se bidonne sans excès : la bêtise policière c'est du tout-venant. Avec Laura, j'aime bien, dans le froid de mon entrepôt, on est assis sur une caisse de lettres et cartes postales pas encore classées, amour, nouvelles familiales, on verra, on est assis serrés et Laura se recroqueville, met le museau à mon épaule comme un chat qui a sommeil mais elle est bien éveillée, je sens son odeur de fièvre de gosse mal partie, elle suit ma mélopée de lecture, réagit à mes contes :

80

— Pas vraiment un héros…

— Qui sait ? Il a été condamné le 5 mai 43 par le tribunal correctionnel de Boulogne-sur-Mer pour vol… Vol de quoi ? Le 6 juin 44 il s'évade de la Citadelle, camp pénal de Montreuil-sur-Mer. Imagine qu'il ait volé des bijoux, de l'argent, chez un cultivateur des environs de Boulogne, ou d'Hesdin, ces gens-là avaient des sous cachés… C'est juste un petit voleur, Hippolyte, mais une fois évadé de Montreuil, en pleine campagne, recherché, il ne peut compter que sur les fermes pour l'héberger, lui donner un peu à manger, et on est en pleine Libération proche, l'Allemand s'agite !

Pardonnez-moi, on arrête tout ! D'ailleurs dans les faits réels, cette épopée d'Hippolyte improvisée, je l'ai aussi interrompue dès son début : Judith m'a appelé, une maison à vendre après décès vers Cormontaigne, Mᵉ Colpaert reniflait la belle affaire, on a discuté finances… Quand j'ai raccroché, Laura était partie.

Donc, là, à l'instant, il me faut dire la Saint-Nicolas, le 6 décembre. À cause des profanations du cimetière Notre-Dame-de-Lorette et de la synagogue de Lille, la veille.

Avant l'ouverture du Dominus, je suis passé prendre Laura. Judith a téléphoné aux aurores : elle nous veut tous deux à son appartement du boulevard Carnot. Savoir si on peut l'aider pour l'implantation du secrétaire dans son désert intime. Évidemment la manœuvre, surtout si urgente pour un prétexte si mince, pue le traquenard : elle a envie de confronter

81

Laura à ses fantasmes, ses hantises, et provoquer une crise qui se conclue par la fuite de Laura, je ne travaille pas avec des malades mentaux, ou un crêpage de chignon, petite grue, cesse de faire du gringue à Dom, l'étrangère! Doux échange à venir... Laura ne soupçonne pas, elle est toute sémillante, émue d'être admise dans le cercle restreint, et elle me prend le bras, belle à publier ses heures de sortie dans la presse, que la foule puisse l'acclamer en manteau de cuir noir, gants de veau mauves et ses cuissardes à talons hauts, oui elle me prend le bras, à moi, dont le roi n'est pas le cousin, pour enfiler pleine brouillasse, à peine de lumière trouble, la rue des Sept-Agaches, sur le flanc de la Vieille Bourse, longer l'Opéra, traverser et entrer dans la chou-croute haussmannienne dont Judith possède le dernier étage, pierre noble, ascenseur de chêne clair et grilles Art déco. Laura s'est raidie de froid dans la cabine étroite, l'œil agrandi, fixe comme d'un oiseau inquiet. Nom de Dieu, ce visage au luxe sauvage, cette dégaine d'aviatrice retour de raid, j'ai envie de lui demander de m'épouser, et puis l'engin stoppe, fait gling, je tire la grille, attention, ne pas se coincer les doigts, on sonne et Judith ouvre, elle a des années en plus sur les épaules, des yeux avec du vrai cinéma dedans, une fatigue des mains qui remontent ses cheveux, et elle est belle aussi, en robe portefeuille de lainage rouge, même son dos qu'elle nous tourne, qu'on entre à sa suite dans ses steppes de parquet blond, son dos est beau, large d'épaules... Pardon...? Je n'ai pas compris, Judith...

— On a profané le cimetière de Notre-Dame-de-Lorette. Tombes musulmanes et tombes juives.

Et la synagogue de Lille... Je chauffe le palier ou vous entrez ?

J'obéis, dépasse le court vestibule demeuré intact, juste badigeonné de blanc, entre dans le living immaculé pareil, dont la géométrie a encore changé me semble-t-il, une chambre a disparu, non, l'inverse, Judith a rogné le salon afin de trouver la place d'un dressing, ou d'une petite pièce, non, pas du tout... En tout cas, les essais de papier peint, lilas à fleurettes blanches, vert Empire à lignes, jaunasse à bestioles rouges, toile de Jouy, les essais couvrent toujours une partie des murs... Et je questionne, profanées comment ces tombes et quand... Et je sens soudain que Laura ne m'a pas suivi. Elle est restée sur le seuil, immobile, regarde par-dessus son épaule, vers l'escalier, comme si elle guettait quelqu'un ou l'écho de pas perdus :

— Qu'est-ce que tu attends ? Entre, il fait meilleur dedans...

Judith a pris un journal posé sur une de ses deux fausses chaises Biedermeier qu'elle tire devant ses plans punaisés au-dessus de la cheminée :

— Et puis si t'as froid, tu peux garder ton manteau de Gestapo. C'est le lieu et l'époque... Des inscriptions sur cinq cent vingt-sept stèles, en gros une lettre sur chaque. Des petits fachos à demi analphabètes ou myopes, à peine foutus de déchiffrer un bulletin de vote. Et des graffitis antisionistes en façade de la synagogue. Tiens, lis...

Et elle me tend *La Voix du Nord* sans se lever tandis que le battant de l'entrée claque puis les talons de Laura sur le parquet quand elle me dépasse, va mettre le nez contre les fenêtres en rotonde, au bout de la pièce, face au cul de l'Opéra, en même temps qu'elle déboutonne son cuir, le laisse glisser et le regarde pendre jusque par terre au bout de son bras droit, robe chandail moulante tête-de-nègre. Désinvolte. Cette silhouette sombre et déhanchée sur le fond gris du temps, rien ne dirait mieux la solitude, et puis Laura frissonne, revient à nous... Elle laisse son manteau à l'autre chaise, pose une main à mon bras pendant que je déplie le journal, mais son regard traverse les cloisons, pendant que je parcours l'article. Judith et ses airs de rapace magnifique, nez aquilin, lèvre pleine, menton levé de colère permanente, immémoriale, la reine Judith, ma reine de cœur, nous surveille, je le sais, assise de biais sur sa chaise copie Biedermeier, un coude au dossier et le menton sur la main.

L'article montre effectivement des dignitaires en djellaba ou costume croisé, des barbus de toutes obédiences et des descendants de poilus de 14, des gardes d'honneur, qui rivalisent de déplorations et d'adjectifs vigoureux. Scandaleux, odieux, on porte atteinte au respect dû aux combattants qui ont donné leur vie pour la France, et cette blessure est infligée non seulement aux morts, mais aussi aux vivants qui leur doivent la paix. C'est le lien sacré entre eux, le fondement de toute civilisation, qui est nié. Les photos au petit matin de brouillasse montrent les alignements des stèles de la nécropole, barbouillées de croix gammées ou d'une lettre, presque avec art parfois, de façon à suivre le contour polylobé de la pierre. Par rangées, ces majuscules forment des phrases, sans espace, comme si chaque mort criait un seul son, brut, mais que tous ensemble ils gueulent en français et en allemand. Je remarque la barre rentrante des G, en forme de flèche, comme la partie basse des J... Parce que je replie le journal Laura saisit l'occasion et s'avance vers la cuisine et le couloir au-delà, pas franchement, juste le cou en avant, la tête de côté, en promeneuse. Et moi je vais à Judith restée assise, qu'elle appuie sa tête à ma poitrine, m'entoure la taille de ses bras et m'embrasse le cœur à travers la chemise par mon trench ouvert.

— Pour une fois, musulmans et juifs sont dans le même sac. Et ceux d'autres croyances aussi, crois-moi. On tâche de ranimer la violence, la barbarie, en niant que ceux-là qui sont ensevelis aient droit au respect. Ils sont simplement mis à l'écart, rendus inoffensifs par la sacralisation. Alors quelqu'un décide de dire qu'ils sont à la fois auteurs et victimes de la fureur des hommes, de l'excès de leur force, et ne sont pas des dieux mais des types que la vie n'a pas très bien traités et qui peuvent encore crier vengeance. Quelqu'un leur refuse le dernier refuge, les convoque à revenir sur terre par les insultes inscrites sur la pierre. Insultés, réveillés, ces morts redeviennent contagieux, et de ceux qui lisent ce journal beaucoup seraient capables de lyncher les coupables et d'étendre la loi du talion à la région, à la nation. Le martyr se fabrique sur un corps encore chaud ! Une fois refroidi, la mémoire fait le reste, à condition qu'elle ne soit pas révérencieuse, polie, déplorative, il faut du souvenir hargneux, vindicatif ! Alors construire un sanctuaire aux douleurs d'autrefois est à la fois un devoir et un péril. C'est difficile de ne pas souhaiter expier quand on n'est pas l'auteur de la faute mais qu'on est éclaboussé… Et je sais de quoi je parle…

Laura s'est arrêtée au bord du couloir, pas sûr qu'elle m'ait écouté mais elle voit Judith décroiser les jambes, prendre appui au dossier de sa chaise et poser une main à l'endroit de son baiser tout à l'heure, au cœur, et me parler tout lisse, comme à un gamin qui a débordé les limites, et surtout, au-delà de moi, s'adresser à Laura :

— Le souvenir je m'en fous, la nostalgie, l'Histoire et les comptes à solder, je reconstitue mon territoire d'origine, pas en photo ni en relique, je rebâtis l'Éden pour voir si j'y ai ma place, ou si je peux y prendre la place de ma mère. Voilà le but que je m'assignais en commençant mes travaux… En réalité je travaille à prouver l'inverse : qu'il faut arrêter d'avoir le passé pour seule loi, et je pense que je revendrai cet appartement une fois qu'il sera conforme à ce qu'il était à Paris en 43, ou à l'idée que je m'en fais. Pour conjurer. À cette condition il sera ma maison mentale, pas un mausolée de plus, un mémorial stérile, hanté et profanable, il vivra, et là, ma famille aura gagné sa guerre !

«Tant d'autres ont éclaté depuis, jamais finies, où la violence paraît légitimer une violence en retour, pourtant jamais équitable ni juste, au point que la réparation est dévastatrice, presque moins justifiable que le dommage.

«Me joindre à une foule qui lynche un assassin, même convaincu de crime, c'est tirer mon bon droit du nombre et finalement être déçue de n'avoir que des miettes de vengeance. Le regarder être traduit en justice et être condamné, c'est satisfaire l'idée morale d'un châtiment juste, mais ne pas en être acteur, c'est digne mais frustrant... Moi je n'ai pas le temps, ni le courage, ni les appuis pour courir le monde, traquer les anciens nazis et leurs élèves bourreaux, les tuer de mes mains ou les livrer à des tribunaux. Si j'avais été un homme jeune au sortir de la Seconde Guerre, de l'Holocauste, peut-être je serais entré dans une organisation pour tuer des criminels, des têtes pensantes et des exécutants, ou les faire pendre, mais je ne suis qu'une petite juive née à l'époque hippie... Alors la violence et moi...! J'ai l'amour comme règle, je suis scorpion ascendant Woodstock...

Petit bisou sur mon nez, histoire de bien asseoir ses prérogatives, et Judith finit sa déclaration électorale, en exhibitionniste, pour Laura :

— ... Donc je reconstruis l'univers intime aboli par les serviteurs du IIIe Reich, et je le transmets, plein d'avenir, à d'autres. J'efface les bourreaux de l'Histoire et je rends leur territoire à ceux qu'ils ont tués pour les en spolier. Je ne vais pas cracher sur leurs tombes pour me donner les couilles de continuer la vendetta ! Et puis merde, je ne vois pas pourquoi on parle, tu sais parfaitement pourquoi je rénove cet appartement et où j'en suis de mes impuissances à apprivoiser mes fantômes ! Vu que tu crèves de vivre avec les tiens ! Sauf qu'on n'a pas les mêmes, je me trompe ?

Bien sûr, Judith, bien sûr.

Laura est venue se glisser entre Judith et ses plans qu'elle parcourt, d'un index ganté, et sa voix nous surprend, de son irruption sans rapport avec notre dispute et de son bleu profond, grave :

— La première chambre a été divisée en dressing et extension du salon ? Les deux autres, tu n'y as pas encore touché... Suppression de la cloison salle à manger-salon, je vois... Mais cette arcade entre deux, à quoi elle sert, juste décorative ? Les carreaux dans la cuisine et la salle de bains, tu les as gardés tels quels ? Bistre et blancs alternés, posés en losange, à la lilloise ? Évidemment tu ne peux pas créer de salle de douche, à moins que le cellier... Non, tu aurais la place mais pas les évacuations qui bousilleraient un mur de cuisine...

Et elle se retourne dans l'attente d'une réponse, comme un acheteur possible devant un chantier de rénovation. On en a vu des centaines, tous les deux, des arrogants et des naïfs, des connaisseurs et des pigeons. On a toujours essayé d'être honnêtes. Sans perdre d'argent, il va de soi. Ici, mes intérêts ne sont pas représentés, mais j'espère que mon associée saura limiter ses dépenses, ne pas habiller ces murs sans compter, comme pour un gigolo entretenu... Judith lève les sourcils, étonnée de la familiarité de Laura avec les lieux. Moi j'ai déjà éprouvé, les quelques fois où elle m'a laissé entrer ici, cette impression de déjà-vécu, cette reconnaissance d'un lieu dont on ne savait pas avoir conservé des images, ou dont on recompose des images, que le terrain en semble familier, toute hostilité, étrangeté gommées. Vraisemblablement une réaction d'appropriation, de défense surtout, contre l'inconnu. Et puis des appartements semblables à celui-ci ne manquent pas. Laura doit ressentir le même phénomène mental je parierais, que Judith comprend mal.

— Exact... Tu as habité ici avant que j'achète? Tu devais être gamine... Mais tu te souviens bien. Pendant que tu y es, tu veux aussi savoir comment je me procure en douce des lames de parquet en pitchpin pour faire mes raccords? Vu que l'importation d'Amérique est interdite depuis belle lurette... Allez, viens, je te fais le tour du propriétaire, tu poseras moins de questions.

— Tu ne serais pas obligée de répondre, pas plus que je ne répondrai aux tiennes.

Je tente d'adoucir l'atmosphère en jouant l'agent immobilier sans morale professionnelle, mais faire le marrant sur commande, je déteste :

— Ici, une salle de jeu pour les enfants! Pardon...! Enfin, vous pouvez y enfermer un gamin... Ah, ah!

J'ai poussé la porte des W-C, fine plaisanterie, non? Ces dames n'ont même pas un regard. Je remballe mes bons mots pourris. Judith s'est remise à soliloquer et Laura caresse les murs, s'y adosse, se crispe soudain au point de les griffer, soupire. Mieux vaut laisser monologuer et soupirer, qu'elles se déshabillent de leur douleur. Celle de Laura je ne la connais pas encore, celle de Judith ne guérira jamais :

— La *Möbel Aktion*, qui s'en souvient? Des meubles, du linge raflés entre 43 et 44 par le *Dienststelle Westen* dans les logements vides des juifs déportés, internés. Les huiles nazies venaient se servir dans des entrepôts, un magasin Levitan, boutique de youpin, un hôtel particulier, Bassano, aussi piqué aux juifs, où des détenus de Drancy les retapaient, les nettoyaient... Mon grand-père était un petit maroquinier et ma grand-mère sa seule vendeuse. Mais ils possédaient leurs murs, hérités du papa de ma grand-mère. La *Möbel Aktion* volait les petites gens... Et tu sais le plus cruel : je m'appelle Rosencrantz, comme le type qui s'en va et ne revient pas, dans *Hamlet*, et le responsable de l'opération, il avait aussi un nom juif, Rosenberg, comme Julius et Ethel... Personne ne s'en souvient non plus de ces deux-là, assassinés pour espionnage, bidon, par les Ricains, comme quoi les barbares n'ont pas de patrie, toutes les idéologies en produisent... Et ma mère disait qu'en vidant l'appartement, les Allemands avaient fait d'elle une apatride. Une orpheline par la déportation de mes grands-parents à Auschwitz, sur un sol ennemi, et une apatride par l'anéantissement de son univers intime, par la négation du droit à un espace privé. Fallait qu'on disparaisse totalement, qu'il ne reste plus une graine de juif qui puisse refleurir : nos dents en or, nos cheveux, la peau des cadavres, tout a été récupéré, transformé, et même les petites choses laissées derrière nous, une lampe, un guéridon, ils les ont naturalisés allemands. S'ils y avaient pensé, ils auraient effacé les traces de nos pas dans la boue des camps, qu'on n'existe vraiment plus ! Profaner un cimetière relève de la même idée : même mort, un juif n'existe pas. Après guerre, vers 50, 55, quand ma mère est retournée à son adresse, c'était vendu, sûrement à des collabos ou des fils de, on l'a même pas laissée entrer, qu'est-ce qu'elle pouvait faire ? Voilà pourquoi elle a raconté comment c'était chez elle, retrouvé deux ou trois photos chez des pas juifs, des pas déportés, et une lointaine cousine,

90

des amis dont elle se souvenait, des photos prises pendant des repas de fête, et elle m'a fait des vagues croquis. Quand elle a épousé mon père, il est mort aussi sec, et elle, elle a été obligée de faire durer son cancer pile jusqu'à ma majorité. S'appelait Weber, de son nom de jeune fille…

Pendant la tirade à mi-voix de Judith, sur le souffle, sans la ponctuation que j'y remets, Laura, je ne sais pas ce qui lui prend, le long passe-plats à l'ancienne entre cuisine et salle à manger, ses portes coulissantes séparant plan de travail et placards, elle les fait coulisser, les ouvre, les ferme, rouvre, referme, en écoutant Judith, lointaine, distraite, et puis une soudaine lubie de gamine qui s'ennuie, d'un coup de reins elle se hisse sur le comptoir, elle a juste la place d'y être étendue, et elle ouvre d'un seul mouvement les portes coulissantes, comme un rideau de music-hall, la tête vers la salle à manger, et je sais qu'elle sourit, offerte à l'appétit de convives absents. Oh, le jeu ne dure pas, même pas sûr que Judith ait vu, occupée à se répéter sa légende familiale et mesurer pour la millième fois l'espace réservé à une bonne vieille cuisinière à platines de fonte, fonctionnant au charbon ou au bois. Sa mère lui parlait de ce fourneau à panneaux d'émail blanc… Seule inquiétude dans cette cuisine : la faïence murale, peu vraisemblable à Paris… Laura a roulé sur elle-même pour retomber sur ses pieds de l'autre côté. Mais moi j'ai senti sa tentation brutale, la sensualité de se mettre en position d'être dévorée. Et nos regards croisés disent qu'on s'est compris, on s'en tiendra là. Laura pirouette, changeons de conversation, élève la voix :

— Le secrétaire, Judith, tu le mettras dans le vestibule, bien sûr ?

Judith baisse la tête, répond par le passe-plats :

— Pas du tout. Il a toujours eu sa place juste avant la rotonde, là ! D'où tu tiens ton « bien sûr » ?

— Peut-être que moi aussi j'ai été un meuble, peut-être un secrétaire... Ou une bergère... Possible que j'en sois encore une, juste une espèce de banquette pour poser son cul !

Sec, avec une force d'esclave affranchie. Et hop, manteau ramassé, renfilé, pardon de la mauvaise plaisanterie, et elle sort dans une chamade de talons qui dévalent l'escalier. Judith vient refermer la porte derrière elle, s'appuie contre, les mains aux reins, et son air de dolorosa amoureuse :

— Ouvertes ou fermées, les portes, elle comprendra jamais. Elle se fout de ce qui garantit la survie d'une démocratie : la mémoire des souffrances et des victoires ! Alors la profanation de la nécropole de Notre-Dame, c'est le cadet de ses soucis ! À part ses fesses... Elle vient de le prouver... Tu l'aimes, hein ? Dis pas non, putain de Dom, tu l'aimes.

— Denis a le droit de dire putain. Pas toi. Oui je l'aime. Mais arrête ton numéro, tu parles comme une candidate à des cantonales partielles pour m'entendre dire des répliques de sitcom, « il ne faudrait pas que tu partes, j'en mourrais, à cause de tout le bonheur que je veux voir dans tes yeux »... T'es contente, c'était comme à la télé ? Quant aux démocraties, elles ne sont pas qu'une jolie idée, c'est le courage de foutre à temps son poing dans la gueule de celui qui veut les détruire ! Voir Munich avec Hitler... Daladier et Chamberlain lui en retournaient une sévère et il se couchait la queue entre les jambes ! Il est trop tard pour cette guerre-là et pour bien d'autres, madame la reine des reliques ! On a laissé monter en graine des fondamentalismes dans nos démocraties, fallait leur foutre le pied au cul ! Encore que Saddam Hussein, il l'a pris son coup de pied au cul, sauf que c'était une agression impérialiste sous couvert d'une défense démocratique pour un président américain va-t-en-guerre... Alors ton appart, repeins-le en rose, des meubles Ikea, un home cinéma et basta !

Je devrais l'embrasser, ma complice de débrouille, au lieu de dégoiser en politicien de zinc forcément elle est vexée : la traiter de reine des reliques ! Comme si mes propres cicatrices, les vraies, celles que je tais, y compris à moi-même, n'étaient pas si près de se rouvrir ! Comme celles de Laura demeurent béantes, et qu'est-ce que j'y peux ?

Putain, je suis lâche à crever sur place ! On dit pas putain. Ni crever.

Le même soir, celui de la visite à l'appartement mental de Judith, le soir ou le lendemain, non, le soir même, Laura a sonné chez moi, pour la première fois en haut, mes appartements privés. J'ai ouvert, assez épaté, elle venait faire amende honorable ou quoi, et puis elle a la clé des entrepôts sous mon loft, donc elle pouvait archiver sans monter. Elle est entrée, même tenue que le matin, s'est promenée dans mes environnements de vieux bibliomane, mes alignements de bouquins classés alphabétique, chacun à sa place, a apprécié le coin cuisine, alu brossé et électro-ménager efficace, passé un doigt sur la table de salle à manger, mis le nez au bord du couloir des chambres.

— Tu comptes me refaire le coup de ce matin, chez Judith? Décris-moi la salle de bains, pour voir si t'es vraiment extralucide... Et puis dis-moi enfin ce qui t'a fait échouer au Dominus.

Déboutonnage éclair du manteau, elle se jette dans mon Chesterfield pas du tout assorti avec le reste du mobilier qui n'est d'ailleurs pas assorti ensemble, et c'est une presque gamine roublarde, qui sait bien ses effets:

— Nigaud: à quatre heures du matin tu étais le seul bar ouvert...

Comme si j'allais croire des carabistouilles ainsi! Passons... Elle croise les jambes, très salonière:

— ... La fin de l'histoire d'Hippolyte Wallers, tu ne me l'as toujours pas racontée...

— Parce qu'il s'associe avec Charles Soler. Tu as lu, ils s'évadent ensemble du camp pénal de Montreuil? Mais si... Fais-moi une place...

Elle se pousse, que je m'installe à son côté, calé dans l'angle du canapé, et puis, au moment où je commence mon histoire pour petite fille à endormir, elle se laisse aller contre moi, qu'il me reste juste à la laisser se nicher, bien embarrassé de ma main droite qui, dans cette position, se pose naturellement à sa poitrine. Elle fait exprès de me marivauder, tant pis pour moi si je cède et que ma voix chavire parfois:

— Soler... Un petit tout mince, 1 m 60, une taille de gamin mais un uniforme bleu foncé d'aviateur et la casquette qui va avec... Deuxième classe déserteur du groupe 1/71 à Lyon depuis juin. Mais né à Lille en 19. Wallers est son pays, plus vieux d'une vingtaine d'années d'accord, mais ils se sont reconnus, enfermés ensemble, et ils s'évadent ensemble ! Forcément, leur objectif est d'aller se planquer à Lille et de vivre si possible sur la campagne pendant le voyage à pied. À moins qu'ils volent un vélo dans une ferme, vers Hesdin, une exploitation isolée, un tout petit hameau, une femme seule avec un journalier, le mari dans les champs... Qu'est-ce qu'ils font... ?

— Ils tuent le journalier.

— Ils sont armés ?

— Non, un coup de fourche.

— Et la femme ?

— Violée. Égorgée au couteau dans sa cuisine... Peut-être pas... Si elle accepte le viol et de donner un vélo contre sa vie...

— Pas bien joli... Admettons, ils lui laissent la vie mais prennent leur plaisir. Ils prennent aussi les bijoux, l'argent sous les draps dans l'armoire, et à manger, jambon, beurre, de la gnôle... Des vêtements civils pour le petit aviateur... Et deux bicyclettes, une de dame, marque Wonder, noire à filet argent, et un d'homme, sans marque, repeint noir également, frein dans le moyeu... Avec sacoches pour emporter leur butin.

— Et les voilà partis, nos truands de guerre !

— Ils ont aussi trouvé le vieux revolver d'ordonnance du fermier, celui de 14-18, piqué sur un cadavre anglais.

— Et quand ils arrivent à Lille, l'Allemand

commence à pétocher, la fin est proche, chacun pense à sauver sa couenne, ça déserte. Ils vont braquer des banques ou des bijouteries, parce que le reste du monde ne pense qu'à piller, comme eux! Plausible, non?

À me rendre jaloux d'imagination. Elle a levé son visage vers le mien, à l'envers, comme si elle demandait un baiser, mais si je me penchais sur ses lèvres elle les mordrait au sang.

— Complètement... Drôle d'idée, qui aurait pu être conforme à la vérité historique. Sauf que c'est moi qui commande à mes personnages. Donc, moi je dis qu'ils vont passer devant un dépôt SNCF, vers Lomme, ou Lambersart, avant d'entrer dans Lille. Et ils vont tirer à bout portant sur deux cheminots allemands qui se reposent... Pan, pan! Ils les détroussent aussi, gardent leurs livrets militaires... Lequel des deux avait l'arme?

— Le jeune, l'aviateur.

— Si tu veux.

Et maintenant on file notre conte à deux voix, complices. Des ombres se lèvent de nos chiffons de papier :

— Ils dévalisent quelques commerces, se planquent chez une ancienne compagne de Wallers, et puis sortent le 3 septembre capturer quelques bidasses vert-de-gris qui lèvent les mains rien qu'à les voir. Ils deviennent des héros de la libération de Lille. Parce que après restera à étaler les preuves de leur résistance, les livrets des deux premiers Allemands tués, se refaire un parcours sans faute... Le tien de parcours, Laura, c'est quoi?

— Je l'ai dit ce matin, je suis une fille d'ameuble-

96

ment. Tu vois, tu as presque acheté une antiquité. J'aurais ma place chez Judith…

Elle se lève d'un petit élan des reins, s'en va déjà à sa façon coup de vent :

— … Si tu finis de lire la liasse, il y a une annotation au crayon bleu au dos du dernier feuillet : nos lascars ont été arrêtés fin septembre du côté de Tournai avec un certain Eugène Desmieder, dix-sept ans, qui conduisait sans permis une Citroën traction avant. Soupçonné de collaboration, appartenance possible à Rex, possible déserteur de la division SS Wallonie… Marrant, non… ?

Elle ouvre la porte sur le froid d'en bas :

— À demain, Dom. J'ai pas faim et je rentre à pied.

La liasse je l'ai lue, évidemment, sinon je n'aurais pas réinventé l'histoire à rebours. Mais il n'y a pas de mention au crayon bleu, que je sache. Ma Laura et ses imaginations de gamine sans sommeil… !

À peine seul, je descends vérifier, je suis ainsi fait, tracassé par des riens et jamais rassuré. Et vlan, j'avais passé l'Eugène aux oubliettes, étonnant de ma part, et Laura a raison, la mention écrite au bleu est là, au dos du dernier feuillet : le sieur Desmieder est soupçonné d'avoir déserté la division SS Wallonie. Allons bon, curieuse coïncidence que l'irruption de ce zèbre rexiste, que justement on tombe sur lui parmi des tonnes d'archives pusillanimes, je m'en serais bien passé.

Oui, l'appartement de Judith, son Israël parqueté, sa Terre promise du dernier étage, le lieu de ses combats intimes, je savais tous les tourments profonds et durables qu'il engendrait chez elle. Le reste de nos transactions, les bâtiments rachetés trois sous, saucissonnés et briqués à neuf avant revente immédiate, ni elle ni moi n'y engagions davantage que nos finances.

En revanche cette maison rue de la Bassée, par là-bas, vers l'ouest et le port fluvial, j'ignorais qu'elle déclencherait des apocalypses. Quand Judith a tourné la clé dans la serrure, le bruit s'est entendu au fond des temps et des mondes. Ce cher Colpaert a négocié un compromis de vente avec la seule parente, la sœur très âgée du dernier propriétaire, une handicapée d'une jambe depuis toujours, jamais mariée, en maison de vieux sur les hauts de Nice. Et de plus, grâce au dévoué notaire, on peut entrer en possession par anticipation, sans avoir encore acquitté le montant total de l'achat, joyeux Noël! Plantés sur le trottoir dans la vraie bise d'hiver, on lève le nez sur la façade de briques claires. Judith se frotte les mains, de froid et de contentement. Construction 1920, large et massive dans le style bel-étage, garage en rez-de-chaussée, entrée à droite donnant sur un escalier avec une imposte hexagonale, et trois niveaux au-dessus. Judith a poussé la porte, difficilement à cause du courrier, des prospectus entassés derrière, qu'on a maladroitement empilés sur nos bras avant de gravir les marches.

Et il a tout de suite été évident que l'homme qui avait vécu ici essayait d'arrêter le temps. Ou d'apprivoiser la barbarie par la photo, de peupler son univers intime de tant d'ex-voto violents que toute la sauvagerie du monde s'exténue à ses murs comme dans les chapelles ardentes des sanctuaires les représentations naïves des maux dont les fidèles supplient Dieu de les guérir. Un *memento pacis* géant. Souviens-toi de la paix, désire-la, et pour cela regarde la guerre, mais ne la prépare pas. En mettant le pied dans le living glacé, on est restés pétrifiés de tout l'appareil de mort punaisé, scotché, cloué aux murs, sur la tranche d'étagères... J'avais déjà deviné mais c'est là que Judith l'a enfin nommé : Rop Claassens. Le photographe légendaire, retiré volontairement du grand reportage, exilé dans une retraite à la Greta Garbo, mort avec le légionnaire forcené dans le massacre du lycée, en juin.

Même pas le temps de m'épater de l'ironie du sort, qu'on avait reparlé de l'étrange destin de Claassens avec Denis pas plus tard que je ne sais plus, la semaine passée, immédiatement je me suis senti dans l'état du chercheur d'or au moment du premier coup de pioche dans un filon énorme. Déjà, premier point : le mobilier immaculé de cet étage à vivre déborde d'archives… Tout le living est blanc, des canapés de cuir aux murs, ce qui demeure visible derrière les clichés d'enfers, jusqu'aux meubles fonctionnels. Le coin repas est le seul rayon d'optimisme : il est habillé de photos de la chute du mur de Berlin, cette démolition festive, païenne, à mains nues, avec des mômes nippés soviétique qui s'embrassent, jouent de la musique debout sur les ruines, chevauchent le faîte des pans encore debout, une fille bouclée qui rit, en débardeur orange… Et puis, partout ailleurs, outre les clichés de combats, ces coups de poing pleine gueule où ça agonise et assassine, à peine soignés, affichés à la va-vite comme pour une mémoire temporaire, avant destruction, et terribles de cette désinvolture de traitement, il faut bien le courage de regarder dans les intervalles des étagères, entre deux portes, des tirages au grain soigné de photos encadrées qui racontent une histoire arrêtée sur image, comme les tableaux d'Edward Hopper, et que notre regard remet en marche. Après cette cure d'horreurs, comment ne pas aspirer à la paix ?

Quand même, parce qu'on n'osait plus un mot, qu'on baissait les yeux de honte, j'ai rappelé à Judith cette tuerie bête dans un lycée où Claassens avait trouvé la mort en juin dernier… Oui, oui, bien sûr, je me souviens, et après, qu'est-ce qu'on y peut dans nos affaires qui sont des affaires, pas des relations à sentiments ? Elle évite la question qui gêne et, je le vois à ses yeux et ses mains qui s'attardent aux meubles, caressent, touchent, auscultent ce qui peut rester de vie dans cette chaise, ce dos de canapé, ma Judith ne se sent pas très fière de notre hold-up immobilier, et, pour tenir droit, elle commence à renifler, à déjà imaginer des améliorations, la découpe en six appartements pour étudiants, ou garder une unifamiliale, un simple coup de propre, juste redécorer, à part la cuisine tout en alu brossé, impeccable, on doit gratter dix pour cent à la revente rapide vu le prix d'achat au plancher du marché, mais faut vider tout ce qui est personnel, s'il te plaît, Dom, choisis ce que tu vas emporter dans ton gourbi, qu'on commande une benne et Emmaüs pour le reste. Et puis elle s'esquive, voyons là-haut... Je l'ai entendue grimper dans les étages, ouvrir des portes.

Moi, frigorifié et pas très flambant, je touche du doigt la buée de poussière partout, en gros six mois à se déposer aux meubles, comme un morne linceul gris, un suaire du temps, et j'essaie de me repérer, méthodique, aller explorer en bas, le garage sans auto, envahi aussi de dossiers, le labo dans le prolongement, la chambre noire aveugle où Claassens développait encore parfois j'imagine, avec l'agrandisseuse, les bacs, les placards tempérés où conserver les négatifs, et une buanderie derrière, étincelante comme un bloc opératoire, donnant de plain-pied sur le petit jardin mal rasé, entouré de très hauts murs.

J'ai envie d'ouvrir à un vieux chat roux qui bat de la queue de l'autre côté de la vitre, mais non, lui donner de faux espoirs de tendresse, de domiciliation, serait cruel. Cette maison est morte. Je remonte au-delà du bel-étage, au second, deux chambres sur palier, malgré trois portes. C'est que les deux pièces sur rue ont été réunies en un seul bureau. Et le filon est là, il me faudra répertorier, analyser le moindre bout de papier écrit ou conservé par Claassens, et l'immense collection de ses clichés. Son travail va se connecter sur mes manies d'accrocher la mémoire et le décours des hommes à des riens, à des moments anodins ou incroyables, uniques de toute façon, tombés des poches de l'Histoire, je le réalise à ce moment... Que cet homme-là, ce sauveur de bébé-poubelle, ce mort d'être retourné à sa jeunesse, ce tordu me plaît bien, on a même des cuisines identiques, presque. J'ai la tentation de commencer tout de suite, d'ouvrir les tiroirs des classeurs, les dossiers alignés, les grands cartons de papier photo pleins de tirages, de planches-contacts, les boîtes emplies de clés USB, de CD où se rassemblent les contenus de multiples cartes mémoire, feuilleter les carnets de moleskine empilés sur le bureau à cylindre laqué blanc. L'ordinateur Mac aussi, qu'il faudra bien explorer... Vertigineux... Machinalement, l'esprit ailleurs, et les yeux allant des pochettes aux rangements emplis de caisses, à repérer déjà les années inscrites au dos, à les espérer grosses de légendes urbaines, à me les confisquer, je trie machinalement sur le plateau du bureau la partie de courrier qui m'encombre les bras. Prospectus, poubelle, lettre, à garder, réclame, poubelle, facture EDF, sûrement déjà payée par Colpaert. Curieux : pour un homme de sa notoriété, Claassens recevait peu de courrier personnel, me semble-t-il, sinon peut-être de l'étranger, Angleterre, Liban, Autriche, Afrique du Sud, et cette dernière enveloppe à l'oblitération brouillée, postée quelque part en Allemagne... Je la retourne pour lire bêtement le nom d'un expéditeur inconnu, quand Judith m'appelle du dernier étage :

— Dom, monte voir... !

Judith a sa voix d'indignation, j'obéis. Tout à fait sous le toit à double pente, les combles cathédrale ont été aménagés en appartement clair, totalement blanc comme le reste des pièces, avec des Velux haut perchés. Une chambre, lit double, coin bureau avec ordinateur, un écran plat avec lecteur de DVD, une salle de bains et une cuisine de poupée, la place ne manque pas et tout est d'une propreté, d'un ordre monacal. Le cosmos est en ordre, celui de cet appartement en tout cas, comme un visage de femme fardée. Aucune photo, rien qu'une espèce de programme encadré, entre Velux et table de travail, un truc en allemand, une sorte de stage à partir de *Mutter Courage und ihre Kinder*, ah, *Mère Courage*, Brecht, et le logo du Berliner Ensemble... Curieux souvenir. Plus une cellule de chartreux qu'une chambre d'amis. Judith, plantée au pied du lit, parka de cuir dézippée et mèche sur l'œil, a son air des grandes occasions chez elle à Carnot, ou ailleurs, les lieux où elle envisage de casser les murs d'une pièce, modifier les volumes, essaie d'imaginer, Dom, l'espace gagné, et elle espère que je la dissuade, qu'on ne soit pas des iconoclastes, des bousilleurs de beauté architecturale fanée. Là, elle est aux cent coups, pâle et plus aigle que jamais :

— Claassens était marié ? Non. Une gouvernante... ? Alors il a une fille... Regarde...

Et elle fait coulisser le panneau-miroir d'un

immense dressing : pendue à des cintres, pliée serré en boîtes de plastique, toute une collection de vêtements de petite fille, de deux à quatorze ans. Deuxième panneau : du prêt-à-porter pour adulte. Rien d'affriolant, du fonctionnel, du calviniste austère. Propre, repassé, parfum d'antimite. Toute une vie sage en deux compartiments. Judith vérifie les étiquettes :

— De la vente par correspondance, La Redoute, les Trois Suisses… C'est pas tout… Tu as vu la porte ?

Robustesse de bon aloi, genre chêne massif, comme les autres huisseries de la maison, mais une serrure à code, toutefois un équipement léger, sans grande résistance, et qui date, dépassé. Déjà, ce qui s'est à coup sûr déroulé ici me déboule au cœur, j'ai du mal à penser dans ce système carcéral privé un Claassens tel que Denis me l'a résumé, ce baroudeur trop sensible pour continuer à vivre du produit d'images horribles, ce retiré du spectacle des cruautés ordinaires… Non, cet écorché vif n'a pas installé sans bonnes raisons ce lieu de la pire torture qui soit. Mettre un être humain en parenthèses d'humanité.

Judith continue à raisonner tout haut, écarquillée, douloureuse des énormités qui lui viennent aux lèvres :

— Vivait ici une demoiselle qui ne sortait jamais. Une handicapée mentale ? Ou bien il s'est trouvé son Anne Frank, ton reporter, une gamine en situation irrégulière, une des premières candidates au passage clandestin en Angleterre ? Non, trop jeune pour voyager seule… Il a recueilli une petite abandonnée par ses parents, une fugueuse, et s'est engraissé un *sex-toy* à la maison ? On a vu le cas en Autriche, aux USA... Ou alors il séquestrait une mère et sa fille ? Et si c'était sa propre fille qu'il élevait ainsi, ou une ayant droit un peu débile qui s'est enfuie à sa mort ? Dans ce cas, c'est elle qui hérite, pas la sœur grabataire, et Colpaert s'est foutu dedans : on ne peut pas acheter sans son consentement... ! Je dis n'importe quoi, Dom... Craindre pour nos investissements n'est pas digne de nous, de moi, oh là là je me sens à lapider, jette-moi des pierres d'être si mesquine ! Est-ce que ce type, Claassens, était un monstre ? Comment on peut être un homme de culture et avoir construit cette prison ? Tant pis, Dom, on laisse tomber ce projet de rénovation à la découpe, je prends la perte des dix pour cent du compromis à mon compte...

Judith, le mieux est de la laisser épuiser ses bouffées d'émotions, la prendre dans mes bras, et de bercer cette vieille enfant qui s'invente là les blessures des autres, outre le souvenir des souffrances de sa famille, et n'est pas foutue d'en guérir :

— Laisse-moi appeler Laura. On va savoir. Après, on décide.

Tout de suite Judith a retrouvé un demi-sourire :

— Évidemment, Laura la miraculeuse ! Si tu l'épouses, tu la tromperas avec moi ?

Et elle m'embrasse dans le cou. Personne n'a une âme de propriétaire comme Judith. Rénovation à la découpe, saccager une belle demeure, elle n'aurait pas eu le cœur.

Le soir même Laura nous recompose la collection des catalogues de VPC roubaisiens dans mon capharnaüm, les stocke dans une valise lourde à se briser l'échine, et dès le lendemain, tôt, on peut aller dater la garde-robe de chez Claassens. À notre entrée dans ce lieu de retraite, depuis ces trois premiers mois de proximité avec elle, hors le petit épisode de l'écritoire Biedermeier où le malaise a été passager, je n'ai jamais vu Laura en tel désarroi, tout son beau squelette qui se démanche à l'intérieur de son corps, elle ne tient plus debout, son sang ne circule plus, ça dure des secondes, une minute, je ne sais pas, où elle va défaillir, mourir, son souffle ne fait plus de brume dans l'air froid, et puis elle touche sa joue gauche, à l'endroit de l'ancien hématome, quand elle est entrée dans le bar et ça passe, elle respire en grand, ouvre son bagage et on l'aide à classer, répertorier. Hors un anorak laid et rosâtre foncé, sans marque, du trois ans, tous les modèles suspendus ici, emballés, à trois on finit par en retrouver les références et pouvoir établir une liste chronologique de repères vestimentaires. Premiers achats automne-hiver 89/90, pour enfant de trois/quatre ans, on va ainsi d'année en année, jusqu'en 2003/2004, le quatorze/quinze ans, et sur les catalogues suivants on passe aux tailles adultes, 36 d'abord puis 38. Derniers achats en beau 40 dans les collections printemps-été de l'an dernier. Notre évadée a emporté les achats de cette année, rien de plus. En juin, une fois son geôlier mort...

— Une seule demoiselle, qui a grandi là... Née à peu près fin 88, début 89, à six mois près... Qui n'est d'abord presque jamais sortie d'ici : il n'y a ni manteau d'hiver ni trench léger pour l'été, quelle que soit l'année de sa naissance. Pas de gants, pas de vêtements chauds sauf assez récents... Elle a dû commencer à sortir un peu il y a six ou sept ans : on a un imper doublé, une doudoune... Et les paires de chaussures sont rares, une par pointure, et pas très usées... Elle n'a pas beaucoup marché sinon dans cette maison... Pas de lingerie sexy non plus, du coton sans chichis... Elle ne faisait pas harem à elle toute seule... Claassens n'en avait pas fait sa favorite... Il ne l'a pas éduquée à son plaisir, ma main à couper... Ou bien il refusait le tralala... Je parierais même qu'il n'avait plus besoin de l'enfermer, qu'elle restait de son plein gré. Le syndrome de Stockholm et la trouille du monde hostile qui n'était pas en ordre comme sa chambre, que les photos de Claassens disaient le danger et l'apprivoisaient mais ici, seulement ici dans un territoire intime soustrait au champ du politique.

Laura a presque chuchoté ses dernières phrases, effrayantes d'analyse lucide, décroche une espèce de grenouillère jaune, un pyjama-combinaison, tourne des pages, du trois ans, ça doit être vers 91, 92...

— Si vous voulez vous faire une idée, cette fille est à peine plus jeune que moi et elle a la même stature, on se ressemble.

Je regarde par-dessus son épaule, évidemment j'ai envie d'un baiser à sa nuque, pratique exclue de nos conventions, et puis Judith est assise sur le lit, elle ressemble à Anne Bancroft dans *Le lauréat*, en attente de plaisir. Je suis sûr qu'elle essaie de se représenter notre absente, de quoi elle peut avoir l'air aujourd'hui, et qu'avec Laura comme référence, la réalité de la chair grignote son imaginaire.

Étrangement, il me semble que ces anciens catalogues interrogés et qui répondent de leur mieux, c'est déjà une façon de réordonner le chaos déboulé dans nos existences, d'y voir un peu clair dans ce qui survient toujours d'opaque sur l'instant, cette demoiselle m'est désormais familière, elle figure en creux dans mes archives les plus bêtes, les plus anodines autant que son ombre vive hante cette maison désertée. À ce moment-là on a fouillé ce dernier étage, sans résultat. La demoiselle a bien quitté les lieux juste après la tuerie de juin et n'est plus revenue. Le courrier intact en atteste. L'occasion, Rop qui ne rentre pas, un soir, deux soirs, l'occasion de fuir était trop belle, ou bien elle avait depuis longtemps toute latitude de partir, et avec lui elle ne pouvait s'en aller, sans lui elle ne pouvait rester. En tout cas elle a fait place nette. Y compris dans le frigo de la grande cuisine. Et ici, dans sa kitchenette qui paraît n'avoir pas fonctionné depuis longtemps, et la salle de bains. Le coin travail, tapissé de bouquins, est plus riche en traces, des tiroirs pleins de cahiers d'exercices scolaires, peu de dessins enfantins, les manuscrits de brefs essais, presque des dissertations développées, quelques ouvrages illustrés sur les premiers conflits armés du XXe siècle, sûrement tirés de la bibliothèque de Claassens, beaucoup de littérature anarchiste et libertaire, des romans en éditions de poche, des milliers, classés sur des étagères, et des manuels d'histoire, des publications universitaires avec des passages soulignés, des annotations d'une petite écriture gribouillée. Des cours de langues aussi accompagnés d'exercices… Notre prisonnière semble maîtriser assez bien l'anglais, l'italien, le néerlandais, mais bute pas mal sur l'allemand… J'ouvre des dossiers au hasard, sans vraiment lire les travaux de recherches sur les conflits modernes, je feuillette, et quelque chose me tracasse dans ces pages manuscrites, ces titres en majuscules, que je n'arrive pas à cerner… Et puis je pense que cette jeune fille survit maintenant, depuis six mois, dans un monde hostile, auquel elle n'a pas été initiée sinon par des livres. Où, comment, avec qui?

Laura lève le nez des anciens vêtements de bébé qu'elle interroge encore :

— Il faut la retrouver. Alerter les flics, diffuser un signalement…

Judith répond sur un ton d'évidence, celui à baisser les bras, allez, on ne se mêle pas des affaires des autres tant que cela n'entrave pas les nôtres :

— Lequel? Et pourquoi la police : notre demoi-selle n'est coupable de rien. Elle serait plutôt la victime enfin libérée.

— Quand même : elle a disparu.

— En réalité personne n'a disparu. Il y a eu une parenthèse dans la vie d'une fille et c'est tout. Claassens mort, toute action de justice est éteinte.

— Est-ce qu'elle a seulement un état civil? Oui, mais est-ce qu'elle le connaît? Peut-elle en profiter pour retrouver sa famille?

Judith a fait ah, un peu coincée par Laura, et on échange un regard, ouais, bon, il serait étonnant qu'elle ait des papiers, que Claassens ait séquestré sa propre fille ou qu'il ait demandé la carte d'identité d'un bébé qu'il enlevait. Ce qui n'em-pêche rien : à défaut peut-être de père, la petite a au moins une mère qui sait avoir été enceinte et avoir accouché! Moi, le souvenir du récit cruel de Denis me traverse : est-ce qu'il aurait refait le coup d'Agnès Libert, repéré une autre femme dans la position de l'avocate, une fille en position d'accoucher clandestinement, le déni de grossesse étant peu visible, et recueilli un bébé promis à la poubelle? Claassens me paraît avoir été capable d'une telle folie de commando humanitaire... Judith poursuit son soliloque cynique, qu'il serait surtout dommage de voir la vente remise en question plus tard, une fois la rénovation effectuée, perdre notre mise... Donc on va la chercher avec les moyens du bord. Judith termine sans respirer, surtout ne pas risquer de s'humaniser :

— ... Tout passer au crible ici pour commencer. Mais on n'a pas l'éternité : la transaction sera conclue dans trois mois au pire. D'ici là il vaudrait mieux avoir des certitudes.

— Surtout, on aura honte de nous-mêmes, on ne s'aimera plus si on s'aperçoit qu'elle a besoin d'aide maintenant que Claassens est mort. Or, je crois qu'il était toute la vie de la demoiselle. Si jamais on est des hommes, on doit s'assurer à sa place qu'elle va bien...

J'ai parlé droit devant, sans penser, les yeux sur une robe triste, du 38, récent, et mes femmes viennent m'embrasser, une joue chacune.

— ... Est-ce que ce modèle a un nom?

Laura rouvre un catalogue, trouve la photo de la robe, portée par une comédienne célèbre au beau visage triangulaire :

— Pas de nom, mais celui du mannequin est connu : Juliette.

— Juliette, parfait ! Voilà un joli nom de guerre. Pour tromper la mort…

Je touche de la paume la robe brune, une espèce de long pull recroquevillé sur son cintre, à peine l'idée d'une femme :

— … Tu vois, Juliette, tu existes déjà un peu…

C'était juste avant Noël. Au démarrage sournois de la trêve des confiseurs. L'après-midi il a commencé à geler au point de saisir la Deule toute crue, comme ça, avec des vaguelettes durcies à la seconde dans le sillage des canards qui filaient regagner la berge avant d'être pris dans la glace. Même mes petits laveurs de carreaux de BB Clean sont passés à l'improviste nettoyer les vitres du bar avec de l'eau additionnée d'alcool à brûler. Le patron, le jeune trapu, la goutte au nez, tout le temps à renifler de froidure, était quand même tout rayonnant : grâce à un petit mélange de sa composition, et j'apprends qu'il a presque mené à bien des études de chimie avant de fonder sa micro-entreprise, bravo, il a décroché le contrat de nettoyage des graffitis au cimetière Notre-Dame-de-Lorette et à la synagogue. Lui et sa petite employée blonde frisoutée, toute timide aux yeux vairons, ils en bombent le torse. Mais ils sont allés sur place sans pouvoir opérer : il fait moins sept et malheureusement, son cocktail nettoyant est gélif. Donc il satisfait d'avance à ses autres contrats d'entretien. Ils ne réfléchissent pas plus avant, ouvrent des soucoupes quand j'essaie d'avoir leur avis politique. À quoi ça sert d'aller insulter des

111

morts, dites, monsieur Descamps ? Enfin, nous on va pas se plaindre, ça nous fait travailler... Bon, rideau. Je leur ai demandé pourquoi ils m'avaient proposé leurs services, à cause de la notoriété du Dominus, des connaissances communes entre moi et leurs parents ? Non, pas du tout, simplement il est inscrit au registre du commerce que, hors mon bar, je suis associé avec Judith Rosencrantz, connue comme une louve blanche (sic) pour réhabiliter des logements sans chipoter sur la qualité, et, de ce fait, le marché du nettoyage de nos programmes de rénovation les intéresse, plus les contacts induits (re-sic)... J'ai donné des étrennes de nabab et promis de faire appel à eux pour la propreté de notre patrimoine immobilier.

Cette année, j'ai vraiment acheté des cadeaux, et fermé le Dominus pour le soir du 24 décembre, Judith a fait la cuisine chez moi pour trois et Laura décoré un sapin en bas, près du secrétaire Bieder-meier, avec une drôle de moue d'aversion pour ce malheureux meuble. Qu'est-ce que tu veux, je ne m'y ferai jamais à ce style petit-bourgeois ! C'est noté. Denis est passé sur les minuit. Juste pour bisouter ces dames, ne nous faisons aucune illusion, et raconter quelques Noëls mémorables aussitôt oubliés. Évidemment, pendant qu'il se rince l'œil sur mes hétaïres nippées à damner un Jésus de foi fragile, on le met au courant de l'étonnant : notre achat de la maison Claassens, la captive envolée, et il a la même réaction que moi, que cette canaille a récupéré une gosse illégitime, une pas-voulue au fond d'une banlieue, comme il aurait pu faire avec le bébé d'Agnès Libert, et par ici le syndrome de

Pygmalion-Galatée. Il promet de ne pas ébruiter et s'il peut être utile, on sait bien que... Déjà il va se renseigner sur les disparitions dans les années 88/90... Les cadeaux c'était le champagne apporté tard par Denis en échange d'un nœud papillon rose, genre finale de rugby avec le Racing de Jean-Baptiste Lafond et compagnie, le secrétaire-écritoire tout nettoyé, retapé, ciré pour Judith, du papier à en-tête et l'arsenal de correspondance dans le tiroir du haut, et pour Laura, un ordinateur portable, un Mac, qu'elle informatise l'inventaire de mes trésors de papier. Elle s'est coulée entre mes bras, m'a embrassé doux, souple, dans sa robe dos nu de soie noire, et juré bas, à mon oreille, cette voix éraillée à la Claudia Cardinale, elle a juré qu'elle m'aurait arraché les yeux si je lui avais offert un bijou ou n'importe quoi de séduisant. Judith, le battement de cils jaloux-jaloux, avait les mains serrées sur la poitrine et ses lèvres articulaient en silence des mots anciens, que ses morts reposent en paix, ou qu'on crève, Laura et moi. Toutes les deux m'avaient offert des pulls, un bleu horizon et un garance, merci mes mamans ! Dans cette tenue je peux partir en guerre ! Côté disparitions, fugues dans les années concernées, par une recherche immédiate et sommaire sur l'Internet du Mac de Laura, Denis n'avait rien trouvé qui corresponde, au moins dans la région. Élargir la recherche à ce qui avait trouvé écho dans la presse, au moins fran-cophone, c'était un travail de Sisyphe, hein, on dit ainsi, putain de destin absurde...

Là, devant cette robe de pénitence, celle de Juliette, j'ai pensé à ce joyeux Noël, à la place conquise par Laura dans notre couple avec Judith et aussi que le combat contre le temps était désormais ouvert sur deux fronts d'archives pour retrouver une jeune fille.

Et puis entre les réveillons, rue de la Bassée, froid de banquise, peut-être bien l'après-midi du 31, oui, pas loin après nos enquêtes sur catalogues, on vient juste de jeter un œil au défrichage de documents photos et de carnets qui nous attend, et de brancher le Mac du bureau de Juliette, voir s'il nous met sur une piste, juste là, comme l'écran s'éclaire, un gamin, un berger bouclé, en caban et écharpe à double tour, sonne. Il rapporte une sacoche avec un vieux Leica cabossé et un Canon numérique, les appareils abandonnés par Rop Claassens lors de la prise d'otages de l'été précédent. Il les a ramassés machinalement avec son sac de classe après la tuerie, la police n'en a même jamais eu connaissance. Bien sûr il aurait dû tout rapporter avant mais il voulait garder les clichés. Sauf qu'il n'a jamais pu se résoudre à les visionner. Je ne suis même pas surpris, tant il paraît logique que les échos du carnage nous parviennent maintenant. Juste le premier jour où Judith et moi ouvrons vraiment cette maison comme un grand cénotaphe, pour tâcher d'y lire le livre des morts. Laura officie au Dominus, elle nous rejoindra quand elle aura trouvé le courage de ne plus sourire aux clients et de boucler le bar. Ensuite, il est prévu qu'on dépense ensemble les dernières minutes de l'année comme des pièces d'or jetées dans un fleuve obscur pour porter chance, juste pour la forme, la beauté du geste.

— Bonjour… David Brucker… Je… Mes condoléances et celles de la classe de terminale littéraire de l'année dernière… Je vous rapporte les appareils de M. Claassens… Ceux qu'il avait avec lui le jour où… Vous savez, ce qui a eu lieu au lycée en juin ? Vous êtes bien de sa famille ?

Je secoue la tête, ouvre la porte plus grand, qu'il grimpe l'escalier jusqu'au living :

— Non. Mais entre… Je crois que sa famille tu en fais partie au moins autant que nous.

Avec le chat roux qui se faufile entre ses jambes, canaille de minou, t'as réussi à entrer, il obéit, assez faraud pour digérer ma réponse, menton levé, un Achille qui va dire son fait au roi des rois, pas moins, il s'excuse de tout rapporter si tard, me laisse la sacoche au passage comme à un valet, dit bien bonjour à Judith qui l'attend au sommet des marches, aussi emmitouflée que lui. Et là, une fois en haut, il ne sait plus, les photos, les photos aux murs il en a une suée : le pire des guerres avec les cadavres aux yeux mangés de mouches, ceux qui regardent loin et n'ont plus de jambes, l'exécution de cette femme adultère par des intégristes, et toute l'odyssée du mur de Berlin abattu à mains nues. Ces images montrées aussi dans la funèbre expo du lycée lui débordent des yeux et il ne peut plus, il s'assied au premier fauteuil, se prend la tête à deux mains et ce petit héros, ce guerrier grec mangé de froid, se met à chialer. Immédiatement Judith est contre lui, le serre contre son ventre et moi j'essaie de désamorcer le mélodrame :

— Tu as vu mourir un héros, un professeur et une camarade, tu as le droit de pleurer sans honte, après on parlera. Tu es venu avec l'espoir de vider ton sac, dégueuler ta douleur une fois pour toutes. Je ne sais pas si c'est l'endroit de te guérir ou si le remède sera pire que le mal, mais tu es là. Raconte !

— Louise est morte par ma faute… M. Claassens aussi… Vous êtes qui ?

Il s'est dressé au bord du fauteuil, Judith vient à côté de moi, me prend la sacoche, elle a une odeur de larmes, à peine, sur son pull, je le sens, comme les fois où elle va s'asseoir des heures sur sa copie de chaise Biedermeier, boulevard Carnot, et tendre l'oreille aux voix anciennes dans l'appartement vide.

— On s'occupe de la maison, peut-être qu'on va la racheter… Louise est l'élève tuée par son petit ami ?

Judith a sorti une clé où elle place la carte-mémoire de l'appareil numérique de Claassens avant de l'insérer dans un port USB de l'écran plat installé face au canapé du salon. Le chat roux s'assied dessus, attend sagement l'image. Et elle fait défiler des portraits, de gosses médusés dans une lumière crépusculaire, chipés sur l'instant, bouche ouverte, la larme à l'œil, le make-up de traviole, des types et des filles de presque vingt ans, et le cœur sans chichis, déchiqueté, David égrène les noms, onze noms, Karim, Chloé, moi, Zina, jusqu'à une blonde, un peu grasse, pas bégueule de ses séductions naturelles, la femme de Rubens à ses belles époques, sortie d'une scène mythologique et habillée pour la forme par son mari, une blonde en robe noire.

Jamais je n'ai vu tel effroi sur aucun visage, ni si pur, si dénué de toute référence culturelle, vraiment, le sceau de la cruauté originelle, celle de Caïn, celle des dieux antiques, imprimé comme le tampon d'un night-club moite au poignet d'une jolie qui évite de le laver jusqu'au samedi d'après. Quelques vieux survivants au regard sans défense, tatoués d'un matricule au même endroit par les bourreaux d'Auschwitz, devenus insomniaques et vagabonds de la nuit, croisent encore parfois à l'aube ces filles simples qui riraient de la coïncidence.

— C'est elle… ?

Est-ce qu'il m'a seulement entendu ? Il répète le prénom et le miracle opère, elle est là, on la respire, on sent battre son âme de gamine immortelle. On écoute son épopée, son hymne immense, et le flux irrépressible de son récit, pardon mais je ne peux maintenant que le recomposer, prêter à David ma voix aussi près que possible de la sienne dans ma mémoire et mes émotions intactes. David dit :

— Louise… J'avais tellement peur de l'amener chez moi ! Mes parents sont radiologues, tous les deux, j'ai une sœur aînée à la Harvard Medical School de Boston… Faudrait que je sois à la hauteur. Y compris pour mes fréquentations, je le croyais. Et les neuf autres du groupe qui ont préparé l'expo sont venus chez moi, les autres inséparables, ils étaient présentables. Pas Louise : elle allait faire déplacé, porter des jupes mini, fumer, choquer exprès papa et maman… Et je me trompais totalement, ils sont grands bourgeois, mes vieux, à cause de l'argent, mais surtout pas petits-bourgeois, ils n'ont pas de préjugés…

117

«Je la revois, ma mère, la première fois où Louise est entrée chez nous, la laisser regarder les tableaux du salon, le Mušič, le Boltanski, comme ça, sans flafla, les yeux plissés… Maman m'a dit à l'oreille : ta copine ne rendra jamais de comptes à personne, c'est l'inverse qui se produira. Tu l'as écoutée demander s'il est moralement supportable par l'artiste et celui qui contemple l'œuvre, ou qui la lit, que le beau surgisse d'un regard sur l'inhumain, et tu es allée l'embrasser, Louise, cette vulgaire au rouge à lèvres tartiné, cette pas-regardante à dépenser son corps. Et Louise a compris qu'elle ne frimait pas, qu'elle était acceptée là où elle n'aurait jamais rêvé. Or elle se croyait sans mérite, pas intelligente, juste teigneuse avec les idées… Le jour où ils sont morts tous les deux, Rop Claassens aussi a ôté son chapeau devant Louise. Et j'ai été fier qu'elle m'aime, et ne me l'ait avoué qu'au tout début, qu'elle se dévalue tous les jours depuis notre première fois, exprès, pour garder son image de garce montée en graine, et surtout, pour que je ne l'aime pas à vie, j'ai été fier qu'elle parle exprès sexe à faire rougir, même à partir de l'an dernier quand elle a enfin accepté d'occuper le studio au-dessus du garage chez moi.

«C'était ta façon de me dire l'amour profond, n'est-ce pas, Louise ? Tu avais l'intelligence d'un Prix Nobel et la violence, la dureté d'un ennemi public qui t'avaient permis d'aller au bout de l'enfance. Faute de méchanceté, de cynisme, faute de défauts, tu serais morte fort tôt. Tant que tu étais avec Géry, ton chevalier, ton baroudeur de banlieue, tu ne risquais rien, tu avais la carapace. Mais après, quand tu as essayé de t'amollir le cuir, de ne pas nous faire trop honte, tu t'es trouvée sans défenses, comme, j'ai lu quelque part, ce gamin des années 1900 à Calais tellement crasseux de graisse pour les métiers à dentelle, qu'il est mort d'avoir pris un bain… Crétin que j'étais, j'aurais dû t'aimer avec tes puces…

Judith et moi le laissons se vider de ses mots, aujourd'hui les miens, ceux de mes habitudes de langage, avec lesquels je m'approprie le souvenir, nous oublier, et même Laura venue sur la pointe des pieds au déclin du soleil, ouvrir juste son manteau noir, en rabattre le col et poser l'épaule au chambranle du petit vestibule d'entrée, ombre noire aux lèvres rouges, et qui écoute. Même si ce n'est plus lui qui parle, et même avec les trahisons de mon récit, il vit des moments de Louise où il n'était pas, il est une pythie, une sibylle ou un médium dont les lèvres articulent, avec sa voix à lui et parfois des accents faubouriens qui ne lui appartiennent pas, comme des citations de phrases jamais entendues, les mots d'une histoire demeurée inscrite en filigrane des jours :

— … Dans une des dernières courées de Wazemmes, il n'y a pas si longtemps, quelques maisons s'occupaient d'un chien, souvent attaché au coin d'une niche, au milieu de la cour commune accessible seulement depuis la rue par un couloir étroit où passe à peine une moto, un chien qu'on nourrissait d'épluchures et de pain trempé, pas de viande, on n'est pas chez les riches, et le seul à ne jamais aboyer, seulement gémir et pleurer le plus bas possible, sinon gare, au fond de la courée, du double alignement de dix maisons, avec même pas dix mètres au milieu, ce chien s'appelait Louise Bréal. Fille de Chantal Bréal et de personne ou de tout le monde, avec tellement de papas qu'elle mélange les prénoms. Bien sûr, les voisins prennent pitié, à leur mesure, les nuits d'hiver, en cas de brutalités, de coups de pied, on la met à l'abri, on fait de son mieux avec une bouche en plus de la famille dans des habitations de trente mètres carrés d'un autre siècle, on lui donne à souper au moins, y compris les maîtres de Marguerite qui fournit du lait à Louise. Mais on ne va pas se mêler des affaires de Chantal et de ses hommes. On a sa dignité, faut pas mélanger, ou alors c'est qu'on est des bêtes comme Chantal et comme la petite va devenir, vous pouvez y compter... Non, c'est une erreur que Chantal habite la courée, pas de notre faute, elle doit être en logement social, et surveillée, ici on est des gens libres... L'assistante sociale, les instituteurs, des messieurs-dames exprès devraient s'occuper de la petite, c'est malheureux de voir ça mais que voulez-vous, Chantal, mère à seize ans, pas capable de garder un petit travail, toujours prête à se mettre en ménage, forcément, faut bien manger et surtout boire, c'est pas des éducations. Pourtant elle est vive, la tiote, elle retient tout. Dès qu'elle doit aller à l'école, qu'elle est un peu sauvée de sa mère et de ses pères, elle est miraculeuse de rapidité, autant qu'elle peut, vu les cahiers et les crayons qu'elle a pas toujours, qu'elle compense par la mémoire... Quand même Chantal n'en peut plus, une gamine ça doit rapporter, sinon ça coûte.

«Et un jour, ça n'a pas manqué, Louise voyait venir ses dix ans, Chantal a voulu qu'elle aille avec un type, un Portugais il paraît, pas un de la courée… Allez, fais pas d'histoires, c'est pour jouer, il te fera pas de mal… Et l'autre, le vieux, qui posait des billets sur la table, dans cette maison taudis, et commençait à déboucler sa ceinture, Louise a essayé de s'enfuir mais il y en avait un autre derrière la porte qui l'a attrapée. Malgré sa main sur sa bouche qu'il lui laisse mordre d'abord, il ignore que Louise est un chien, il finit par grogner de douleur, la paume mangée à l'os, et ne peut l'empêcher de hurler, et son cri fait le tour de la courée, fait vibrer toutes les vitres. Dont celles des Imbrecht, un couple de modestes, des sans résistance face aux rêves violents de leurs deux fils. L'aîné s'est engagé militaire, ça ou rien… Ce jour-là, le cadet des Imbrecht, Géry, il doit avoir quinze ans, entend le cri de Louise, la voit le poil hérissé et les griffes dehors, dos au cul de la courée comme un animal à la curée, affrontée à deux noirauds qui rigolent, l'un avec un mouchoir autour d'une main, et il décide de prendre le pouvoir sur ce royaume clos, cette enclave d'une petite centaine d'âmes, et il ouvre son canif. Même si le Portugais et son acolyte s'en tirent avec une ou deux estafilades, qu'ils abandonnent le combat aussi pour d'autres raisons que leur faiblesse, Géry est désormais maître d'un territoire grand comme ses bras ouverts et il y règne. Et quiconque manque de respect à Louise, y compris Chantal, Géry n'a qu'à fermer le poing et le quiconque est broyé…

Même à ne l'avoir vu que peu, au moment de la

tragédie, le petit Brucker connaît Géry par cœur, et toute l'histoire banale et terrible, avec tellement d'évidence des faits ordinaires que j'ai encore aujourd'hui cette impression que je savais d'avance, que je parlais en même temps que lui :

— …Toutes ces années, tu es le propriétaire des clés, tu trafiques un peu de dope, pas lourd, pas de quoi risquer gros, et l'économie de la courée repose là-dessus. Les robes de Louise qui grandit, tu les paies. Et le moment venu, vers ses seize ans, *sweet little sixteen*, tu lui enlèves celle qu'elle porte, un premier jour de printemps, même pas choisi comme symbole de résurrection, de renouveau…

La sève monte chez tout ce qui vit, n'est-ce pas, et Géry vit. Il croit avoir fondé une dynastie qui régnera mille ans sur la courée, avec Louise en souveraine. Louise n'est pas rancunière, elle ne se venge pas, s'assure seulement que sa mère a de quoi boire, qu'elle s'alimente parfois. Hors ces devoirs imprescriptibles elle satisfait les besoins sexuels de Géry, s'initie au mauvais goût vestimentaire pour lui plaire, développe son caractère teigneux pour survivre avec la conscience d'être une moins-que-rien, et alors, malgré deux redoublements au collège, décidés, épidermiques, des preuves de son libre arbitre face à l'institution, elle s'efforce de devenir la meilleure élève des meilleurs élèves. Pas par esprit de compétition ou volonté de revanche sur le destin, par étonnement, certitude que les horizons du savoir sont des illusions dans lesquelles il faut se plonger pour les vaincre, comme les murs de la courée. Un soir le crépuscule est entré dans les yeux de sa mère et Louise a demandé à Géry de louer la maison, ils régneront de là sur la courée. À ce moment Louise, dix-huit ans, entre, sans changer sa garde-robe, en classe de seconde où on frissonne à la voir si décolletée en plein hiver, aussi insensible au froid qu'une bête, la chair sans mystère, presque indécente, autant qu'on s'émeut de ses perfections intellectuelles rigoureuses. À ce moment, dès octobre de cette année-là, Géry commet l'erreur de vouloir étendre son commerce illégal et la maréchaussée s'intéresse à lui. Au point qu'il échappe de peu à un traquenard grâce à ce qui reste des réseaux de courées, le labyrinthe des forts. Unique solution : rejoindre son aîné dans le rang de la Légion étrangère. Il revient rarement, envoie juste sa solde et des lettres balafrées de fautes. Désormais Louise n'a d'autre famille que ses condisciples, la douzaine, onze exactement, dont cinq garçons, qu'elle séduit parce qu'ils ne sont pas bégueules ou qu'ils ont, au début du moins, des envies d'encanaillement, de renifler la mauvaise vie de près, mais très vite ils voleraient le saint suaire pour Louise parce qu'ils savent qu'elle le ferait pour eux comme elle les aide à leurs devoirs sans rechigner, et les entraîne dans des projets de sortie au théâtre, d'exposés, de concours divers. Les filles l'admirent de n'avoir pas de limites. Les garçons rêvent de son corps, n'osent pas, laissent grandir des amours blanches dans leur cœur en friche. Sauf David qui ne se doute pas qu'il est beau alors que Louise le sait et qu'au soir de la rentrée en terminale, à la sortie du bahut, la petite troupe jacasse ses vacances en Corse, le séjour allemand, l'Écosse, bronzage et flirt, oh là là, cette fille à Ibiza, Louise est restée dans sa courée, elle a lu, dévalisé la bibliothèque municipale où elle consultait le plus clair de ses jours et là, en espadrilles compensées et coton blanc, une chemise de grandmère à fines bretelles récupérée au marché, sans ciller, plantée devant lui, le sac à la saignée du bras, juste la respiration un peu émue, elle demande à David s'il veut passer chez elle, à deux pas, avant de reprendre son métro : elle voudrait lui montrer ses devoirs de vacances.

La fin du récit de David, je l'ai toujours dans l'oreille, sans trop d'erreurs je crois :

— Et oui, je dis oui, mes parents rentrent tard de la clinique, je te suis jusqu'au trou dans l'alignement de la rue, le couloir étroit qui débouche sur la double rangée de dix maisons, la tienne, celle des Imbrecht, la mère est sortie sur son seuil nous regarder passer, tu me fais entrer dans ta maison de poupée marrante, c'est propre, quelques vieux meubles briqués, et tu sors des piles de notes, des classeurs pleins, tout Proust mis en fiches à ta façon, lieux, personnages, thématiques, présence de la politique, et déjà tu as attaqué l'œuvre de Balzac... J'en suis baba. Tu sais, Louise, t'es vraiment incroyable... Et puis tu as ton album photo aussi, tu me l'ouvres, une horreur en plastique doré où tu es nue sur chaque cliché, penchée, étendue, chavirée, ouverte, offerte, dégueulasse, je peux pas voir ça, non, David, s'il te plaît, regarde jusqu'au bout, aucune importance qui les a prises, n'oublie pas que c'est moi la fille qui a posé, que je peux bien être une traînée, ce que je ne regrette pas, et que je t'aime. Mais toi tu ne dois pas m'aimer, je te le rappellerai par ma conduite chaque fois que tu auras la tentation de me considérer comme une fille bien… Je relève les yeux et jamais tu n'as eu ce regard de Jugement dernier, limpide, transparent, et je te prends dans mes bras et ce baiser, et après le baiser, s'il te plaît, David, déshabille-moi, je ne vivrai plus sans ce souvenir et peut-être, j'ai dix-neuf ans, je ne vivrai plus que pour l'entretenir…

C'est là que le passé cesse de déborder en torrent, le charme se rompt, David est face à l'écran où Louise est une *mater dolorosa* de vingt ans, saturée d'une douleur ignorée, elle qui croyait connaître les enfers comme sa poche, elle est l'image de la compassion, de la consolation, elle, jamais consolée, jamais objet de compassion, qui sera morte dans peu, et David, toute l'histoire de Louise qu'il vient peut-être de dire, presque à son corps défendant, mais est-ce qu'il a seulement parlé, ou bien j'ai imaginé la légende de Louise et les autres pareil, ou bien nos haleines pâles ont formé ces spectres dans les derniers reflets coupants du jour glacé, David en tremble de ces mots noués en lui, de ce temps d'avant tissé autour de Louise, il ne comprend pas ce qui vient de le traverser, cette fièvre, et les larmes reviennent, maintenant qu'elle a été racontée, Louise est vraiment morte, il le sait. Et sa voix, oui, Judith, Laura, moi, on l'entend à nouveau, pour de vrai cette fois, la fin je ne peux pas l'avoir inventée, on écoute David terminer son conte par ce froid de gueux qui fait craquer les boiseries de la maison :

— Vous savez ce qui s'est passé en juin, bien sûr… On a tous eu le bac, je suis certain qu'ils nous l'ont donné sans examiner, c'est pas possible autrement parce qu'on n'était plus en état de passer les épreuves, on n'y était plus, on était dans nos mémoires, à essayer d'en ramener Louise, sûrs que de l'aimer encore elle reviendrait, et puis non… ! La seule qui devait l'avoir le bac, sans forcer, au petit trot, il y avait sa chaise vide, les jours d'écrit et à l'oral on a appelé son nom pour chaque épreuve… Et nous on répondait pas, on l'aurait tué, l'examinateur qui ricanait d'une nana absente, encore une qui aurait dû faire CAP coiffure, elle était pas absente, Louise, on regardait la chaise et puis la porte, elle allait entrer, hein, tu vas arriver, Louise ? Je crois qu'on s'en est foutus des correcteurs, des notes, du diplôme, qu'on n'a composé que pour elle, du mieux possible… Mais le pire… Ooohhh… !

Il s'est retourné de douleur et il est face à Laura qui le laisse venir à son épaule, presque aussi grande que lui sur ses talons :

— … si j'avais tout de suite dit c'est moi, à Géry Imbrecht, elle habite chez moi, avec toi tout est fini, il m'aurait tué moi et tout était dit, et j'ai laissé les autres se dénoncer, tous, même Rop Claassens, pour qu'Imbrecht ne puisse pas décider et j'ai été le dernier à m'accuser. Presque il aurait pu en déduire la vérité de nos relations. J'ai été le plus lâche des lâches.

— Alors il va falloir t'y habituer et vivre avec cette idée. Il n'y a pas d'autre façon de te racheter… Tu veux réveillonner avec nous ? Donc t'amuser sans Louise. Peut-être même danser avec moi… Ou bien tu ne supporterais pas cette trahison supplémentaire… ?

Laura m'interroge du regard, puis Judith, est-ce

qu'elle va trop loin? Comme si je pouvais lui en adresser le reproche! David a pris le coup de plein fouet, essuie ses larmes de son écharpe:

— Même si je vous draguais, ce serait de la comédie, je resterais fidèle à Louise. Tout ce que je vis désormais est une illusion. Merci pour l'invitation.

Laura a son sourire sans desserrer les lèvres, un papillotis de cils, bien répondu, il s'en sortira le godelureau, il va s'accommoder de son petit cimetière intérieur, sans ça il serait déjà mort, je sens qu'elle le pense, comme moi, et elle reboutonne son manteau:

— Vous êtes à pied?

— En métro.

Comme ça, on part chez moi ouvrir des huîtres, du champagne, Judith seule dans sa voiture, David et moi avec Laura qui conduit la mienne, sûrement, elle pense comme moi aux lettres terribles de mon stock, à l'inavouable, l'insulte à la nature. Cet ultime jour de l'année, on a éteint le Mac de Juliette sans le consulter, explorer les fichiers. Celui de Claassens, je l'ai ouvert le lendemain, en même temps que Laura entrait dans celui de Juliette, et l'année a commencé sans ménagement. Le réveillon, n'en parlons pas, ces dames étaient d'une élégance irréprochable, assez transparente et complètement sans vergogne. Les ligues de vertu les auraient brûlées... David les a fait danser, le rock et le reste... On ne lui a rien dit de nos indécisions, ni de Juliette, pas ses oignons: il a déjà la larme facile, ses propres oignons suffisent, ah ah ah...! Minuit a fait son travail de bisou obligatoire et de lèvres tendres...

Toujours avec ma voiture, Laura s'est chargée de reconduire David dans sa turne d'étudiant avant de rentrer au Dominus, j'espère. Judith a été douce à mon épaule et on s'est endormis dans mon Chesterfield avec des envies de câlins et des tracas sentimentaux, des jalousies de mômes, qui empêchaient de s'y abandonner. Avoue que tu préférerais Laura, mais non... Je me demande si on n'a pas oublié le chat roux à l'intérieur, en quittant chez Claassens...

Le jour de l'an, le Dominus est clos et Laura nous rejoint, Judith et moi, même pas gueule de bois, rue de La Bassée, grand soleil et froid à geler la Grande Armée, chez Claassens. Judith ne peut pas s'empêcher d'une rapide perfidie envers Laura, est-ce que c'était bien, l'*after* avec David ? Ce qui ne démonte pas Laura : Judith a-t-elle trouvé le temps de se refaire une petite santé, elle paraît encore chiffonnée ? Ou bien Dom a été intenable ? Sourires crus échangés par les deux dames couvertes pour une chasse à l'ours. Moi, pas envie d'évoquer David aujourd'hui, j'ai mon pull de Noël, celui offert par Laura, garance, bien chaud, sous un Barbour, que je garderai zippé, pas de scènes aujourd'hui. Demain je mettrai le bleu, je nouerai celui-ci à mon cou et j'exhiberai ainsi ma double gratitude, j'embrasserai par reconnaissance mes bienfaitrices, autant que je pourrai avant qu'elles ne m'envoient paître. Oui, bon… L'idée est d'essayer de repérer dans la montagne de négatifs et de planches-contacts, peut-être dans les empilements de tirages, une Juliette possible, une qui reviendrait à différents âges, qui serait photographiée là-haut, dans sa prison ouverte et donc bien identifiable. Les boîtes, les CD sont datés. Au second, je décide de regarder ce qui est postérieur à 90, date de la sédentarisation de Claassens, son embauche à *La Voix du Nord* et les environs de l'irruption de Juliette dans sa vic, vers 90.

Et le temps s'arrête, je suis un Gulliver dans un univers minuscule où j'ai l'impression de pénétrer à la hussarde comme on fait irruption dans une chambre où une dame s'habille, on le sait bien, on a attendu le bon moment. On demande pardon, tout rouge, mais on l'a vue demi-nue, faire oh…

Parmi les premières séries que je regarde à la loupe je vois, sur la terrasse d'un jardin bien peigné, une sorte de baron morgueux, assez jeune, blond, en bermuda et polo clairs. Une photo clairement prise au téléobjectif, volée de très loin, le grain le prouve. Cliché suivant : le même dandy fin de race, qu'il me semble connaître, regarde un homme assez âgé, en complet sombre, bronzé et calamistré genre *caballero* de salon, sortir d'un magasin d'antiquités. Ici à Lille, rue d'Angleterre, très vraisemblablement, au 12 en tout cas, c'est peint au blanc d'Espagne sur l'imposte… Le reste est du travail de paparazzo, du gluant, de l'adultère qui peut mal tourner, des petites femmes à la chair tendre par exemple, maquillées mauvais goût et l'œil aux aguets pendant la caresse appuyée d'un viril tatoué en pleine rue, du ballet rose à venir aussi, de la partouze de notables potentielle, les travaux de voyant sordide de Claassens, sa capture par avance d'images des lieux et des acteurs de tragédies urbaines futures, du beau monde et du petit peuple, toujours les passions reniflées, rien à voir de prime abord avec la violence guerrière qui caractérise l'immense majorité de ses sujets. Judith tâche de mettre de l'ordre dans les papiers de Juliette, tout là-haut, et je l'entends grommeler qu'elle n'a pas de place, pendant que le bruit d'un clavier résonne : Laura a rallumé le Mac, pianote, repianote, demande l'avis de Judith qui m'appelle, que je vienne voir. Je bondis dans les escaliers, à m'estropier, et Laura emploie le mot juste à mon irruption chez Juliette :

— Décevant. Elle a dû tout effacer avant de partir... Rien sur sa boîte mail... Sinon, voilà un fichier curieux, justement parce qu'il est dans la doublure de l'ordi de Juliette, pas dans celui de Rop. Au moins une cinquantaine de photos... Prises par Claassens. Le cadrage, l'attention à un détail signi-ficatif, presque narratif, qui renvoie à l'extérieur du cliché, ces qualités ne trompent pas... Pourtant, les sujets ne lui correspondent pas... Ceci dit, je n'ai pas encore tout regardé...

Et elle fait défiler les clichés incongrus dans l'œuvre de Claassens. Ni ce qu'il prenait sur les théâtres d'opérations, ni son boulot de localier ici ou des brindezingueries troubles comme je viens d'en trouver sur ses planches... La photo de la rue d'Angleterre que je viens de découvrir en planche-contact, un trottoir de la rue Faidherbe, face à la gare de Lille-Flandre, de nos jours, avec des passants et une vitrine de chausseur, une dame âgée, en tablier gris, occupée à biner un potager ensoleillé, devant un paysage agricole, une autre, dans la soixantaine, sur fond de palmiers, genre Nice-Cannes, une fragile aux yeux nuageux, lèvres crispées, et des béquilles appuyées au fauteuil de rotin, ensuite des locaux industriels en briques noircies ruinés, des maisons, peut-être dans Lille, banales et sans charme, un château du XVIᵉ, architecture flamande, en pleine campagne, une autre maison années 20, tape-à-l'œil, une cathédrale laïque, à rosace plein vitrail, parvis et porte en ogive à double battant sous un énorme toit pentu qui structure toute la façade de briques jaunes... Sur la fin du document un travail de reproduction d'une poignée de cartes postales anciennes, celles où les hommes ont des moustaches et les femmes des robes à col officier, j'en possède des tonnes que Laura a déjà affrontées en partie. Claassens a aussi reproduit quelques portraits, des gueules, d'avant 1914 à l'évidence. Un chafouin au regard transparent, des moustachus patibulaires, on dirait presque des photos anthropométriques, les fiches de Bertillon, le découvreur des empreintes digitales. Oui, sauf le décor derrière, floral ou drapé, ça ressemble à des visages de malfrats sur des clichés de ducasse, quand les photographes travaillaient encore dans les fêtes foraines. Avec un appareil comme celui, en bois et cuivre, début XXᵉ, dont le cliché clôt la série.

Ni moi ni Judith ne voyons l'intérêt de l'ensemble, mais c'est notre premier indice, et puis Laura insiste, elle pense à d'autres cartes qu'elle a classées chez moi, elles viennent en complément, comme des vignettes à réintégrer dans une BD lacunaire. Ces photos, ces reproductions ont une signification ensemble, elles racontent une histoire... La maison m'as-tu-vu, je vois bien qu'elle la chiffonne, le château pareil, et je le lui dis, est-ce qu'elle connaît ces lieux, pas de réponse juste bah, on en parle maintenant, non, d'accord, quand tu voudras, mais pour l'instant, s'il te plaît, Laura, tu peux nous imprimer la collection ?

C'est là, pendant que Laura imprime, que je descends allumer le Mac de Claassens. Parce que Laura m'a donné l'idée de consulter ses mails. Le temps que Colpaert règle la succession, que la banque, surtout, arrête les prélèvements automatiques, il est encore arrivé, comme je le supposais, pas mal de messages que je fais défiler. Des offres publicitaires, des demandes de collaboration venant de médiathèques perdues, des messages de *La Voix du Nord*, comme si le journal ignorait la mort de son meilleur photographe… Des riens qui disent bien ce que c'est que de nous. Je termine mon exploration, messages envoyés, aucun, spams, aucun, corbeille, vide, brouillons… La plupart du temps cette boîte est toujours vide, on jette le projet de mail, bon ou mauvais, envoyé ou pas. Là il en reste… Un, en désordre, destiné à «Rop2.com». «Rop2» est soit la seconde boîte de Rop à *La Voix*, et il n'a aucune raison de se transférer ce type de brouillon, soit celle de Juliette, plus vraisemblablement… Ça nous donne le véritable prénom de Juliette et ça parle d'une maman en train de mourir !

«Sonja, je ne parviens pas à t'annoncer de vive voix la nouvelle qui m'est parvenue hier… Pourtant je suis tenu de te l'annoncer… Alors je vais te l'écrire, ensuite, quand tu l'auras mûrie, j'affronterai ta décision : ta mère a besoin de toi. Elle est malade. Maintenant tu sais qui elle est… Tu ne peux pas continuer à l'ignorer comme toutes ces dernières années… Voilà, en quelques mots : tu es la seule possibilité de lui offrir une greffe de moelle osseuse qui est son unique chance de guérison… Sinon, elle n'en a plus que pour six, sept mois, d'après les médecins… Ne tiens pas compte de moi, tu es libre, tu me reviendras après si tu en as envie…»

C'est daté du matin de juin où Claassens est mort ! Jamais envoyé. Juliette, pardon Sonja, ne sait donc rien de tout cela, sinon elle aurait effacé aussi ce petit paragraphe… Et… Et je réfléchirai avec ces dames… D'abord imprimer le message, et vite monter leur exhiber mes talents d'enquêteur avec mon petit feuillet à l'encre encore fraîche… Laura déduit immédiatement :

— Soit Claassens a enlevé Juliette, pardon, Sonja, soit sa mère l'a abandonnée…

— Dans ce cas, puisque Claassens connaît l'état de santé de la mère, c'est qu'ils sont restés en contact, qu'il lui a peut-être même acheté la petite… On revient à l'histoire d'Agnès Libert…

— À moins qu'ils se connaissent mais que la mère ne sache pas qu'il a capturé sa fille… Que Claassens joue double jeu… C'est monstrueux !

— Tu crois ? En tout cas, on est en janvier : depuis juin, le septième mois… Pas loin de la fin pour la maman… Il faut absolument retrouver Sonja, vite… ! À moins qu'elle n'ait eu connaissance du message et que déjà…

Judith n'a encore rien dit, elle est restée en arrière, des documents à la main pendant que je lisais tout haut, et pendant mon échange avec Laura. Là elle soupire grand, jette une page près du Mac :

— Elle n'en a pas eu connaissance... Ou alors, putain de Dieu, elle veut laisser crever sa mère...

On dit pas putain et on dit pas crever.

— ... Je vous traduis en résumé la lettre qui vient d'Allemagne, datée du 20 décembre : pas de nom, pas d'adresse, pas plus que sur le brouillon de message mail qui laisse à penser que Claassens a tout révélé à Sonja de ses origines mais pas la maladie de sa mère... Mais je n'y crois guère : je parierais que Claassens a vraiment joué le double jeu d'un monstre, laissant ignorer à Sonja qu'il connaissait ses parents et à eux qu'il la séquestrait. Il s'est désolé avec eux du rapt de Sonja et l'a gardée enfermée pendant ce temps sans lui parler d'eux. Regardez : sur cette lettre un monsieur, peut-être le père, ne sait manifestement pas, et la mère non plus, que Claassens est le ravisseur de Sonja. Il signe «N», juste «N», et donne des nouvelles alarmantes de la mère, «sa championne», *Weltmeisterin*, surnom affectif, comme *Schätzschen*, trésor, employé aussi... Bref, effectivement, seule une greffe pourrait la sauver... Le pronostic fatal est confirmé, ainsi que le délai, janvier... Et seule, comme Claassens le sait depuis quelques mois, la petite Sonja, la fille de la «championne», du «trésor», est compatible... S'il est encore temps... Mais je n'y crois guère...

Laura et moi, on se retourne en même temps :

— Pourquoi ?

Judith lève contre sa poitrine les pages qu'elle avait gardées, des pages d'écriture d'enfant, des lignes de majuscules, d'un graphisme déjà bien assuré. Et je comprends : ces G, ces J ! Judith a vu mon visage s'ahurir :

— Oui, Dom, la petite Sonja, qui a tracé ces lettres il y a longtemps, en a tracé d'autres à Notre-Dame-de-Lorette et à la synagogue, début décembre. La profanatrice, c'est elle. Non seulement je doute qu'une telle fille se soucie de sa mère, mais je doute que les flics lui en laissent le temps. D'après Denis, même si on connaît leurs communiqués bidon, ils ne seraient pas loin d'une arrestation.

— Donc il faut aller plus vite qu'eux.

Laura a presque parlé pour elle-même et la buée sortie de ses lèvres reste longtemps à flotter, glacée, entre nous, comme la disparition douloureuse d'un esprit errant.

Tous les trois, en début d'après-midi, on rentre au Dominus fermé à la clientèle pour grignoter rapidement et se réchauffer. À fouiller, trier les photos qui se rapportent à l'ensemble de documents informatiques qu'on a appelés entre nous le «fichier Sonja», on a oublié le froid jusqu'à avoir le pif rouge, une tête d'enterrement et des doigts d'arthritique. Au premier éternuement il était clair qu'il fallait plier bagages. On a tiré et emporté des copies du fichier, quelques planches, les appareils de Claassens dans la sacoche, et on a fui. Au passage Laura a récupéré chez moi les cartes postales, du moins celles déjà répertoriées, qui lui paraissent avoir un lien, on a appelé Denis qui est arrivé tout beau en col roulé et peau lainée camel, moustache au cordeau, et nous voici perchés au long du zinc dans une lumière coupante et jaune, pâté cornichons, maroilles, boulette d'Avesnes, potschevleesh, pain et bière qui mousse tirée par Laura, le pain liquide comme disent les Allemands. J'ai dû ôter mon blouson, exhiber le pull garance et Judith a tiqué. Le bleu horizon irait mieux à mon teint brouillé...

Une fois Denis au courant, il confirme : le divisionnaire Libert semble tenir des pistes sérieuses et maintenant que le battage médiatique, la récupération politique de la profanation pour dénoncer de chaque côté les échanges meurtriers, les violations des droits de l'homme entre Palestiniens et Israéliens au Proche-Orient sont un peu calmés, maintenant que s'est adoucie cette extension, cet écho européen de la guerre lointaine, il progresse plus vite dans son enquête. Il a déjà écarté la solution d'un groupuscule traditionnel d'extrême droite, justement parce que en période de tension il les avait tous en surveillance constante et discrète. Pareil pour les sympathisants sionistes ou islamistes, il les avait à l'œil. Reste la solution du cimetière de Carpentras, des petits allumés sans véritable idéologie, ethnocentristes et cons. Au point d'agir sans méthode, sans préparation, donc sans donner prise à l'enquête. Libert a quand même un indice : une croix de Bourgogne, maladroite, ces deux tiges de rosiers épineux en X, sur un petit muret de la nécropole, comme si on avait dessiné machinalement en amorçant la bombe de peinture. Judith reste la fourchette en l'air :

— Et alors, il déduit quoi ?

— Ses confidences à la presse ont des limites. Peut-être qu'il pense à Jeanne d'Arc...

Alors là, mon Denis, Judith ne le suit plus :

— Pourquoi ?

— Elle a été capturée par les Bourguignons, à Compiègne, puis livrée aux Anglais…

— Quel rapport avec les musulmans et les juifs ?

— Faut les virer de chez nous. Comme fallait virer les Anglais…

— Les Bourguignons étaient alliés aux Anglais, une nouvelle Jeanne d'Arc ne se réclamerait pas d'eux ! Et quel rapport avec Sonja, une ex-petite Allemande enlevée on sait pas où ni quand par un pacifiste convaincu ?

Je prends le relais, à réfléchir tout haut :

— Justement le pacifisme : Claassens a éduqué Sonja dans l'horreur de la guerre. Mais elle reste extérieure au monde, spectatrice… Quand elle y entre, elle fait le ménage, comme dans sa chambre, à sa façon… Possible qu'elle ne soit opposée ni aux musulmans, ni aux juifs, ni à personne… En profanant leurs stèles à Notre-Dame-de-Lorette elle n'a pas l'impression d'insulter les anciens combattants ni de mépriser le sang versé pour la patrie, elle dit que la commémoration des guerres, la sacralisation de leurs victimes est imbécile parce que les alliés héroïques d'autrefois s'entretuent aujourd'hui et sont autant coupables de violence que leurs bourreaux de jadis ! D'ailleurs, jusqu'à la guerre de Cent Ans, la notion de patrie on s'en tape ! C'est bien dans la ligne de Claassens.

— Facile de parler ainsi quand on n'est pas juif : les graffitis de la synagogue, tu en fais quoi ? Elle n'a rien écrit sur une mosquée.

— Elle a manqué de peinture…

Judith hausse les épaules, tend sa chope à Laura, qu'elle la remplisse :

— Crétin ! Et la croix ?

— Une fausse piste pour les enquêteurs…

Judith s'est immobilisée, plisse les yeux droit dans les miens :

— Possible !

Et puis elle rit, se penche m'embrasser, presque à basculer de son tabouret et ses lèvres sentent la Leffe brune. Laura a entrepris de montrer à Denis notre moisson de chez Claassens, je vois qu'elle a vu Judith me bisouter, je lui fais mon sourire de cow-boy blasé, parce que les baisers de Judith je n'y renoncerai jamais, même à aimer Laura *ad aeternam*. Denis est en train de scruter les clichés sans signification apparente, la maison-cathédrale en briques jaunes, un bistrot de coin, traité Art nouveau, avec une façade à vitraux, des sortes de tourelles de la même brique jaune, et des frises de béton :

— Entre Tournai et Courtrai, je dirais… Le café c'est sûr… La maison je dirais vers Blandain, la frontière, ou Lamain, ces petits bleds… Les courses cyclistes de kermesse, les dernières que j'ai couvertes dans ces coins, ça remonte à loin… Mais je parierais ma chemise… Le château restauré genre Renaissance flamande, là je mets ma main au feu : il est à gauche de l'autoroute de Bruxelles, avant l'embranchement de Liège, à environ dix kilomètres de la frontière franco-belge.

Ah oui ! L'image de ce manoir longtemps en ruine, désormais remis à neuf, nous revient à tous en même temps, bien sûr !

— Propriétaire, Camille Geerbrandt. Également antiquaire-expert rue d'Angleterre à Lille. On raconte qu'il a eu des parts dans des sociétés de production porno aux Pays-Bas, en Suède...

— C'est vrai. D'ailleurs c'est lui, ici, rue d'Angleterre.

Tous, on s'est tournés vers Laura, figés, à frissonner de curiosité, comment elle peut savoir, elle connaît Geerbrandt ?

— Me regardez pas comme ça... Vous n'aurez rien de plus... Je sais qui est Camille Geerbrandt, comme Denis le sait, et bien d'autres. Point final.

— Et l'autre type, le vieux beau ?

Elle n'entend pas ma question, isole déjà du paquet les cartes postales, celles du fichier Sonja et celles qu'elle a prises chez moi :

— ... En revanche la vieille paysanne et l'invalide aux béquilles, mystère... Quant à cette petite bande qu'on trouve sur les sept portraits et sur plusieurs cartes postales, les mêmes cinq types et deux femmes... La famille du photographe, peut-être ?

— Moi je les connais...

Denis n'a pas sa voix de fanfare, il retrouve d'un coup l'assourdi des salles de rédaction, quand on ne claironne pas le sensationnel avant d'avoir vérifié, son œil s'aiguise, vite les doubles foyers sur le nez, on pousse nos restes de grignotis, les chopes, Laura torchonne vite fait, et il dispose les documents sur le comptoir, comme à composer au marbre, autrefois, une double page sensationnelle. Nous, on est tout de suite par-dessus son épaule, le cœur tout chahuté :

— ... Les femmes, je ne sais pas, mais les types, tous les cinq sont des membres de la bande à

140

Bonnot. Édouard Carouy, Raymond Callemin, dit Raymond la Science, deux Belges si je me souviens, les trois autres je ne connais pas leur nom, je trouverai… Regardez Carouy, c'est vrai ce qu'on disait, ses étranges yeux d'ogre : il les agrandissait d'un coup de rasoir juste au coin intérieur, comme un trait d'eye-liner. Allez en savoir la raison…

Frisson des dames !

— La question est de savoir ce qu'ils trafiquaient ensemble à Lille, à quelle date et pourquoi Claassens s'intéressait à eux. Encore, lui on peut comprendre, mais Sonja ? Encore le pacifisme ? Celui des anarchistes ? C'étaient surtout des gangsters. Et si on considère que le fichier Sonja est un tout, à quoi renvoient ce bistrot belge, cette maison prétentiarde, cette vieille qui jardine, cette malade sous des palmiers… ?

Pendant que je m'interroge, Laura et Judith aident Denis à établir des liens. Laura remarque la première une carte postale en abyme représentant l'intérieur d'un commerce de cartes postales, rue de Béthune, où se vend aussi de la bijouterie, Lille Bijoux. On voit le magasin en enfilade, les paquets de cartes pendus aux murs, les vitrines de bagues et colliers posées sur des tables, le patron, M. Alex Laigniel, c'est précisé dans la légende, debout au premier plan à gauche, en bras de chemise, col cellulo et gilet boutonné, ventripotent, flanqué d'une jeune vendeuse brune coiffée Casque d'or, taille fine et poitrine de nourrice, et à droite, légèrement en retrait, appareil photo au poing, une sorte de boîte en bois à soufflet et objectif à monture métallique, le type aux yeux transparents, tout petit par rapport à Laigniel et à son engin de prise de vues. Une stature de gamin et une gueule à la Billy the Kid. Raymond la Science, indiscutablement.

— Il semble que Callemin ait réalisé des photos éditées ensuite par la maison Laigniel, avec suffisamment de régularité pour figurer parmi le personnel sur ce cliché qui est presque une carte de visite de la boutique…

Denis glisse une autre carte juste à côté :

— Donc, ici, c'est lui aussi qui prend Carouy, ici en casquette à droite, et ses trois complices parmi les employés, les voyageurs du tramway… D'ailleurs c'est juste là-derrière, à cinquante mètres entre Vieille Bourse et Opéra… Regardez, on voit bien l'enseigne de La cloche, à l'angle de la rue des Sept-Agaches…

J'en attrape une autre, peut-être prise le même jour, même soleil violent, sensible malgré le sépia, même quartier, à deux pas en remontant vers la gare :

— La façade du Café français, rue Faidherbe, numéro 34. Carouy est installé en terrasse avec un siphon et un verre, seul, les trois que tu ne reconnais pas sont à l'opposé, sous le globe d'éclairage… Raymond emporte sa figuration avec lui… Bières de Lille et de Marcq-en-Barœul, c'est écrit sur les deux vitrines et le lambrequin du store… Et puis concert quotidien de Mlle Rosa Bella, diseuse…

Judith plisse les yeux :

— Où tu vois ça ?

— Sur l'affiche, à droite du proprio, Louis Spilvœt, comme indiqué au verso… Je suis sûr que c'est lui sur le seuil, il a une façon de mettre les pouces aux entournures de son gilet... Et elle, la fille blonde au décolleté bordé de ruché, cette allure de trois quarts, menton levé, et pas moche, qui a les mains jointes sous la poitrine, coudes écartés, tout à fait la tenue d'une chanteuse en scène, c'est la belle Rosa en personne, je tiens tous les paris. Et que Carouy est fin amoureux d'elle...

Judith n'a pas le temps d'objecter, Laura a laissé tomber comme une évidence :

— Exact. Il est le seul à être de travers sur sa chaise, à ne pas regarder l'objectif... Allons plus loin : il sourit à Rosa, elle est tournée vers lui mais pas par réflexe d'habituée des planches, par désir que leur sentiment soit fixé éternellement. Ils se font une déclaration muette... Et on a donc le nom d'une des deux filles : Rosa Bella...

Denis opine, Laura a raison mais c'est un nom de scène, peut-être pas le prénom... Il va se renseigner aux archives. Et on continue à restaurer le tableau d'ensemble, tâcher de lui trouver la signification que Claassens y trouvait, suffisamment essentielle pour partager son enquête avec Sonja. Il aurait un rapport avec les origines de la petite ? Pour l'instant l'Allemagne n'apparaît pas, seulement la Belgique, omniprésente, sans qu'on sache encore pourquoi... Et puis, à part peut-être les paysages et bâtiments qui ont traversé le temps, tout cela accuse un siècle de rides, et les complices de Bonnot, le noyau dur, n'ont même pas connu la Grande Guerre... Alors raccrocher Sonja à leurs aventures, ou sa mère, à presque un siècle d'écart, le lien n'est pas évident, on court à l'anachronisme... !

Un peu à la fois, la remarque vient de Judith qui

plastronne à outrance de sa perspicacité, on s'aperçoit que Callemin a photographié, hors l'arrêt de
tram, les lieux de spectacle, essentiellement les
caf-conç, À la justice de paix, par exemple, où se
produisaient des orchestres, et aussi le Palais d'Été,
qui ressemble à un vaste kiosque rectangulaire,
ouvert sur de la végétation touffue, ou à une guinguette avec une large estrade à toile de fond peinte
de feuillages, sur la carte éditée par «Lille Bijoux,
propriétaire Alex Laigniel» et signée d'un minuscule «C.V.» dans le coin inférieur droit. Une carte
représente l'intérieur de la salle, la foule des spectateurs et un couple de chanteurs, ou de comédiens,
en tenue de soirée, sur scène. Éclairage naturel,
l'horloge pendue à la charpente métallique indique
11 h 30. Tout cela est d'un chic, jusqu'au promenoir.
L'autre carte montre l'entrée, grilles ouvertes, rue
Nationale. La première ligne, avec les plus petites
lettres, des deux grandes affiches placardées sur
les pilastres, de chaque côté, indique Rosa Bella,
diseuse, sans le «mademoiselle» du français... Tiens
donc, la belle aurait été une célébrité locale qu'on
s'arrachait... Tout cela entre bien dans le puzzle...
Une dernière terrasse avec le barbu de la troupe
et la brune frisée, bien jolie, chignon et mèches
rebelles au front... Sûrement un clin d'œil : l'établissement est le café de la Paix, jadis de l'autre
côté de la place de la Déesse, et mitoyen à l'époque
de la banque Verley... Pour des anarchistes pacifistes, c'était trop beau... La dérogation majeure à
la ligne directrice du lot de cartes est constituée par
la photo d'un garage sous verrière, éclairé au gaz,
sans notre figuration habituelle d'anarchistes, où

sont remisées de grosses limousines, rue d'Inker-mann, tenu par un certain L. Bathiat, un costaud qui pose devant une automobile.

Denis laisse aller tout haut ses associations d'idées, pour lui-même :

— Comme Léonie Bathiat. Dite Arletty. La Garance des *Enfants du paradis*, le film de Carné tourné en 42. Mais elle était de Courbevoie, Arletty, presque voisine du docteur Destouches. Louis-Ferdinand Céline. Et du même bord : collabo. Ce qui n'enlève rien à leur talent.

C'est si vrai, et si troublant, cette collusion des qualités humaines et de la barbarie, que je ne peux me retenir d'aligner des évidences parce que je me sens impuissant à lire une piste :

— Et c'est bien ce qui gêne, que le talent, voire une culture raffinée, une érudition insondable, ou la volonté civilisatrice, n'empêchent pas de se tromper, facilitent même souvent l'accès au mal. Personne n'est aussi bon tortionnaire que les religieux de l'Inquisition ou les conquérants, les colonisateurs. Ils sont talentueux et justifiés moralement ou idéologiquement... D'ailleurs on s'en fout, rien à voir avec Claassens et Sonja. Pas ça qui nous la fera retrouver à temps...

Judith finit sa bière, consulte sa montre, lève une main, les signes habituels qu'elle va sous peu nous proposer une planification des tâches, une organisation qui aura l'air efficace et que personne ne pourra refuser. Même pas Laura qui ignore ce cérémonial et commence à ranger les documents.

— Une seconde, s'il te plaît...

Judith a mis une main à l'avant-bras de Laura :

145

— ... Aujourd'hui 1er janvier, faut pas espérer grand-chose. Le jour sera mort dans une heure. Je suggère que demain Denis aille vérifier ses repères en Belgique.

— Je peux commencer tout de suite, même la nuit tombée, je ne suis attendu nulle part.

— Si tu veux. Donc demain matin Denis se plonge dans les archives de *La Voix*, les anarchistes de Bonnot et Lille. Voir aussi si Claassens y a consulté des dossiers, et sur quel sujet. Laura, tu restes ici, derrière ton comptoir, t'es payée pour... Moi, chez Claassens, à chercher des connexions supplémentaires avec le fichier Sonja et toi, Dom, tu suis la piste Geerbrandt... Maintenant, je vous laisse.

Pour un peu on se mettrait au garde-à-vous. Laura est redressée derrière ses pompes à bière, bien droite, une sorte d'allégorie de la colère froide, l'œil noir, pendant que Judith renfile sa doudoune, revient picorer un bisou et s'enfuit, elle va ôter le carrelage mural de la cuisine, boulevard Carnot, ça la détendra. Denis se rhabille aussi. Il va explorer, questionner, cette croix bourguignonne le tracasse. Une raison ?

— Oui. Tu penses bien que je me suis déjà rafraîchi la mémoire depuis la profanation de début décembre : cette croix figurait sur le drapeau de la division SS Wallonie, composée de volontaires belges, avec Léon Degrelle. À qui d'ailleurs Arletty téléphonait régulièrement dans son exil d'après-guerre, c'est de notoriété... Je suis sûr que le divisionnaire Libert a déjà fait les rapprochements... Et toi aussi, Dom.

Et il s'en va, Laura ne s'étonne pas, aucune

question. Et moi je ne sens pas l'heure à la confession. Elle descend boucler derrière lui, je l'aide à débarrasser, à astiquer vite fait, et on est face à face, une Rodenbach au poing, dans la lumière qui s'endort sur les cuivres et les lambris sombres. Des ambiances à marivaudage, à mondanités et faux-semblants d'où sort, soudaine et nue, la surprise du sentiment. Les fois où la grâce agit...

— Si je croyais que tu es entrée au Dominus par hasard, je serais vraiment naïf. Une fille à faire pâlir la nuit, une fugueuse de luxe avec juste ses papiers en ordre, la petite estafilade excitante d'une gifle appuyée, et le désir incompréhensible, presque littéraire, de travailler ici, quel que soit le boulot, avec moi qui ne suis plus en mes âges d'or, tu admettras que je sois troublé ! Quand ce sera le moment, tu me diras ce que tu attends vraiment de moi, et qui tu es vraiment ?

— Promis. Même si je mens ?

— Oui. Et d'ailleurs pourquoi tu mentirais ? Continue à jouer les mystérieuses, ça suffit.

— Exact : mon mystère est déjà un mensonge et je n'ai rien à te découvrir que tu ne connaisses...

— Sauf ton corps.

La réplique m'a échappé, une de garçon coiffeur, possible qu'en même temps j'aie tendu la main, que Laura ait mal interprété, mais je prends une Rodenbach pleine poire, toute l'amertume de la bière sur mes lèvres, mon pull garance trempé, arroseur arrosé. Pas grave, j'enlève le pull, la chemise, je m'essuie la figure, voilà, torse nu dans mon propre bar, pas saoul, pas en goguette, juste mortifié. Et tout ce que je trouve à dire :

— Comment tu la vois cette histoire des futurs complices de Bonnot?

Ce qui la fait éclater de rire, appuyer ses mains sur le comptoir et me servir un baiser chaud, un vrai, que j'ai même plus le goût de la Rodenbach, mais celui de sa langue, non, pareil, elle a bu la même chose que moi.

Elle a mis le menton dans ses mains, ses joues couvertes par les paumes, un ongle sur sa cicatrice, et du diable si elle n'essaie pas de cacher qu'elle a viré écarlate :

— Peut-être une histoire d'amour... Carouy et Rosa... Une fuite aussi, je parierais, et à cause de cette fuite ensemble, la formation d'une partie de la bande... Attendons ce que Denis va trouver.

Pas idiot.

— Qu'est-ce qu'ils fuient?

— L'armée, la police, la prison... On est avant 1910, dans une période où le pacifisme mène souvent les plus démunis vers l'insoumission... Il ne s'agit même pas de condamner la colonisation, juste de refuser la guerre... Ça a chauffé au Congo, la crise du Maroc vient d'éclater en 1905 ou 1906, un conflit avec l'Allemagne, qui voudrait aussi le Maroc, se profile... Demeure le contentieux Alsace-Lorraine... Et puis dans les Balkans...

Là, j'en suis baba. Elle ne plaisante pas, l'œil allumé, sourcil levé, elle propose vraiment une lecture d'une partie du fichier Sonja :

— Tu as fait des études d'histoire?

— Oui et non... À part toucher un peu à tout à Sciences-Po, j'ai fait l'université du beau monde. Là, tu apprends énormément. Et désormais tu en sais beaucoup sur moi. Déjà plus que tu ne devrais.

Je me redresse sur mon tabouret, écarte les bras, fiérot, tous mes petits muscles pas du tout à leur avantage et puant l'aigre de la bière :

— Je ne te cache rien non plus.

Pour rire, me défiler aussi de me confesser, si je lui dis tout de moi elle me méprisera, et je rate l'effet, j'ai l'air de rien, maigriot et menteur, et pourquoi elle contourne le comptoir, ses mains je les sens à peine sur mon torse gringalet, ses yeux à rien des miens, à peine la place pour une âme amoureuse, et encore, de profil, ses yeux sont ceux d'Elsa, profonds à s'y pencher pour boire, refléter les regards de tous les noyés, et moi je suis Aragon, pareil, un poète de bistrot, et qui, pour aimer Laura, vaut bien tous les autres, je suis Desnos, amoureux d'une chanteuse belge, Yvonne George, de la mystérieuse, et le baiser, oh le baiser que nos lèvres et nos langues fabriquent, trente-six heures de baiser, des mois, c'est le printemps, faut acheter les journaux, savoir ce qui s'est passé dans le monde pendant qu'on s'embrassait et les résultats sportifs, qui a gagné la coupe du monde de foot, de rugby, putain, on vient d'inventer l'éternité, j'ai quinze ans à São Paulo et je vais crever parce que l'éternité vient de s'arrêter !

On dit pas putain et on dit pas crever, même en pensée. Sauf Denis.

Laura me brouille les cheveux d'une main, attrape mes vêtements mouillés de l'autre :

— On va monter chez moi avant que tu ne prennes froid, Dom… Je vais faire une lessive.

149

— Mon vrai prénom c'est Athanase. Celui qui ne meurt pas.

Elle penche un peu le regard, une mèche lui barre le visage, une petite moue et :

— C'est bien le moins que tu puisses faire pour moi. Ne pas mourir et éteindre les lumières avant de monter.

Et elle gravit la première l'escalier étroit. Une seconde je pense à Judith qui, dans son appartement, au soir d'une année neuve, abat des pans du bel aujourd'hui pour reconstruire un passé de souffrance sur les gravats. Et puis j'éteins les soleils du bar.

Au matin, même à ne pas en parler, Laura et moi on n'est pas fiers de la nuit, bientôt on videra nos poches, bien sûr, mais l'irréversible des corps aimés, le manquement à la parole tacitement donnée, ne cessera plus de nous occuper, on le sait, elle et moi, moi en tout cas. Prévenir Judith était le minimum de l'élégance, un devoir, même à risquer qu'elle nous arrache les yeux. Maintenant c'est fait, c'est fait, mais pas classé, oh non !

Résultat, je ne me suis pas encore mis en chasse, à renifler la piste Geerbrandt, Laura ne me pousse pas au devoir, je traînasse dans mon pull garance frais lavé, chemise fraîche repassée, chaussettes, slip même chose, je suis chiffonné en dedans comme un voyageur égaré. Là, à l'instant, je n'ai pas envie de sortir dans le frimas, de remonter les traces d'une gamine en allée, finalement c'est pas mon affaire, tout va bien se finir sans qu'on intervienne, Sonja se débrouille fort bien sans nous, Laura, aime-moi, oublie que j'aime Judith, putain c'est compliqué, je suis crevé, pas envie de raconter, on dit pas putain, ni crever, ni pas envie... Total : j'ai tournicoté à

151

boire une Orval, en pleine matinée, et des clients sont entrés, Laura, hypnotique dans une robe de cuir souple comme un gant, très ajustée, décolletée rond et profond, les a devinés plutôt Aventinus, leur a expliqué nos règles en néerlandais, *ik kies het bier*, et de fil en aiguille… Et le fil et l'aiguille, c'est l'alibi des faibles, surtout de la chair.

Au moment où Laura tire deux chopes de bière sombre, Denis entre, toujours son duffle de peau lainée sur un velours chocolat et un col roulé rouge, un vague sachet-réclame au poing. Il lève une main, pause, ne me tannez pas de questions, d'abord le rituel de la pression, attend que Laura ait terminé de servir, lui présente une Paulaner, tiens, pourquoi une Paulaner? Une bière de moines, tous des faux culs, et toi, Denis, depuis que t'es entré tu nous fais languir pire qu'un moine en carême, t'as appris quoi et il y a quoi dans ton sac?

Alors Denis prend encore le temps de boire une gorgée satisfaite puis sort de son sac plastique et pose sur le zinc, à côté du fichier Sonja, un bocal, taille à y mettre des cornichons, assez étroit, empli d'un liquide jaunâtre. Et dans le liquide, coupées au ras du poignet, les doigts vers le haut, presque en position de prière, flottent deux petites mains. Le couple de consommateurs, des Flamands de Gand je crois, intrigué, a longé le comptoir, et la femme, une clinquante habillée coûteux, maquillée grand style, fait haaa, sa poitrine subit un grand désordre et elle s'enfuit, dévale l'escalier, vite suivie par son mari, berloquant du ventre, qui bertonne et appelle Zineke, Zineke! Les mots en patois, *i berloque ed sin vint'* et *bertonner*, sont de Denis, ravi de son effet au point de retourner au parler populaire un instant avant de commenter le bocal :

— Ce sont celles de Raymond Callemin, dit Raymond la Science. Né à Bruxelles en 1890, guillotiné en avril 1913. La tête tranchée, il était interdit de l'exhiber, alors on lui a sectionné les mains après l'exécution. On croyait que montrer des mains d'assassin pouvait dissuader de commettre des meurtres. C'est tout le développement du sordide, du spectaculaire sanglant dans la presse et dans la rue à la Belle Époque. Les exécutés, les guillotinés sont des christs inversés. On vient à leur martyre tremper un mouchoir de leur sang pour y transférer une part d'ombre, de violence, y laisser ses démons et le diable qui dort en nous. Chaque condamné est à la fois Barrabas et Jésus !

— Ah, tu le vois ainsi, toi ?

— Et comment ! N'empêche : l'accès à la morgue est interdit dès 1907 parce qu'on y traîne les dames et les gosses ! Mais en 1912 la foule a assisté en direct aux deux sièges, il n'y a pas d'autre mot, au terme desquels la police et l'armée ont tué Bonnot et trois complices. Donc le show a continué. Des mains cruelles, aurait dit Claassens. Elles sont en dépôt à l'institut médico-légal de Lille, le centre de police scientifique, et le directeur est un ami. Mais faut que je les rapporte, je ne peux pas te les laisser.

— J'en ferais quoi ? Les mettre sur la crédence, parmi les chopes ? Laura mourrait de peur. N'est-ce pas ?

À ce moment, je m'aperçois que Laura a levé ses mains, dans la même position que celle de

Callemin, et les considère comme si elles lui étaient étrangères.

Denis pousse déjà le bocal, étale les documents examinés hier. Au médico-légal il n'a pas seulement emprunté de quoi nous faire remonter réellement le temps. Et il l'a fait exactement dans l'esprit où, dans mes archives informes, je convoque des bouts d'humanité enfantine et catarrheuse à partir d'une réclame pour des sinapismes «Rigolo», à la farine de moutarde, tels qu'on m'en appliquait... Bref, lui et moi on se comprend, il a aussi identifié les autres spadassins. Le noir de poil, barbe et moustache, un œil perçant, charbonneux, d'hypnotiseur argentin, traits aristocratiques.

— Léon Rodriguez... Parisien... Tout petit, pas loin de 1 m 60, mais costaud... Ajusteur... A séjourné à Bruxelles où il a été arrêté pour activités révolutionnaires... En Angleterre aussi, comme Bonnot. Carrossier de métier, pseudo-voyageur en maroquinerie... Surtout faux-monnayeur : Londres, Bruxelles, Paris, et Lille... Amant de mademoiselle...

La blonde souriante au chignon savant et mèche folle sur le front, la lèvre charnue et le visage doux dans son col agrémenté de dentelles :

— Anna Lecoq... Une giletière qui travaille pour une boutique de la rue de Béthune, mitoyenne de Lille Bijoux, tiens donc... Et qui habite rue de Gand, au-dessus de l'échoppe d'un droguiste, Merlin... Dont cet homme-ci, ami de Rodriguez, va très vite faire la connaissance...

Photo d'un visage anodin, cheveux foncés, raie à gauche et mèche un rien hitlérienne, moustache en crocs, épaules tombantes :

— ... David Bélonie. 1 m 67! Petit! Insoumis
à la loi militaire, arrêté pour ça à Lille en 1908,
mécanicien d'occasion, comme Carouy, et garçon
de laboratoire en pharmacie... Voyez le lien avec la
droguerie? Séjourne à Londres, puis à Bruxelles,
où il est arrêté pour fausse monnaie, proxénétisme,
vol et anarchisme en 1907... Bon, lui et Rodriguez
seront arrêtés, plus tard, en 1912, en possession
de titres volés par Bonnot rue Ordener à Paris en
fusillant un encaisseur de la Société Générale...
L'affaire est restée célèbre...

Et Denis continue. Ce paumé, moustache triste,
raie au milieu, teint et port de tête de paysan :

— Jean De Boë, le plus grand de la bande,
1 m 71! Bruxellois, comme Callemin, et typographe... Voleur aussi... Les autres, vous les
connaissez, Raymond Callemin, 1 m 52, minuscule, imberbe, mais solide comme un chêne, cultivé,
amateur de musique, école jusqu'à seize ans... Se
tourne vers la photo... C'est le plus jeune de la
troupe et un des plus enragés... Il a commencé
son initiation anarchiste avec De Boë et Carouy
à Bruxelles en imprimant *Le révolté*! A appris la
théorie avec Victor Serge, un ami d'enfance qu'il va
retrouver à Romainville, avant de basculer bandit...
Insoumis, évidemment... Édouard Carouy, faut-il
en parler, 1 m 66, physique carré, front bas, barbe,
un hercule forain, et il vient de Bruxelles aussi...
Tourneur sur métaux, ajusteur chez un fabricant
d'automobiles, école industrielle, passionné de
chimie, gère *Le révolté*... Antimilitariste... Faux-
monnayeur en Angleterre et en Belgique... Tous
nos lascars sont toujours armés de brownings...

Ils se ressemblent sur bien des points… Le tableau se met en place ?

Et oui, la Belle Époque brûle un autre été à Lille. L'empire colonial dispense des rentes aux bourgeois de l'agglomération lilloise en même temps que les bénéfices de l'industrie textile font la puissance de grandes familles. L'officier d'active est un homme révéré à la promenade sur l'Esplanade, sous les arbres au long de la Deule, face aux casernements de la citadelle de Vauban : les aînées une fois casées avec un héritier, le gradé est un gendre fort passable, mariable aux cadettes. Les demoiselles détournent les yeux, rougissent devant une taille bien prise dans le dolman mais elles font danser leur ombrelle au creux de leur épaule et le militaire se frise la moustache avec deux doigts. Papa fait le distrait, maman prie pour que ce lieutenant appartienne à la petite noblesse. Car de l'argent on en a, n'est-ce pas, et beaucoup, des titres, de l'emprunt russe, du lingot, des revenus fonciers, des rentes, mais diable, de la particule, ça ne se trouve pas sous le pied d'un cheval ! Mais plutôt sous celui d'un cavalier, ah, ah, ma chère ! Dans les faubourgs populaires, le pioupiou, l'ami Bidasse, le piqueur de polka, fait fureur aux guinguettes de Wazemmes comme La Nouvelle Aventure. L'uniforme règne sur les salons et les plaisirs simples lillois !

Justement, de retour du concert apéritif où, sans toucher à la boisson qui abrutit le peuple, ils ont reniflé de près les bêtes employées de maison en mal de sentiment, où ils ont été dédaignés, regardés mauvais genre avec leur sobriété, la petite troupe au complet, moins Rosa qui chante tout à l'heure, s'est installée, casquette repoussée sur la nuque, aux guéridons de terrasse du café de la Paix, place de la Déesse, dans la rumeur du soir, les roulements de fiacre et le bruit des sabots de chevaux. Parfois une auto pétarade, une De Dion, une Chenard et Walcker. Carouy et De Boë tendent le cou, apprécient la mécanique. Raymond la Science se fout des autos, ça le fait dégueuler, ces gandins en gants beurre frais qui promènent au nez du petit peuple leur pantalon rouge, leurs brandebourgs et leurs aiguillettes pour danseuses entretenues. On dirait des gagneuses au tapin. Plutôt se supprimer que d'enfiler l'uniforme ! Il a sa bicyclette garée à la pédale au bord du trottoir, sa chambre photographique ficelée au guidon modèle course. Tout à l'heure il impressionnera quelques plaques pour Louis Spilvœt, mais non il fera trop noir, possible qu'il essaie son tout nouveau browning n° 1, à film Pack, en intérieur, avec l'éclairage électrique, qu'on en fasse des cartes postales réclame. Il est très fier de son costume cycliste en drap souris, veste à soufflets, et de ses guêtres de cuir. Là, de sa voix qui dérape parfois vers le castrat, il ne peut pas s'empêcher de provoquer après le passage d'un brigadier :

— Allez, tiens, la guerre, ils peuvent bien la faire habillés en femmes !

Les autres, la saillie les fait rire, même Anna, en robe de petit velours bleu, encolure ronde, qui s'abandonne à l'épaule du beau Rodriguez, pas regardante de sa conduite en public. Elle boirait bien une petite fine mais Carouy et Callemin sont intransigeants : pas d'alcool, pas de tabac, pas de viande ! Ils lui font un peu peur...

Carouy lève le doigt vers la déesse de bronze, debout en haut d'une colonne au centre de la place, qui tient un boutefeu à la main, prête à mettre le feu aux poudres :

— Les sans-culottes ont déjà fait la guerre en dentelles : contre les Autrichiens !

Et l'assemblée se tape sur les cuisses. De Boë, le timide, rit et puis renchérit, et il tripote son browning dans sa poche de veston :

— Le vrai courage, c'est la paix !

Bélonie complète le catéchisme rapide, comme un chapelet récité en douce, histoire de se graver la foi :

— Et seule l'anarchie la rend possible... Vu que les peuples n'entrent en guerre que sur l'ordre des hommes d'État ! Donc, il faut supprimer l'État et ses valets ! Même s'ils font semblant de vouloir la paix, c'est pour mieux réaliser des profits dans le commerce des canons !

Rodriguez a des regards alentour, sur la terrasse pleine à la tombée de la nuit :

— Plus bas, mes camarades !

Bélonie continue, sous les éclats des conversations aux autres tables :

— Même Jaurès, faut s'en méfier ! D'après lui le citoyen a le devoir de défendre sa patrie, ce qui justifie la guerre défensive. Même s'il veut des milices populaires à la place de l'armée, à qui elles obéissent, les milices, c'est quoi leur programme, plaire à Jésus ? Et puis c'est toujours le prolétaire qui fait de la chair à canons !

— Tu ne crois pas qu'il lutte contre la guerre ?

— Peut-être, mais avec les mauvais moyens. Si un pays a le droit de se défendre c'est qu'un autre l'attaque ! Mais cette attaque, c'est peut-être une façon de se défendre ! On n'en sort pas, le chien se mord la queue.

Et on martèle de l'index sur le marbre des guéridons, on hausse le ton pour chuchoter à nouveau immédiatement :

— Ce type prétend que l'intérêt militaire et la justice sociale sont liés ! Sauf que l'armée, elle s'occupe de la patrie, qui sert ses intérêts, mais ne se mêle pas de justice ! Moi, ma patrie, c'est ici, où je suis libre !

— Eh bien faites la photographie de cette patrie en esprit…, conclut Carouy. Un de ces jours, on va se faire ouvrir un compte à côté… Et faudra pas se tromper de chemin, ni à l'aller ni au retour, si on veut rester libres.

Callemin tourne la tête vers l'enseigne de l'établissement mitoyen, une modeste agence de la Banque Verley et Decroix, plaisante avec son air de pompes funèbres, son regard vide :

— Pour effectuer un dépôt ou un retrait ?

Bélonie sourit :

— La propriété, c'est le vol, alors on ne fera que reprendre notre dû…

Carouy se rengorge :

— … Et on viendra en automobile ! Le père Bathiat, mon patron, entretient dans son garage une Delaunay-Belleville, modèle H4, 3 litres 6 de cylindrée, il me la prêtera le temps que je règle le moteur…

Il s'est penché, les autres aussi, à se toucher, à peine s'il a besoin de murmurer :

— ... Avec ça, on sera loin en moins de deux, les pèlerines pourront toujours pédaler derrière nous... !

Possible que Rodriguez donne le signal du départ, poussé par Anna qui s'ennuie. On va gagner la rue Faidherbe et le Café français. Bientôt ce sera le tour de chant de Rosa. Carouy est sûrement aussi impatient puisque Rosa est sa maîtresse, même qu'il est un peu ennuyé, rapport à M. Spilvœt, qui ne voit pas Rosa d'un mauvais œil, et qui est bon bougre... Tiens, demain dimanche il leur a donné des billets à tous pour prendre le tram et aller à Roubaix voir une corrida qu'il organise... Ou bien ils iront ensemble au Palais d'Été, la guinguette chic de la rue Nationale... Une corrida, avec un matador et des taureaux ! Et le mois prochain, paraît qu'il fait venir des tigres ! Les idées qu'il a, ce Spilvœt ! C'est égal, personne n'appartient à personne, Rosa, Carouy la laissera à Spilvœt quand il quittera Lille... Le mariage, non merci... D'ici là, en attendant de pratiquer la reprise individuelle sur le bien collectif en dépôt chez Verley et Decroix, il a droit au cul de Rosa si c'est à lui qu'elle veut le donner.

Et Carouy redresse ses épaules de lutteur.

Pendant le bref parcours, avec Callemin qui zigzague à faible allure sur sa bicyclette, Bélonie et De Boë continuent de se prêcher mutuellement la bonne parole à mi-voix, et que la hiérarchie doit pas exister si on est tous des hommes libres, donc la seule règle c'est qu'il n'y en a pas, la désobéissance civile, l'acratie, pas de pouvoir, pas de lois sinon naturelles, ni dieu ni maître… Autogestion et fédération… Faut gripper le système, fabriquer de la fausse monnaie, ce n'est que justice, vu qu'une fausse pièce de dix francs revient quand même à vingt centimes, donc au départ on en est de sa poche, ce qui n'est pas légitime… Les faux titres paient mieux, De Boë se fait fort d'en fabriquer… Rodriguez a entendu et interrompt, pas du tout, les banques ne les paient plus sur-le-champ, quand on les présente. Avant d'honorer la créance elles vérifient d'abord auprès de l'émetteur, en Russie, au Panamá, où tu veux, ils câblent, et si tu reviens chercher la monnaie, t'es attendu par les poulets ! Les titres fabriqués maison faut les renégocier, en dessous du taux légal, à un particulier, un rentier qui veut profiter que t'es aux abois. Faut te mettre sur ton trente et un, huit reflets, frac si possible, t'attends pas loin d'une étude de notaire et dès que tu en vois sortir un, tu l'abordes, tu racontes que t'as joué dans un cercle. Mieux : une femme, ta maîtresse, a signé un billet à ordre après avoir perdu au trente-et-quarante, pas le temps de passer par ta banque, tu laisses le paquet des Aciéries de Moselle à trente pour cent de sa valeur, juste la somme dont t'as besoin…

Rodriguez termine son exposé de spécialiste dans un rire :

— … C'est bien le diable si l'excuse de sauver la réputation d'une femme perdue, d'une comme il rêverait d'en entretenir, et la cupidité ne conduisent pas le bourgeois à sortir quelques francs or cachés dans son matelas ! Mais là c'est de l'escroquerie, ça réclame des talents de comédien, un autre métier

161

où on dupe un citoyen anonyme, pas les banques à la solde du pouvoir et de l'armée.

De Boë tape dans un morceau de charbon qui traîne au caniveau, réplique bas, sur le souffle, dans les intervalles de son effort pour ne pas perdre le contrôle de son caillou noir, continuer à donner de la godasse comme un gosse :

— Et alors, la belle affaire ? Pendant que t'y es, demandes-y pardon à ton rentier, et va te confesser à une soutane : ce qu'il possède il te le vole, comment faut te l'expliquer ? Ton bourgeois, tu le suis à son coffre, ou dans sa turne, et tu z-y refiles un coup de browning ! Contre l'État, ses agents et les accapareurs, la violence meurtrière est légitime !

Et puis on se tait, on entend juste le bas de la robe d'Anna érifler le pavé encore chaud de l'après-midi, on arrive au Café français, on traverse la salle éclairée *a giorno*, électriquement, avec Mme Simone à sa caisse, les garçons en long tablier blanc, et on pousse gaiement jusqu'à l'arrière-salle, le caf-conç véritable, avec une courte scène, des tables où consommer et un promenoir derrière une palissade de bois qui arrive à mi-torse. Sauf pour Callemin qui est obligé de se dresser sur la pointe des pieds quand la compagnie se répand et cherche une place pour écouter les artistes éclairés d'en bas par une rampe électrique. Le piano est au bas de l'estrade, dos à la salle. Le reste des lieux est dans la pénombre et Louis Spilvœt a beau être vigilant, certaines dames, des quarts de mondaines, viennent aguicher et repartent accompagnées. Il sait aussi que les mains sont habiles à se glisser sous les vêtements et tant qu'il ne surprend pas un pick-

162

pocket à l'œuvre, il tolère les caresses dans les coins. Son rêve, c'est Barnum, de louer le Palais d'Été toute l'année, de faire une piste en bois autour et des courses cyclistes, rapides, deux cents mètres départ arrêté, évidemment toujours des artistes de variété sur la scène, des jongleurs, des magiciens, du cirque, parfois des combats de boxe comme aux Amériques, et bal permanent... La maison tiendra les paris sur le sport, bien entendu... Si Rosa veut, tout ça sera à elle... Spilvœt tient Carouy pour de la canaille anarchisante et libertaire, et après ? L'homme patient obtient ce qu'il souhaite. Ce soir, quand la mauvaise troupe entre, un chauve dont la chair déborde du frac détaille *Les millions d'Arlequin*... Les garçons virevoltent, les conversations bourdonnent, Callemin s'est arrêté sitôt entré, il plonge les mains dans les poches et examine l'assistance, de ce côté du promenoir, c'est bien tous des victimes, un verre de gnôle, le cul d'une femme, et ils croient à la bonne étoile, des valets dans l'âme, ils ne sont rien d'autre. Tiens, même Bélonie et De Boë, ils ont entrepris deux donzelles en chapeau de paille emplumé et robe décolletée, serrée sous la poitrine à les étouffer, venues seules, donc pas des respectables, plutôt des perruches déjà en mains, ravies de voir ces deux perdreaux penchés sur elles ! Et ce rastaquouère de Rodriguez, c'est un va-de-la-gueule, un matamore, s'il croit que je ne le vois pas là-bas complètement à gauche, dans l'ombre, qui presse Rosa, à demi pâmée, contre la palissade, et sa main dans ce bouillon de linge blanc, bien sûr qu'il profite de son petit pantalon fendu...! Il est bon qu'à ça ! Quant à Carouy, il ne vaut pas mieux...

163

La tête de veau qu'il fait parce que Rosa entre en scène, robe tunique entravée de soie poudre, à girandoles et manches courtes de dentelle noire, la taille corsetée à mort, ronde de la hanche et du sein, M. Édouard Carouy s'en laisse déjà blouser en même temps que la ritournelle du piano lui met le cœur à l'envers, et puis elle entame *Ça ne vaut pas l'amour* avec des airs à lui dire les mots rien que pour lui, des douceurs de voix et des mains pressées sur sa poitrine, le camarade Carouy s'en pétrifie, il est statufié de désir, et l'autre Spilvœt, retiré tout au fond, il a beau avoir la bedaine au calme, les pouces aux entournures de gilet, il ne voit pas d'un très bon œil sa chérie s'offrir à un moins-que-rien ! La vérité vraie : l'amour ne vaut pas un kopeck ! Saloperie d'amour !

Et puis Rosa termine sa chanson, salue, clap-clap, tend une main vers le public, comme pour le caresser pendant qu'il applaudit et Carouy porte la sienne à son cœur, ça n'échappe pas à Callemin. Ici, pour lui le chant se salit, c'est de la musique de caniveau, du prétexte à lubricité, de l'avilissement, pas comme à l'Opéra. Et on y boit, on mange des choses pas végétales. Il est presque à hurler ses indignations ! Mais Rosa s'éclipse en deux petits pas, bref passage par la coulisse et elle vient donner à baiser sa main à l'autre niais, le Carouy qui s'embarrasse, la lui attrape sa petite main de pécore, la serre et puis l'embrasse pleines lèvres. Rosa, son sourire s'en fane, même si elle n'est pas une altesse, tout de même lui sucer la peau de la sorte ! Pour un peu il lui prendrait la taille, elle le sent, Rosa, et en a un rire frémissant. Quand même Carouy a ôté sa casquette et se tient raide de manque d'habitudes mondaines pendant qu'une moustachue sans âge, en espèce de robe de deuil informe, est arrivée au pas de charge détailler *Les houzards de la garde* à l'avant-scène, poursuivie par le pianiste qui cogne son clavier. Une chanteuse moche, la célébration de l'armée, hou là là, pas la peine de battre le rappel, la compagnie est dehors vite fait, comme des vampires chassés par l'aube, et il est décidé que demain on se retrouve ici même en terrasse sur les midi. L'arrêt de tramway est tout proche, là, devant l'Opéra tout neuf, et on décidera, corrida ou Palais d'Été. Bélonie pense que, dès le matin, avec De Boë il ira rejoindre le droguiste Merlin. Ce brave commerçant aura trouvé du plomb, de l'antimoine, sorti de l'ammoniaque de son stock, on fabriquera quelques pièces de dix francs, même que Rodriguez pourra donner la main s'il est levé, si Anna le laisse quitter l'édredon !

Raymond Callemin regarde les deux femmes qui ne le regardent pas, leur trouve des figures goulues et se sent monter des cruautés à les dévorer crues. Louis Spilvœt est derrière la vitrine, la moustache immobile, le ventre serein. Cette Rosa, quelle belle garce !

Le lendemain n'est pas la fois du cliché à l'arrêt de tram Opéra. Pourtant on a sorti les élégances. Callemin n'a pas pu impressionner ce jour-là une plaque qui deviendra une carte postale, il ne rejoindra pas la compagnie à temps pour qu'elle pose dans ces parages. À la terrasse du Français les hommes sont sur leur trente et un, tête nue, Bélonie traîne à la main un chapeau melon d'emprunt trop petit d'une taille et qui l'emmerde. Prêt de Merlin le droguiste après les contrefaçons de monnaie du matin, comme le complet à veste-redingote, trop chaud. Ils ont bien œuvré et gagné leur journée. Anna et Rosa sont en beauté, bras nus, toutes deux robe blanche en voile de coton et capeline insolente à bord retroussé. Vêtues bon marché mais séduisantes mieux que des mondaines. Elles épongent sans fausse pudeur la sueur entre leurs seins. Vu le soleil qui coule en sirop, dégouline aux façades et aux pavés malgré l'après-midi entamé, on opte pour le Palais d'Été, tout proche. Et puis la corrida à Roubaix, les émotions fortes, la sauvagerie du spectacle de la mort gâteraient la douceur des dames, déjà bien en eau, qui auraient certainement des vapeurs. Alors qu'une boisson fraîche sous les frondaisons de la guinguette où Rosa a d'ailleurs chanté tout récemment... Spilvœt l'a débauchée pour cher mais n'est pas mauvais gagnant, il les rejoindra plus tard, si sa pratique lui en laisse le loisir. En tout cas il renseignera Callemin qui n'est pas au rendez-vous, on ne l'attendra pas.

Ainsi, on remonte vers la rue Nationale par la place de la Déesse, Bélonie salue de loin la banque Verley, chapeau brandi à bout de bras, les filles, dont les chevilles gonflent déjà dans les bottines lacées, ne comprennent pas pourquoi, leurs pas sonnent étouffés dans la touffeur du jour et ils vont leur train, sans ordre quelconque, le nez aux vitrines des boutiques en repos dominical, surtout celle des coffres-forts Bauche, jusqu'à se rassembler à l'entrée du Palais. On entre, les hommes sont morgueux par instinct, sauf Carouy qui se permet une main aux reins de Rosa, la guide vers des places sous la verdure, juste après la balustrade qui clôt la salle, côté droit. De là ils verront le spectacle et goûteront le moindre souffle d'air. Sur scène, dans l'éclairage naturel, une divette un peu tapée, en chapeau de mousquetaire, bien soutenue par l'orchestre d'une dizaine de musiciens, chante l'opérette et l'opéra bouffe, de l'Offenbach, du Franz Lehár, heure exquise qui nous grise, lentement, la caresse, Léon Rodriguez et Anna sont loin des veuves joyeuses, même la gamine charmante, à l'âme innocente, au joli nom, Aspasie, ils n'écoutent pas, se bécotent pleines lèvres, à faire ricaner même les plus dessalés aux autres tables. Faut dire, sur les ailes du pavillon, ça rit, ça boit, faut élever le ton pour passer par-dessus la musique et les autres conversations, alors l'opérette…! Et puis le premier petit scandale pète sans faire grand bruit.

Quand le garçon qui connaît Rosa apporte les rafraîchissements, épaté que seules ces demoiselles boivent un bock, Bélonie paie avec une fausse pièce, pas de la fournée du matin, une patinée, vraiment la tête d'une vraie. Et ce garçon, un molosse à roufla-quettes, plus large que Carouy, c'est un trébuchet sur pattes, un vérificateur des poids et mesures, avec un instinct de caissier en chef, il a le poids de la pièce en mémoire, au grain près, il la soupèse, la fait jouer entre ses doigts, la croque, la considère et la laisse retomber sur la table :

— Si c'est là toute votre fortune, fondez pour en faire une balle de revolver et vous suicider avec !

Et il se gondole, ravi de son esprit. Confiant, il

a levé le nez vers la chanteuse dans l'attente que le client sorte une autre pièce, une vraie cette fois, et il ne voit pas Bélonie tirer son petit browning, ne l'entend pas marmonner : je t'en foutrai une balle de revolver, moi, et il baisse à nouveau le regard juste comme Carouy, d'une main, à la force du poignet, contraint Bélonie à rengainer son arme. Le garçon a le temps de voir l'éclat de l'acier, se raidit, défait tout à coup, mais Carouy pose de la monnaie, de la belle et bonne, sur la table, avec un large pourboire :

— Excusez-nous : cette pièce a été saisie sur un malfaiteur. Mon ami est policier à Paris, il ne plaisante ni avec la fausse monnaie, ni avec les revolvers.

Excuses du garçon, remerciements, clin d'œil à Rosa, machinalement il fait sauter les pièces dans sa paume, bon poids, avant de les glisser dans ses poches de gilet, et il fait demi-tour rapidement, presque à se cogner dans une jeune fille qui arrive et fait un pas de côté pour l'éviter, toute saisie, au point qu'elle reste là, derrière De Boë, toute petite dans sa robe à taille Empire, bleu canard, à fraise qui lui mange le menton, et les cheveux pris dans une sorte de bonnet à gland en velours marine. Elle a une façon de se tenir, le bassin un peu basculé en avant, bras ballants, le visage torve, et ce regard où le jour s'engouffre... Bélonie et De Boë se lèvent à demi, poliment, l'œil rond, cette demoiselle paraît les connaître alors qu'eux... Rodriguez réagit le premier, parce que la petite ne bouge pas et fixe la tablée, les dévisage tour à tour, sans un geste, Rodriguez grommelle : du diable si ce n'est pas, et Rosa finit la phrase :

— Monsieur Callemin, c'est vous?

Par réflexe, Bélonie et De Boë se sont dressés, complètement ébahis, Carouy se penche, et puis Anna et Rodriguez explosent de rire à en devenir écarlates, se plier en deux pour ne pas faire pipi. Callemin reste immobile, et soudain, second scandale, et celui-là explose comme une grenade, Callemin gueule son credo, ses évangiles bricolés d'anarchisme à la Proudhon ou à la Reclus, les bréviaires de Victor Serge, son copain d'enfance :

— Faut plus venir dans des endroits de boisson, où les gens fument, c'est la destruction de l'humanité...

Il pointe le doigt vers la divette qui roule des yeux, tâche de ne pas dérailler :

— ... Et vous, madame, taisez-vous! La seule musique s'écoute à l'Opéra, pas dans la fumée des cigarettes et l'odeur d'absinthe! Vous oubliez la loi de nature, qui est la liberté! Comme j'ai la liberté de porter des habits de femme parce qu'elle est l'égale de l'homme! Mais vous tous, la liberté est trop lourde pour votre paresse, vous l'abdiquez avec l'alibi de la volonté divine! Aimons Dieu qui nous aime! Ah bien ouiche! Au point de tolérer lâchement la guerre et la misère!

Il tempête tellement, de sa voix de *falsetto*, que la chanteuse s'est tue, l'orchestre pareil et tout le public à leur suite, et que dans le silence à peine troublé du froissement des éventails, on entend Callemin hurler :

— Dieu n'existe pas, j'ai pas à l'aimer ou le haïr mais les gens, vous tous là, oui, vous existez et je vous hais! Tous, les femmes et les hommes! Des esclaves que même la science ne peut pas affranchir ! Vive l'anarchie !

Et il court vers la sortie en bousculant l'assistance, sa robe troussée à deux mains, au point qu'on lui voit, dessous, de la lingerie féminine, comme le cul blanc d'un lapin qui détale.

Cette fois, on ne peut plus masquer l'échauffourée, parce que la petite compagnie est debout, l'œil méchant, alors les garçons accourent, des dames s'effarouchent, des jeunes gens serrent les poings, on crie : «À bas les socialistes ! », « Bandits ! », on commence à s'affronter, poitrail contre poitrail, mais Anna et Rosa paralysent, retiennent, empêchent les mains plongées dans les poches d'attraper les brownings, et il faut quitter la place sous les regards curieux, et garder la face.

À peine dehors, Carouy indique qu'il aura la Delaunay-Belleville, mardi. La banque, c'est donc pour mardi. Après on file. Bruxelles c'est grillé, on verra à essayer Paris. Et il prend le bras de Rosa qui ne comprend pas, quoi la banque, tu as donc tant d'argent que tu en mettes à la banque, et puis Paris, tu me quittes… ? Tais-toi, Rosa, la console Anna, faut voir les bons côtés : mon Léon passe trois jours par semaine à Paris et quand il rentre, c'est 14 Juillet chaque semaine !

Dans la guinguette, l'orchestre a repris, il joue le *Quadrille des lanciers*.

Il n'est pas impossible que Louis Spilvœt soit survenu à ce moment. Peut-être c'est à lui que Rosa, intriguée par Carouy et renseignée plus avant par Anna, dénoncera le soir même le projet anarchiste de dévaliser la banque Verley, à main armée, avant de fuir dans une grosse automobile. Ou bien, plus vraisemblablement, elle menace Carouy de tout révéler à la Sûreté s'il persiste dans ses desseins de malfaiteur. Ou bien elle lui annonce qu'elle est enceinte de lui. Et le premier projet criminel en automobile dans l'Histoire est annulé au dernier moment. Ce n'est que partie remise, on le sait.

Le mardi donc, Carouy sort la Delaunay du garage Bathiat, passe prendre Callemin, Bélonie et De Boë dans leurs garnis respectifs et vient arrêter l'auto au coin de la place, dos à la Déesse, vingt mètres avant la banque. On a ainsi le choix de la fuite, par la rue Espermoise en face, la rue Nationale juste avant, ou bien traverser droit sur la rue des Sept-Agaches. Avec une pareille auto, on ne craint personne. Carouy est au volant, Callemin est à son côté, les deux autres derrière. Pendant qu'on vérifie les brownings, Bélonie s'est mis à fredonner *La Marseillaise*, à peine le premier couplet et il se tait. Parce qu'on s'insurge, les autres, les Belges, c'est qui les enfants de la patrie ? Encore ton Jaurès qui veut lever son étendard sanglant, que le sol de cette patrie boive le sang impur, comme si un sang pouvait l'être, tu choisis pas, tu nais sur le sol que tu peux avec le sang de tes parents, merde ! Aux armes citoyens, eh ben, nous autres anarchistes, pacifistes, on obéit !

Rodriguez ne fait pas partie de l'expédition. Il s'est montré tiède, menacer les employés avec des brownings, c'est risquer de tuer, et il est contre le meurtre, même celui de policiers. Fabriquer de la fausse monnaie, c'est enrayer la machine économique des

171

banquiers, des millionnaires, il est pour, mais assassiner… Callemin ne décolère pas, même s'il a le culte de l'amitié et qu'il n'ose pas dérouiller le beau Léon : sûr, Rodriguez ne vaut pas lourd, il mange de la viande, il boit et fume avec sa giletière, il voudrait l'anarchie rien que pour lui et quelques-uns, pourvu que le monde reste en bon ordre et lui dans les draps de sa belle ! Surtout pas de violence ! Mais c'est un camarade.

— Or, toute violence contre la loi ou ses représentants est légitime. C'est nous, qu'ils appellent illégalistes, qui sommes les plus attachés à l'ordre ! Et jamais le pouvoir, qui nous met hors la loi depuis 1894, n'a produit l'ordre, mais son absence, oui !

— Tu te souviens d'Élisée Reclus… ?

— Si je n'avais pas lu les six volumes de *L'homme et la terre*, est-ce que je serais ici ? «L'ordre sans le pouvoir», qui oublierait la formule ?

— Personne, évidemment… Je te demande si tu l'as connu, avant sa mort, quand il habitait Ixelles, près du cimetière, avenue de la Couronne, justement à l'époque où il rédigeait ces ouvrages.

— Trop jeune… Je débutais en anarchie… Moi j'ai fait mes éducations avec mon camarade Viktor Kibaltchiche… On grimpait sur les toits du palais de justice à Bruxelles et de là, on dominait la ville, on était au-dessus des lois qu'on disait… Tu vois, il nous manquait une chose, qui nous fait encore défaut : voler comme les oiseaux. Les lectures, c'est venu après.

— En attendant, la reprise individuelle n'est pas pour aujourd'hui.

Carouy montre à travers le pare-brise Rosa, au

bras de Louis Spilvœt, qui leur fait signe de la main et entre dans la banque. Évidemment c'est exprès, à la fois elle le quitte, elle trouve un protecteur qui semble déjà commencer de l'entretenir, et elle empêche un bain de sang. Carouy hoche sa tête de butor, plisse les yeux, presque à n'avoir plus de front, ses cheveux roux foncé à ras des sourcils. On ne peut quand même pas assassiner des connaissances amicales, surtout pas une femme même si elle vous trahit.

Est-ce qu'il sait que Rosa est enceinte de lui? Est-ce qu'elle le sait, elle? En tout cas, Louis Spilvœt qui va toutefois l'installer dans ses meubles, à son nom propre, ne reconnaîtra jamais le gamin, prénommé Wilfrid. Spilvœt sera ruiné par Rosa et la Grande Guerre, ses projets de cirque anéantis. Il mourra dans un bombardement. Rosa gardera son pécule et sa maison. Le 28 février 1913 à l'aube elle est dans la salle des assises du Palais de justice de Paris pour entendre la sentence : Édouard Carouy est condamné aux travaux forcés à perpétuité, Jean De Boë à dix ans et Raymond Callemin à mort. Léon Rodriguez est acquitté. De ceux qu'elle a fréquentés, Bélonie n'est pas de la fournée. Elle se souvient d'un mot de son amant : «Le seul crime est de juger.» À neuf heures du matin, le même jour, elle apprend que Carouy s'est empoisonné dans sa cellule.

La Delaunay-Belleville servira aux quatre hommes à rallier Paris. Plus tard Carouy et Callemin iront à Romainville, au siège du journal *L'anarchie*, une sorte de phalanstère où ils retrouveront Viktor Kibaltchiche, désormais Victor Serge, et sa femme

Rirette Maîtrejean, ils juguleront leur soif d'action spectaculaire et sanglante par l'édition du journal, la promenade, les causeries, la lecture, la propagande pour l'esprit scientifique. Bonnot, quand il arrive dans le cénacle, met le feu aux poudres. Allez savoir le fin mot, la raison vraie. Il est un excellent mécanicien, ranime l'idée qu'on ne peut être hors des lois en les respectant, trouve un appui en Carouy quand il propose de se servir de l'automobile pour reprendre aux banques l'argent du peuple. L'ère du hold-up motorisé est née. Les anarchistes pacifistes, pris au piège de l'illégalisme, deviennent des bandits de grands chemins.

Ces épilogues divers, Laura et moi, sur l'instant, sûrement nous les ignorons à demi, pas le temps de laisser l'imaginaire donner sa mesure, c'est maintenant que le chaos s'est ordonné. Pour l'heure, on désespère encore de trouver la clé qui unit les documents du fichier Sonja, la «section Bonnot» et la section «Belgique aujourd'hui». Denis nous a complètement captivés. Est-ce qu'il a tout raconté l'épisode lillois par le menu ou bien c'est Laura et moi, une fois dehors à la Déesse, devant La paix disparue, la banque Verley, même plus un souvenir. Elle devait être là, à droite du Furet, à la place du McDo, non...? À partir de ces questions, est-ce qu'on bouche les trous du récit de Denis, est-ce qu'on finit de le romancer, avec nos habitudes d'extrapoler mes vieilleries de papier, de ressusciter leurs personnages? En tout cas, tout le trajet jusqu'à la rue d'Angleterre dans le jour grisouilleux, sans goût, où les bruits sonnent amortis, on parle droit devant, Laura serrée à mon bras, le beau paysage de son corps sans cesse à me battre le flanc, parce que les talons de ses bottes tournent aux pavés des trottoirs, on convoque les traces impalpables des anarchistes, pacifistes et gangsters, et ils viennent s'incarner dans notre dialogue, presque à nous apparaître.

Juste avant qu'on s'habille chaud, le fichier glissé dans la besace de Laura, et qu'on file, Denis a donné le coup de grâce. Après avoir étalé comme un jeu de cartes les portraits des anarchistes et consorts, il avait gardé sous le coude celui de Rosa Bella, la chanteuse de beuglant. Laura met le doigt dessus, sans rien demander :

— Ah, Rosa Bella ! Elle, je n'ai pas retrouvé sa trace au médico-légal et dans les fichiers de mes copains flics... Il a fallu les archives de vieux canards locaux repris en bibliothèque, puis celles de *La Voix*... Rosa Bella s'appelait en réalité Rosa Geerbrandt, née à Bruxelles, Uccle exactement, en 1888. Mère de Wilfrid Geerbrandt qui choisit la nationalité belge. Cesse de chanter dès la fin de la guerre et bricole avec l'héritage de Louis Spilvœt, croit-on... Elle meurt en 1962, rue d'Angleterre... Vous devinez à quel numéro ?

Bien sûr je devine, la boutique du petit lord blondinet photographié par Claassens :

— Au 12. Où son fils habite toujours...

— Son petit-fils... Et celui d'Édouard Carouy, condamné à perpète et suicidé... Il est antiquaire, l'héritier, comme son père après guerre. Prénommé Camille, propriétaire du Château-Rouge. Voilà pour l'instant... Une autre Paulaner ne serait pas de refus.

Laura la lui a servie. Séchée d'une lampée. Puis Denis a repris le bocal avec les mains de Raymond la Science et nous a suivis dehors. Il va rendre ses reliques et tâcher de fouiller voir comment tout ce beau monde se croise, les affinités électives produisant associations de malfaiteurs, et puis savoir où en est Libert dans son enquête, qu'il ne retrouve pas Sonja avant nous. Nous qui faisons une trotte à chien jusqu'à la boutique de Camille Geerbrandt. Laura devait pressentir notre chou blanc, ou s'émouvoir de rencontrer la descendance d'un complice de Bonnot, elle dit sa crainte de trouver porte close et se raidit, tout en chair de poule presque. Elle a bien prévu : la grille est baissée devant la vitrine où trône une magnifique console Art déco en marqueterie de palissandre et loupe d'orme, au plateau décoré de pointes sombres sur fond clair suivant le dessin d'un jeu de jacquet, supporté par deux escaliers divergeant en V à partir d'un socle étroit. Rien que ce meuble et la boutique obscure derrière. Laura est restée en retrait, à battre la semelle pendant que je colle le nez à la vitre, essayer de voir dedans, même si c'est sot, et sa voix est lointaine maintenant, unie :

— Qu'est-ce qu'on fait ?

— J'appelle Judith, on va la rejoindre chez Claassens, ou bien c'est elle qui vient nous récupérer ici, on lui raconte et on avise. Possible qu'on aille en Belgique, au Château-Rouge…

— Dis-lui de nous rejoindre chez elle, boulevard Carnot.

Je ne vois pas pourquoi mais j'obéis. Et justement elle y est à son appartement à travaux, elle finit de remplir des sacs de gravats. Elle nous attend.

— On passe chez moi prendre ma voiture.

Ce qu'on fait, sans un mot, ni dériver au trottoir en se tenant par la taille comme des zamoureux débutants. Finis les enlacements sauvages. On a viré d'un coup absolument corrects, moi pas bien repassé des humeurs, grognon comme si j'attendais la nouvelle de la mort du Père Noël, le barbour zippé jusqu'à ma barbe de deux jours, et elle, ses hanches à chalouper sous le manteau de cuir, les mains gantées qui relèvent le col, ferment l'entre-bâillement sur la poitrine, elle a l'air de ne plus me connaître, ou d'aller à une cérémonie funèbre. Jusqu'à ce que j'ouvre la portière de mon auto, qu'elle s'installe à la place du passager. Elle passe délibérément de l'autre côté et prend le volant, tend la main, que je lui donne les clés. Moi je me penche :

— Qu'est-ce qu'il y a, Laura ? Tu regrettes cette nuit ?

— Elle a eu lieu parce que je devinais ce qui se passerait aujourd'hui, au moins en partie... Monte, Dom, et profite de l'instant. Dans cinq minutes, tu vas me haïr.

— Si tu le dis...

J'obéis. Elle a évalué le trajet à la minute près et on entre dans l'immeuble de Judith à l'instant où elle sort de la minuscule cage de l'ascenseur, dans un grand caftan de laine grenat, les doigts à se labourer la tignasse pour en ôter la poussière de ciment. Elle a sa voix des mauvais souvenirs :

— Pas moyen de prendre une douche : je n'ai pas branché le ballon d'eau chaude... Et je me demande où je vais trouver de la faïence murale dans les tons verts et roses acidulés... J'aurais peut-être dû garder les blancs et bistre avec la pose diamant... Vous ne m'embrassez pas ? Qu'est-ce qui cloche ?

Tout sur le même ton, débité en accéléré pendant qu'elle nous scrute, son œil d'aigle, et moi je la connais, devant ce regard-là, je suis un gamin incapable de mensonge :

— J'ai passé la nuit avec Laura.

Laura qui nous a dépassés et gravit deux à deux les premières marches de l'escalier. Judith a une sorte de haut-le-cœur, elle met une main devant sa bouche, ses yeux me dépassent, cherchent un appui derrière moi, et elle s'affaisse en dedans, et c'est tout. Je fais un pas, la prendre dans mes bras, je veux lui déposer un grand soleil de baisers sur le visage comme si je pouvais tout racheter d'une lichée de tendresse. Elle ne résiste pas, lève juste une main entre elle et moi, se bricole un sourire de fer-blanc, la serrer contre moi, oui, je peux, l'embrasser, non :

— Pas maintenant, Dom... Mais ça va passer...

Elle se tourne brutalement et j'ai l'air d'un éconduit, d'un qui n'a plus sa place.

— ... Qu'est-ce qu'elle fout là-haut... ?

Elle va au pied de l'escalier, lève la tête, commence à monter et je la suis. Au premier, Laura est entrée dans un appartement, exactement le même qu'au dernier celui de Judith. La porte est grande ouverte. Sa voix vient du fond, sèche, Camille, Camille, tu es là ? Des portes qui s'ouvrent, se reclaquent. Judith et moi restons au bord du living, meublé luxueux en Art nouveau, Art déco, Biedermeier, une bibliothèque d'acajou, ovoïde, des dessins qui ressemblent à des Egon Schiele, et on ne comprend plus, ou trop bien, qu'on s'est fait avoir, mais pour obtenir quoi, à cause de quoi, allez savoir, et avec quelles sournoiseries depuis quatre mois que Laura habite le Dominus, y travaille, elle n'a rien dit... Et pourquoi cette nuit ? Manifestement, elle est ici chez elle et Camille Geerbrandt aussi. Rude coup à l'orgueil viril. Judith fait un pas dans le living, voir si l'accès aux chambres, à la cuisine, s'organise comme là-haut avant ses travaux, les meubles aussi, et leur air de famille avec ceux de l'appartement dévalisé par les nazis flotte ici, est-ce qu'il flotte ici le parfum d'un autrefois révolu, moi je reste au bord du vestibule, pas mal sonné, et bien conscient de mériter la baffe, et de ne rien regretter, à me souvenir de Laura, ses questions, le jour de la profanation, en décembre, pendant notre visite chez Judith, elle s'est bien moquée de nous à faire semblant de découvrir. Et elle revient vers nous, le visage fermé, il me semble que la cicatrice à sa joue a rougi, elle est dans son élément, oh oui, elle va bien avec les lieux, l'oxygène luxueux d'ici elle seule peut l'apprécier, et, le manteau ouvert désinvolte sur cette foutue robe de cuir taupe, dansante comme une soie, désigne un coin du vestibule :

— Tu vois, Judith, ton secrétaire était ici... Camille l'a battu à mort et foutu aux encombrants parce qu'il m'appartenait... Mais on ne va pas laver le linge sale maintenant...

Judith s'est déjà détournée, descend sur le trottoir :

— Ton meuble chéri tu le récupères quand tu veux et t'y mets le linge que tu veux.

Moi, vite, je reviens à nos moutons, pas de linge sale maintenant, surtout pas :

— Maintenant, il faut retrouver Sonja de toute urgence.

En même temps je sais qu'à cause de cette quête bientôt je serai nu, mon pedigree étalé, ce ne sera pas plus glorieux que les écarts de Laura. Sûrement c'est dans l'ordre et possible que j'en devienne digne d'elle. Entre parias… ! Laura ferme la porte, attend que le voyant de la serrure à code s'allume :

— Donc, Camille, le seul vague lien connu avec elle.

L'idée me traverse que Sonja termine peut-être le travail de Rop, une de ses traques, interrompue par la mort, de la barbarie ordinaire, une autre preuve que l'homme est inéluctablement mauvais :

— Ou avec Claassens… Sonja n'aurait fait que reprendre le dossier.

Laura a l'air de penser qu'évidemment, inutile de le formuler. Toujours agréable d'être regardé de haut par une dame aimée ! On a rejoint Judith immobile à côté de mon auto, mains au fond des poches. Avant d'ouvrir, par-dessus le capot, Laura la regarde, ses traits de jeune tragédienne durcis par la lumière sale :

— J'ai couché avec Dom cette nuit parce que je savais qu'à partir d'aujourd'hui je serais une traînée. L'appartement que vous venez de voir est à Camille, il y reçoit parfois et dans ce cas je l'aide, j'en connais le code d'entrée, j'en dispose à mon gré le reste du temps. J'en disposais. J'y habitais. Le reste on verra plus tard, au fil de la Belgique, mais vous pouvez commencer à me mépriser.

181

Avec mon esprit de l'escalier, j'ignore pourquoi je dis à ce moment-là :

— On a enfermé le chat chez Claassens ! Le gros roux !

Judith s'installe côté passager, Laura tourne déjà la clé de contact, moi derrière, accoudé entre elles, pas brillant, ni fier de ma chair faible.

— Je suis passée tôt ce matin chercher un dossier clairement dédié Bonnot ou Geerbrandt. Qui n'existe pas, apparemment… Mais oui, le minou a mené sa petite pagaille, rien de terrible. Je l'ai libéré.

— Merci, Judith. On devrait peut-être l'adopter ?

— Tu ne penses pas qu'on a assez adopté ces temps-ci ?

Et bizarrement sa réponse bien vinaigre fait rire Laura :

— Et finalement, on s'en mord les doigts, hein ? Variez les plaisirs : enlevez quelqu'un ! Sitôt cette affaire débrouillée, je vais laisser la place libre.

— Et retourner chez Camille prendre des gifles mieux payées que les caresses au Dominus ?

Bon, la réplique est un peu traître, mesquine, une de jaloux en pleine culpabilité. Laura a juste le temps de toucher la cicatrice à sa joue, Judith s'est tournée vers moi, étincelante, encore un rien de poussière aux cheveux :

— Que tu sautes une réfugiée conjugale, passons, mais laisse-la partir et je ne te parle plus de ma vie !

Paf, le nouveau contrat de *modus vivendi* est ainsi scellé, ces dames sont solidaires, je n'ai plus qu'à m'y conformer et tâcher de détendre l'atmosphère, assez minable :

— Parfait, je vous garde toutes les deux, mais c'est bien pour vous être agréable !

Certes on rit ensemble et les cœurs ne pèsent plus, l'armistice est signé, mais les dommages de guerre, de notre escarmouche amoureuse, on n'a pas fini de les payer, mine de rien, on le sait tous les trois. Et puis Laura et moi résumons à nouveau les nouvelles apportées par Denis, le lien Camille Geerbrandt/bande à Bonnot, celui, encore ténu, avec la Belgique, et l'absence totale d'hypothèses pour expliquer la création du fichier Sonja par Claassens ou pour comprendre un rapport entre ce fichier et Sonja qui nous permette de la retrouver. Conclusion de Judith :

— Nous voilà bien avancés !

Laura nous a sortis de Lille au cul de camions néerlandais, belges, estoniens, lettons, tout ce qui va remonter vers les Pays-Bas, Eindhoven, et s'est engagée sur l'autoroute de Liège, Bruxelles, à travers la campagne calfeutrée de brouillard filandreux, sans consistance. Sitôt quitté la métropole, dès avant la frontière, même par ce temps pour film d'espionnage, l'impression d'espace saisit, des fermes et des maisons, parfois épinglées serré, que le paysage s'accroche bien au drap pâle du ciel, ponctuent aux carrefours de chemins invisibles le manteau d'arlequin des champs gris et beiges, vert sombre, hérissés de bosquets décharnés au bord de prairies bleuies de givre. Ici, la mélancolie pousse comme de la mauvaise herbe. D'où l'extrême bonhommie des gens qui vivent avec le chagrin du temps et l'apprivoisent très vite en lui souriant, qu'il ne se doute de rien. Même la mort est joyeuse, manquerait plus qu'on soit triste à un enterrement, ça lui ferait trop plaisir à la camarde! Alors elle fait bonne figure, elle accepte qu'on se paie sa tête. Qu'on essaie en tout cas.

Judith a sorti du sac fourre-tout de Laura un exemplaire du fichier Sonja, en tire les photos localisées en Belgique par Denis :

— Cette maison tape-à-l'œil, Denis la mettait à Lamain, non…? Dom?

Je me souviens, l'espèce d'usine en ruine aussi, pas loin sur la route entre Tournai et Courtrai… Le Château-Rouge est plus haut sur l'autoroute. Mais le bistrot en briques jaunes, la vieille femme dans son potager, ça je ne sais pas. Conscient qu'il suffit de s'en remettre à Laura qui nous emmène en territoire connu d'elle mais dont elle ne comprend pas en quoi il peut concerner Claassens ou Sonja, je réponds :

— Si. Laura, est-ce qu'on peut espérer y trouver Sonja, séquestrée par un autre homme ?

Laura dépasse une station Q8, se rabat sur la file de droite :

— M'étonnerait. La relation entre Claassens et Camille, si elle faisait partie de mon domaine d'activités, je la connaîtrais. Ce n'est pas le cas. Et je me dis que la solution est là : dans les raisons qui ont poussé Claassens à monter ce dossier qui doit mettre en cause Camille. Et ces raisons ont donc un rapport avec pépé Carouy et compagnie. Quant à la place de Sonja dans ce schéma…! Elle a pris la suite de Claassens, voilà tout.

Drôle comme à élucubrer tout haut, on provoque

des connexions à l'instinct chez les auditeurs, du raisonnement mécanique :

— Comment, avec quelles initiatives, qu'a fait Sonja depuis la mort de Claassens ?

Judith répond à la place de Laura :

— Elle a laissé tomber sa mère...

Quand même je rectifie :

— C'était avant, et elle ne connaît toujours pas son état de santé... La preuve : on la cherche pour essayer de sauver cette mère inconnue.

Juste comme elle quitte l'autoroute, Laura dit, presque pour elle :

— À part foutre le camp, elle a profané un cimetière... Et signé d'une croix bourguignonne... Là, peut-être que je tiens maintenant un début d'explication... À vérifier sur le terrain... Imbécile, j'aurais dû y penser avant... Pour l'instant, ne me posez pas de questions, merci.

Sec, un ton de pensionnat, de pionne en section des grandes, à se sentir quantité méprisable, qu'est-ce qu'on fait là en ce début d'année, nom de Dieu, Judith et moi ? Mettons-nous plutôt les œillères, pensons à nos investissements et la demoiselle Sonja, on l'oublie. Comme si désormais on pouvait se reforger une armure, se nettoyer le cœur au savon noir. À droite, direction Blandain, Laura prend à gauche, vers Lamain, et le cri des pneus fait s'envoler d'un labour gelé une paire de corbeaux moroses.

Un petit moment, on suit la route qui sinue et presque dès l'entrée dans le bourg, Laura ralentit, qu'on voie bien la villa jaune, sa façade de basilique, et stoppe un peu plus loin. À pied on rebrousse chemin, on entre dans le petit jardinet devant et puis Laura va sonner à la porte de fer forgé doublé de verre. Une autre fois, longtemps. Pas de réponse. De chaque côté, des maisons anodines, derrière des haies touffues de thuyas. Je me retourne, en face un mur de ferme traîne en longueur vers la gauche, avec une entrée cochère, fermée. Là où il cesse, presque devant moi, un potager pétrifié d'hiver, avec des carrés de semis au cordeau, sans aucune mauvaise herbe, bordé d'une lice à claire-voie, occupe l'espace avant une maison tassée, très ancienne, bâtie perpendiculaire à la rue, dont les soubassements semblent encore enduits de goudron, à la mode d'autrefois.

— Patron, donne-moi ton portable, s'il te plaît.

Voilà. Laura pianote, écoute… Patron elle a dit, elle coupe les ponts, comme Claassens ou Louise, elle force le trait avant de disparaître et, devenue haïssable, ne pas laisser de regrets. N'empêche, Claassens s'est trompé, les petits du lycée ne pleurent pas seulement Louise, ils honorent la mémoire du photographe : David a eu longtemps la tentation de garder les appareils photo pour lui comme des reliques sacrées, j'en suis sûr. Les clichés en tout cas, je parie qu'il les a déjà fait tirer sur papier, et pas par attirance morbide. En hommage respectueux. Quant à Agnès Libert, elle brûle des cierges au sauveur de son gamin… Bien sûr, la mère de Sonja serait moins emballée par le personnage… Alors, parmi les coupables modestes tu peux toujours courir, ma Laura, pour n'être pas aimée, même meurtrière on te trouverait des circonstances… Elle coupe l'appel sans laisser de message.

— Ou bien Camille est à la montagne, au ski, ou bien il est en prison.

Judith et moi pas de questions, Laura ne répondrait pas, Judith commence à bouillir, je la connais, on est là pour retrouver Sonja, pas pour être présentés à Geerbrandt. Alors, on casse un carreau, on entre, ou bien t'as la clé ? La petite n'est pas là-dedans, on perd du temps !

De l'autre côté de la rue, une très vieille dame est sortie de la maison accroupie, petite, à la taille de la porte basse, solide comme une souche de chêne, le cheveu blanc, drapée d'une houppelande grise, la démarche chaloupée des arthritiques, elle s'immobilise au coin de sa façade et nous regarde fixement. Elle veut qu'on la voie nous voir, sinon elle guetterait à l'abri de ses rideaux. Pas la peine de regarder le fichier, c'est elle que Claassens a prise en photo pendant qu'elle bêchait son potager. Tous les trois on traverse.

De près, Marie Verfaillie a un visage de vieux sabot, de femme en bois, une marionnette qui a pris vie. Elle ne nous fait pas entrer, on reste entre maison au cul goudronné et plates-bandes vierges, mal à l'aise, ballants. Judith piétine, perte de temps tout ça… Marie parle avec un doux accent belge, calmement, et le brouillard de son haleine trouble ses traits. Non elle n'a pas vu M. Camille depuis bien longtemps. Une jeune fille, non plus. Elle n'est pas toujours à guetter, n'est-ce pas… ? Oui elle se souvient de Rop Claassens. Quelqu'un de bien affable… Qu'aux beaux jours de mai, aux lilas, il avait fait des photos, d'elle et de la maison Geerbrandt, et puis ils avaient tiré deux chaises sur le seuil, bu une Jupiler et causé. De quoi? Du temps jadis. Elle va sur ses quatre-vingt-dix et a toujours habité là. Alors la construction de la maison elle s'en souvient à peine, en 1927 ou 1928, mais bien sûr elle a des images, et puis de mademoiselle aussi, je ne saurais pas dire votre petit nom, Laura, Mlle Laura, elle revoit la première fois où elle est venue avec M. Camille, c'est déjà plus d'hier, et la vie joyeuse de la maison depuis et les réunions qui s'y déroulent ces temps. Entre deux, il s'en est passé des choses, les malheurs du début des années 30, la crise, le roi Léopold III, surtout cette pauvre reine Astrid, si belle et morte en 1935, même pas trente ans, la politique et la guerre, les Allemands ici, la honte de la conduite du roi, et avant ça Léon Degrelle… Oui monsieur-dames, il est venu là, je l'ai vu… M. Geerbrandt père était déjà dans les affaires et il avait Léon Degrelle comme relation, vers ces mêmes années terribles… Je l'ai reconnu après, forcément, quand j'ai eu l'âge de comprendre et qu'il était rexiste, ensuite dans les SS, *Cheffführer* de sa légion Wallonie, et tout ça qui n'est pas bien joli et que les Flamands continuent à reprocher aux Wallons francophones, comme si ceux du Vlaams Nationaal Verbond n'avaient pas léché les bottes des occupants et le Vlaams Blok aujourd'hui n'est pas mieux… Et à la Libération je crois bien qu'il s'en est encore passé de belles… Et des belles, des petites dames, il en a défilé ici, sans uniforme ni grand-chose sur elles, croyez-moi… Mon père est mort torturé par les Allemands à l'Athénée Jean-Noté à Tournai… Il faisait partie d'un réseau de résistants. Aussi, voyez-vous, mademoiselle Laura, c'est bien inutile que je vous fasse un dessin mais je ne peux pas supporter une femme comme vous chez moi. Pas quelqu'un sans moralité qui fricote avec des canailles de père en fils. C'est là que je voulais en venir et avoir bien le loisir de vous dire mon mépris en face. Maintenant, allez, ça va, partez…

Là-dessus, un dernier mouvement de sa mâchoire en bois articulé, ses yeux lavés de ciel dans les nôtres, Laura, puis Judith, puis moi, elle fait demi-tour, rentre chez elle et sa porte claque. Nous reste à filer, l'oreille basse, comme si on avait été dégradés au front des troupes, nos médailles et nos épaulettes arrachées. Je crois qu'il faut vider nos sacs, Judith non, elle n'a rien à confesser, mais mes héritages infamants, même elle ne les connaît pas en entier, le Dominus, d'où viennent ma petite aisance matérielle et mes rugosités face au quotidien, mes syndromes de culpabilité, ma propension à raccommoder les hommes à ma mesure dans la collection de papiers dérisoires, d'existences idéalisées.

Laura est livide. Elle va droit à l'auto, Judith aussi, avec son manteau en colère qu'elle rattrape en vol comme si elle voulait maîtriser un oiseau pris au piège, mais elle ne monte pas, ouvre le coffre, fouille, sort un démonte-pneu. Je l'arrête, ah, fous-moi la paix, Dom !

— Monte en bagnole, Judith ! Laura, donne-moi les clés, maintenant c'est mon tour de faire le guide des ruines sur lesquelles j'ai bâti ma putain de vie. Après on fera un saut à Bruxelles, via le Château-Rouge.

— D'abord on va entrer là-dedans ! Parce que ta psychanalyse de petit-bourgeois ou les écarts de

Laura, on s'en tape! D'abord : où est Sonja? Faut croiser sa piste, ici ou ailleurs!

Elle me dépasse et on est bien obligés de la suivre, de passer sur les arrières de la maison basilique, de l'aider à faire levier pour forcer la porte de service. Non, Laura n'a pas la clé! Elle ne dit plus un mot, passe devant, presse un bouton au compteur électrique et nous voici dans un office, placards de bois massif, sur mesure, peints en blanc… Il fait un froid de siège de Stalingrad, là-dedans. Laura nous fait signe, grouillez, la cuisine, un couloir, avec des portes, un salon-fumoir, une salle à manger, on est dans l'immense vestibule derrière la porte en ogive et la rosace, on suit Laura dans un escalier à rampe de laiton, au trot, jusqu'à un couloir qui commande des chambres, au passage elle ouvre les portes à la volée, qu'on découvre les lits profonds, les riches étoffes, l'immobile reflet sur les miroirs du marbre des salles de bains, dans la pénombre des rideaux tirés, l'hospitalité des lieux, et puis un vaste bureau. Là, les choses sont claires. Le mobilier est aussi luxueux que dans le reste de la maison, toujours Art nouveau ou Art déco. Mais il y a les dossiers sur les étagères d'acajou et les affiches, le sabre et le poignard croisés sur fond noir de la 28e division SS Wallonie, le visage de SS casqué qui dit sur fond des couleurs belges : «Viens à nous», une croix celtique avec son anneau unissant ses branches égales…

— Emblème du FNP, Front nationaliste populaire, parti néorexiste, 0,2 % des suffrages aux législatives de 1977…

Laura explique à la désinvolte, comme une qui

ferait visiter la maison qu'elle vend à contrecœur, avec un détachement affecté.

— … Et celle de Bourgogne sur le drapeau encadré sous verre de la division, rouge sur fond noir, franges dorées, ruban noir, jaune, rouge du côté de la hampe…

Les symboles du fascisme européen exposés comme les coupes d'un club sportif, une collection innocente, mais pas de svastika. En revanche, l'historique de la 28e SS Wallonie, formée de volontaires wallons, est placardé sur un mur, d'août 1941 à mai 1945. Laura a posé une cuisse sur le coin d'une table de travail monumentale, marquetée, et, l'œil bas, nous regarde découvrir le petit sanctuaire, terrible et dérisoire. Tous les noms des responsables sont là, avec les dates et les lieux d'opérations sur le front de l'Est, du Donets à l'Ukraine, à Tcherkassy, l'Estonie, la Poméranie, jusqu'à la capitulation du côté de Stettin, le 3 mai 1945. Les officiers, leur fonction, leur mort éventuelle, tout est consigné. Ça en fait des noms de traîtres. Dont celui de Wilfrid Geerbrandt, affecté au service d'intendance. Quand je mets le doigt dessus, Laura commente :

— Vers la fin des années 20, Wilfrid aide Rosa, sa mère, à gérer les estaminets et établissements de spectacle légués par Spilvœt, ou rachetés trois sous, tout va bien. Et il est élevé dans le culte du père, Carouy, une victime de la société, courageux au point de se suicider. Il hérite de sa haine des politiques, de la justice, partage son appétit d'argent. Ne dépendre de personne, ni Dieu ni maître. Mais Rosa apprécie mal les effets de la crise de Wall Street sur l'Europe. Elle boit le bouillon, sauve quelques broutilles qui permettent à Wilfrid de s'établir taulier associé à Bruxelles, de faire faillite et de s'engager dans le mouvement Rex dès fin 1935, juste avant que le mouvement obtienne vingt et un députés aux législatives de mai 1936. Avec le général Chardonne et ses hommes, Rex n'est pas loin du coup d'État. En 1937, c'est moins bien, le cardinal Van Rœy interdit de voter Degrelle ! Mais la guerre arrive, la revanche des ratés, des paranos. Wilfrid est parfait en uniforme SS… ! Après guerre il reviendra à Lille ouvrir son commerce d'antiquités, aura Camille sur le tard, vraiment, avec une viveuse qui meurt de trop de plaisirs quand le gamin est petit, disons en 1964 ou 1965. Wilfrid décède en 1990, honorable commerçant… Camille a repris toutes ses affaires, a même racheté le boxon de Bruxelles. Je préfère te le dire avant que tu demandes, Dom : oui, ce sont en partie des confidences de Camille sur l'oreiller…

Judith m'a regardé un peu en coin, je n'ai pas pipé, juste les mains me tremblent. Je finis mes lectures des tableaux d'honneur : deux hommes ont marqué, au commandement, Lucien Lippert d'abord, Léon Degrelle ensuite qui finit la guerre avec le grade de *SS Brigadeführer*, général de brigade, décoré de la *Ritterkreuz* avec feuilles de chêne. Sont également mentionnés son titre de *Volksführer der Wallonen*, chef des Wallons, et la fonction qu'il n'aura pas le temps de remplir : chancelier du comté de Bourgogne, territoire séparé de la France, sous la régence de Heinrich Himmler. Une photo montre deux hommes, l'un, à droite, en costume clair, sur fond d'étendards, le cheveu cranté, ressemble à Charles Trénet :

— … Léon Degrelle en tenue d'été… En Espagne où il s'est exilé après sa condamnation à mort, on s'habille léger… L'autre a peut-être bu une bière au Dominus : Jean-Robert Debbaudt, l'homme du FNP, rescapé à dix-sept ans de la division Wallonie, acquitté en 46 parce que c'est un gamin… Wilfrid Geerbrandt, plus vieux, prend deux ans, presque rien parce qu'il ne s'occupait que d'intendance. Le gosse Debbaudt fonde quand même après guerre le FELD, le Fonds européen Léon Degrelle, participe à tout ce qui est néonazi, révisionniste ou négationniste, comme le groupuscule Nation, fonde le journal *Le peuple réel*, comme Degrelle avait fondé *Le pays réel*, avec cette idée populiste que les gouvernants ne voient pas la réalité de la nation, qu'ils ont une vision qui justifie leur corruption, leurs vols légaux, et qu'enfin, les rexistes vont dire la vérité au peuple sur lui-même ! Éternelle théorie du complot qui explique les difficultés des petites gens et les met en colère contre qui on veut, les politiques traditionnels, les juifs, les maçons… Tiens, vous voulez voir… ?

Laura prend quelques feuillets au haut d'une pile, sur le coin du bureau, les tend à Judith :

— … La télé belge a fait une émission sur Degrelle, l'an dernier… Tous ces messages ont été reçus sur le site Web de la RTBF… C'est moi qui les ai imprimés, ici… Plus de cinq cents…

Judith lit en diagonale, me passe les pages, je sens qu'elle se retient de ne pas les déchirer, de hurler. Chaque mail est teinté au minimum d'ethnocentrisme, souvent de racisme, d'homophobie, de puritanisme sectaire, d'antisémitisme, et tous sont d'une violence d'un autre temps à réclamer le départ des immigrés, des roms, qu'on ait la sécurité dans les rues de Liège, de Charleroi, la condamnation des pourris, des vendus, des banksters, le retour de la vertu, de la morale chrétienne... Des alignements de poncifs pour chaisières énervées mais aussi des hommages appuyés au héros, Degrelle, si seulement il pouvait revenir, à J. R. Debbaudt, son fils spirituel, lui aussi devrait ressusciter, sont-ils d'ailleurs morts, certains pensent qu'ils préparent en secret un soulèvement des vrais Européens pour un rétablissement du IIIᵉ Reich et attendent le grand soir avec des impatiences assassines. On espère aussi beaucoup de Jean Vermeire, la dernière figure du rexisme.

— Il est mort un peu plus tard, en septembre 2009... Il dirigeait les « Bourguignons », une amicale d'anciens SS wallons... Mais le pire n'était pas le côté ancien combattant, le pire, je crois que Claassens était remonté jusque-là, c'était la participation à des conflits actuels aux côtés des antisionistes quels qu'ils soient : Debbaudt s'occupait du « Groupe Paladin ». J'ignore où sont les archives du mouvement et s'il est encore actif mais il recrutait des mercenaires pour le FPLP, par exemple, le bras armé de l'Organisation de Libération de la Palestine... Ces gens-là sont engagés dans le terrorisme, quel que soit le bord, maintenant que l'anticommunisme n'a plus lieu d'être...

Je repose les feuillets sur le bureau. Et je réalise soudain, parce que nous sommes trop calmes, trop polis : nous voilà dans des lieux anodins, un cadre cossu et accueillant, à causer barbarie, terrorisme international, déni d'humanité, insulte à la mémoire des pauvres morts, sans nous rendre compte que nous sommes simplement dans une des coulisses de l'insoutenable, le salon de Hitler, la datcha de Staline, la chambre de Saddam Hussein, de l'effroyable édulcoré par sa trivialité sans façons. Judith se tait toujours mais sa respiration est courte, brutale, presque orgasmique. Elle se plante devant les souvenirs exposés sur les murs, et soigneusement, mochement, en se raclant la gorge, elle crache sur chacun. Les sous-verre, oriflammes et drapeaux, photos, elle les jette à terre avant de glavioter bien vulgaire. On la laisse faire, même si je vais au bord du couloir prêt à quitter ces lieux terribles d'être si normaux, allons-y, j'ai envie de partir maintenant, qu'on en finisse avec ces métastases du passé, Laura a commencé de trancher dans le vif, à mon tour de mettre ma dignité à l'épreuve, d'éclairer mes crépuscules mentaux. Peut-être Sonja est au bout de nos sincérités, qu'on mette tout sur la table sans rougir. En tout cas, elle a suivi le même chemin que nous, et, Laura avait raison, les profanations n'ont pas d'autre mobile que d'attirer l'attention sur Geerbrandt et consorts !

— Pourquoi il serait passé au bar, ce Jean-Robert ?

À l'instant où je pose la question, la réponse me vient : c'est le vieux gominé sur le seuil des antiquités de Geerbrandt. Laura confirme :

— Parce que jusqu'à sa mort, il n'y a pas si longtemps, Camille l'hébergeait boulevard Carnot ou rue d'Angleterre quand il était à Lille. C'est lui que Claassens a photographié devant le magasin d'antiquités. Le reste du temps, il vivait à Bruxelles, gérant du fameux petit claque appartenant à Camille. Debbaudt y tolérait la pédophilie. Condamné pour ça en 1981...

— Tu es bien renseignée...

Laura se laisse glisser du bureau, le cuir de sa robe coule sur elle, elle croise les pans de son manteau, m'arrive en face et me regarde droit, les yeux d'une jeune Gorgone sans illusions :

— Ce claque, après lui, j'en ai supervisé la réhabilitation en hôtel honorable, ces dernières années. Et j'ai lu toutes les archives d'ici. Maintenant, on y va, Sonja n'est pas ici, même pas une piste... Et j'ai plus froid que les SS wallons en Ukraine... Tu voulais nous montrer quelque chose, patron, un parc d'attractions, un thé dansant pour vieilles dames et gigolos...? J'aimerais bien, s'il te plaît, m'étourdir jusqu'à être amnésique et porter des œillères. Toi, tu fais ça très bien, n'est-ce pas ?

Expliquer je ne peux pas, moi l'incapable de violence je te lui attrape le poignet, je la tire à moi, fort comme je ne savais pas pouvoir, que ses cheveux viennent me gifler, que je sens sa taille pliée à casser sous ma main gauche, je la mordrais, j'en grince des dents, et on est proches à s'embrasser, le souffle complètement au bout, l'idée bête me vient qu'on a l'air de danser un tango et puis à quoi on ressemble on s'en fout, on est au bord des larmes, Judith pareil, venue m'agripper la tignasse, me forcer à tourner la tête sans que je lâche Laura :

— Frappe-la et je te scalpe avant de t'arracher le cœur avec les ongles !

Tous les trois ainsi, en groupe statufié, prêt à installer au milieu d'un square, les muscles, la chair, les nerfs, les ligaments, tout raide tendu, possible que notre souffle cesse un instant, on est morts le temps d'un battement de cils, et puis, plus doux que j'ai jamais fait, même à mes amoureuses de tout-petit, je pose aux lèvres de Judith, et puis à celles de Laura, un baiser léger-léger, à peine le bruit du silence avant nos respirations retrouvées. C'est tout, on descend, en se serrant la taille, celle de Laura, la mienne, Laura celle de Judith, nos mains se touchent, on se vole encore des caresses, on manque tomber, on se cogne aux portes, infoutus de se lâcher, on sort dans le cristal glacé de l'air qui nous épluche la peau. Comme on quitte le jardinet, que le rideau de Marie bouge, en face, Laura précise :

— Ah, j'ai oublié de vous dire : beaucoup des meubles de cette maison viennent encore de celle de Léon Degrelle, dans la forêt de Soignes, et de quelques autres appartenant à des proches ayant besoin de fonds pour filer... Grâce à de l'argent avancé par Rosa, sa mère, Wilfrid les a récupérés à la Libération pour presque rien, après la fuite du *Brigadeführer* en Espagne... C'est la base du fonds de commerce de Camille qui est devenu antiquaire grâce à quelques-uns de ces originaux de grande valeur : dame des meubles de chef SS! D'ailleurs il continue à vendre très cher des copies à des nostalgiques de Rex.

À la voiture je tends la main :

— Le parc d'attractions, tu veux toujours?

Laura me donne les clés, Judith s'installe à ma droite, elle derrière, serrée contre les dossiers, une main à mon épaule, l'autre sur celle de Judith. Oh, la promenade est brève, à rebrousse-campagne, vers la frontière, les champs abandonnés au revers d'un bois, en lisière du territoire de Blandain. Est-ce qu'il y a une mémoire de la terre, du sol, des paysages, est-ce qu'elle dépasse celle d'un homme ordinaire, est-ce que la guerre hante encore ces lieux, la peur et les espoirs des hommes et des femmes qui sont passés là, à pied, à vélo, n'importe comment, ceux qui allaient mourir en résistant et ceux qui allaient trahir, partir combattre les communistes à l'Est, la lumière de leurs yeux, est-ce qu'elle brille encore, la nuit, sur ces herbes jaunies de vent du nord, est-ce qu'à l'aube on aperçoit encore, à l'horizon, tremblées comme des brumes de chaleur, leurs ombres claires, timides, ces promesses de vie oubliées ?

La voiture cahote quand je l'engage sur un souvenir de venelle pavée, encrassée de boue gelée, un virage à droite, et nous voilà devant. Les ruines photographiées par Claassens. À contrejour, c'est noir, une sorte de forteresse industrielle qui a attiré la jalousie d'un roi. Elle est effondrée, crevée, sans vitres ni fenêtres, mais on dirait presque qu'elle n'est pas morte, elle essaie de redresser son grand corps de briques tombé sur le dos, les bureaux, elle soulève son buste, la tête bien haute, cette tour là-bas, la maison du directeur, mais les jambes ne suivent pas, les bâtiments effondrés et le mur bouffé de brèches. On descend, lentement, surtout pas effrayer les corneilles, ni piétiner les destins noués là, dans ces ruines, et qui ont forcément laissé des soupirs et des rires, ceux des ouvriers qui ont construit la brasserie, des hommes et des femmes qui ont travaillé là. La grille d'entrée est dégondée, elle pend comme un soldat fusillé dont la main reste crispée sur le coin de mur où il s'abritait. On prend à gauche, la production, l'embouteillage, il serait dangereux de pénétrer sur ce champ de bataille hérissé de poutrelles rouillées, de murs tombés de fatigue, encombré de vieux fûts, de détritus, de tessons de bouteilles, on va vers le territoire des cols blancs, jusqu'à un escalier de briques aux marches de pierre bleue égratignée, fendue comme les sépultures réputées abandonnées. N'empêche, on s'assied dessus, les fesses frigorifiées, et de là, Judith et Laura serrées contre moi, je lève un bras et au bout de mon index elles voient, en haut de la tour des silos, ternie mais aussi visible que celle du bar, la plaque ronde à fond cramoisi et couronne d'argent à trois pointes et l'inscription «Dominus Bier»...

La guerre est finie. La Grande. Tout juste. Sur la frontière belge, à la moindre puanteur d'été, un fossé mal curé, un fumier en attente, on croit encore sentir le gaz moutarde, un hennissement fait se tourner vite le passant, les uhlans vont surgir, casque à pointe, lance au poing et chevaux massifs à la belle croupe, et le moindre roulement de char-rette fait craindre un bombardement, un bruit de moissonneuse, tac-tac, et on se souvient du cliquetis des chenillettes blindées, des mitrailleuses. Les deuils sont grands ouverts aux visages immo-biles des mères et des veuves qui s'arrêtent parfois en pleine rue, sourient à un trou d'ombre, portent la main à la poitrine, font deux pas et, de ces deux pas qui modifient la lumière, le mirage de l'aimé porté disparu, enfin revenu de guerre, s'évanouit, reste le cœur emballé et les larmes, si fréquentes que les jeunes dames n'ont plus le goût du mascara qui barre leurs joues, emportées de chagrin, ni de la poudre. Parfois elles croisent un soldat démobilisé, au visage ravagé, à jamais masqué de pansements, de prothèses vissées, une plaque métallique en travers de la gueule, et au corps pourtant vigoureux, qui prend le soleil ou respire les odeurs de campagne, comme s'il vivait encore. Plus jamais le monde n'approchera si près de sa fin, la paix est installée à jamais, ça on le jurerait bien. Qui serait assez fou ? Le prix payé était au-delà du possible mais aucune nation au monde n'a désormais de dette envers le diable.

Un matin de ces beaux jours d'insupportables absences et de regrets éternels, un jeune ingénieur français, rescapé du front d'Artois avec le grade de lieutenant, frais émoulu des écoles, et le métier appris surtout sur le tas dans les brasseries lilloises, descend d'automobile, un mince maroquin sous le bras, au bord d'un vaste terrain, un bon hectare, desservi par une route étroite, mal pavée, aux confins de Blandain. Une autre auto, découverte, est garée tout près. Quand il l'aide à mettre pied à terre, son épouse relève un peu sa jupe sur ses bottines et on voit un éclair de jupon et, un peu au-dessus de ses chevilles, ses bas noirs. L'homme haut et mince qui les attend, planté dans les herbes montées en graine, au bord de la parcelle, est plus âgé, nettement. Il porte un complet sombre, gilet décoré d'une chaîne de montre, une moustache à la Clemenceau, des cheveux bruns coupés de peu, et un chapeau melon qu'il ôte. Il n'a rien perdu des involontaires impudeurs de la jeune femme, non plus que de sa chevelure sombre, ramassée en gros chignon sur la nuque, de la beauté de son visage aux taches de rousseur comme des têtes d'épingles sur une carte d'état-major, ni du poids de la poitrine qui a roulé librement sous le corsage de dentelle écrue quand elle s'est penchée pour ne pas manquer le marchepied. La guerre a fait respirer aux femmes un parfum de débrouille et de libre disposition d'elles-mêmes. Celle-là, elle a quoi, dix-huit ans, il ne faudra pas lui en promettre malgré ses cils baissés, l'homme en jurerait. Et il n'aime pas cela. Là-bas, dans les Ardennes, où il dirige une belle brasserie qui a eu la chance d'échapper au conflit, les épouses n'ont pas de ces audaces de conduite, ni le front d'accompagner leur mari dans une démarche professionnelle, de s'exposer à un autre en dehors de leur foyer, de se mêler de ce qui leur échappe totalement. Ses ouvrières de l'embouteillage n'ont pas non plus de ces insolences. Elles savent masquer leur féminité au travail, ne pas manquer l'office du dimanche et accepter d'être renvoyées si elles deviennent grosses hors mariage. Religion, vertu, travail, voilà avec quoi on relève un pays blessé, saigné à blanc !

Avant même de saluer, il ouvre les bras et tout le paysage défiguré, criblé d'obus, tourmenté de cicatrices, semble venir s'y réfugier. L'ingénieur ôte à son tour son chapeau et vient serrer la main de l'homme, quelques politesses, présentation de Madame qui de loin fait une courte révérence sans s'aventurer, puis il sort des plans de son maroquin, les déplie et commence d'arpenter le terrain à grands pas, indiquant ce qui devrait s'élever aux endroits qu'il foule, le mur d'enceinte, l'entrée des voitures de livraison, celle du personnel des bureaux qui seront implantés ici avec l'habitation du directeur, derrière le bâtiment de stockage et de distribution et le bâtiment de production, à côté des hangars. L'homme, après un temps où il a attendu, écouté de loin, l'homme l'a suivi, a posé des questions, le forage pour l'eau est prévu où, de quel point tire-t-on l'alimentation électrique, qui construit les cuves et les tuyaux, puis il s'arrête, considère les horizons comme un général avant l'assaut, imaginant les avantages et inconvénients à implanter là les bâtiments d'une brasserie. Il prend d'autorité les plans au jeune ingénieur et vient les étaler sur le capot tout chaud de l'auto, se bat un peu avec un petit vent qu'on sent à peine sur la peau, hoche la tête, bon... La qualité du projet compense les allures libertaires de la jeune dame, l'inexpérience du héros guerrier... Reste à discuter des finances. Et l'homme tend la main... Le jeune ingénieur sort un mémoire du maroquin, le met dans la main tendue. Ensuite, pendant que l'homme lit rapidement, fait hmmm, il se tourne vers sa femme qui décapite des coquelicots à coups d'ombrelle, lui sourit, elle grimace en retour, fait chaud, je m'ennuie... Et l'homme dit soudain que très bien, Me Meermans les attend à Tournai, on va établir un premier projet de contrat, et on débattra, peut-être de prendre un autre architecte, moins cher et plus habitué à construire des brasseries. Et puis ce qu'ils mettent là en chantier est affaire de redressement national. La Belgique doit faire des enfants, il faut du sang neuf pour compenser l'hémorragie de la guerre. Et la bière donne aux femmes une belle poitrine, exubérante, facilite la montée de lait… Sans quitter du regard la jeune dame, ses avantages, il rend le mémoire, les plans à l'ingénieur, et puis il tourne le dos, va à sa voiture, revient sur ses pas alors que l'ingénieur aide son épouse à remonter sur le marchepied, qu'on voit à nouveau sa cheville, et ce geste qu'elle a pour relever l'ourlet de sa jupe, avec une fatigue des paupières, l'homme demande, les yeux sur le corps de la jeune femme :

— Vous avez une idée du nom, le nom de la bière, mon cher monsieur Descamps ? Il faut que cela sonne joyeusement… «Pater noster»… Non… «Christus rex»… « Dominus Christus », voilà, on l'appellera «Dominus Bier», *dominus* pour la religion, *bier* pour se concilier la clientèle flamande…

— Comme vous voudrez, monsieur Degrelle… Vous êtes l'actionnaire principal.

— Et l'étiquette sera une couronne d'argent à trois pointes sur fond cramoisi…

La jeune femme a parlé tout à trac, les yeux agrandis, les taches de rousseur plus foncées à ses pommettes, sacrément gonflée de se mêler, et le sachant. Un instant, Degrelle et Descamps restent interdits. Puis Henri Descamps fait la grosse voix :

— Astrid !

Degrelle lève une main :

— Laissez, les enfants et les femmes ont parfois des illuminations… Mon fils Léon et ses seize ans auraient pu avoir la même vision. Une couronne, fond cramoisi… Ainsi soit-il !

La nuit vient au galop du fond de la plaine. Sa crinière de nuages sombres flotte déjà à l'horizon. Ma petite chronique familiale terminée, on l'entend venir comme des gosses effrayés, on prend conscience que le vent obscur nous traverse à nous effacer du paysage, et, à mots comptés, on repousse Bruxelles au lendemain, le Château-Rouge au passage. Judith se lève la première, elle va nous mitonner un en-cas chez elle, on s'en fout avec quoi dedans, un rasteau ou un gigondas pour accompagner, pas de bière. Ensuite, je suis debout à mon tour, elle m'embrasse, long, appuyé, sur la joue, et elle reste une seconde, à respirer profond dans mon cou, son corps décalqué sur le mien, confondu, et je sais qu'elle a envie de me manger cru comme à chacun de mes coups de grisou, que je sois à l'abri en elle, maman Judith qui n'aura jamais d'enfant. Et même maternelle, elle s'y entend à me remuer les sens. Pendant qu'on rejoint l'auto, qu'elle a du mal à me lâcher, Laura et moi on ne se quitte pas du regard, et je comprends qu'elle savait depuis toujours, j'ai bien fait de déballer, sinon elle parlait à ma place et je les perdais toutes les deux, Judith et elle, au mieux une fois Sonja retrouvée ou clairement disparue à jamais. Elle m'embrasse aussi, avant d'embarquer, sans chichis, lèvres entrouvertes, on n'est plus à faire des ronds de jambe entre nous.

Une marche arrière un peu à l'aveugle et on repart, en silence, chacun à ruminer, essayer de comprendre le cheminement de Sonja, convertir les conclusions en indications qui nous mènent à elle. Le trajet dure à peine jusqu'à Lille et quand on descend de voiture, rue de la Monnaie, en bas du duplex de Judith, une seule chose nous apparaît sûre, qu'on se dit, pratiquement ensemble, là sur le trottoir, dans les lumières des vitrines habitées de mannequins rêveurs encore en robe de réveillon : Sonja n'est pas seule, quelqu'un l'aide. Qui a l'expérience de la clandestinité, a ses entrées dans des réseaux de tout poil, possède une auto ? Laura donne tout haut une réponse qu'on connaissait d'avance : Camille Geerbrandt.

Sitôt là-haut, j'appelle Denis, qu'il passe s'il veut, on lui racontera la journée et lui de son côté... D'accord, dans la soirée, pas la peine de l'attendre pour manger... On jette les manteaux au hasard et des piles de bouquins cascadent... Chez Judith, au contraire de chez moi, les livres ont le droit de tout, comme les chats ou les chiens deviennent parfois tyranniques. Son living, meublé d'une longue table de monastère, trois canapés, des fauteuils aussi, de vieux cuir fauve face à une petite cheminée, des petites consoles, des tables basses, donne sur la masse rousse de l'hospice

Comtesse par trois fenêtres. Vers l'arrière une terrasse avec des plantes en pot et une cuisine toujours dans le désordre de la préparation d'un banquet qui n'a jamais lieu ouvre sur le cul de la basilique de la Treille. Les chambres et le bureau sont à l'étage. Mais ici, hors un vaisselier, les bouquins en prennent à leur aise au point qu'on a envie de les engueuler. Ils couvrent tous les murs, comme un lierre de papier, descendent des étagères, rampent au plancher à larges lames blondes, se rassemblent en piles, gagnent les accoudoirs, se glissent sous les coussins. Pas des «beaux livres», des romans écornés, des essais, ceux de Montaigne en tout cas sont toujours à rôder par là, et des publications obscures, des ouvrages au dos brisé, annotés, traitant d'architecture, de styles d'ameublement. Rien ne ressemble à ce que Judith tente de reconstituer boulevard Carnot.

Judith s'exile un moment en cuisine mais pas d'illusion, ses oreilles sont restées avec nous. J'ai à peine soupiré en me laissant tomber dans le grand canapé rouge, l'autre où Laura s'installe est noir ridé gris comme un vieux mineur, le troisième, le petit, est du même fauve que les fauteuils dépareillés, donc je soupire, Laura fait ah! et Judith crie :

— Qu'est-ce que vous dites…? Des pâtes, ça ira…? Dom, tu sais où est le vin!

Tous deux on ne répond pas, on sait qu'il faut finir de retourner les cartes si on veut pouvoir encore vivre ensemble et avoir une chance de retrouver Sonja, peut-être bien plus proche de nous qu'il n'y paraissait. Simplement il faut garder à l'esprit

qu'elle nous crachera peut-être au visage : maintenant on sait faire partie de ceux, comme Camille,
envers qui Claassens lui a transmis sa haine. Je
commence à mi-voix, Laura, n'importe qui peut
deviner d'avance les points que je mets aux *i*.

— Donc Henri Descamps et Astrid, mes grands-
parents, construisent et, malgré la crise, font pros-
pérer cette brasserie de la Dominus Bier, au point
qu'ils achètent le bar, mon bar, que tu connais,
y installent un gérant. Mon grand-père, croix de
guerre 14-18, rescapé des tranchées, est un modèle
pour le jeune Léon Degrelle. Bien sûr, tant qu'il
est en vie, M. Degrelle père touche les dividendes
de son placement, y compris par de douces visites
à Astrid Descamps si j'ai bien écouté les ragots
de quand j'étais petit, et à sa mort, ses héritiers,
dont Léon, revendent leurs parts à mon grand-
père. Mais ils restent en relation. Mon père, qui
entre dans les affaires de la brasserie au début de
la guerre, fréquente Léon, sollicite des services des
Allemands, l'attribution de marchés par son intermédiaire, ou par celui de certains de ses amis de
Rex… Il fournit l'Athénée de Tournai où la Gestapo
torture des résistants… Évidemment, à la Libération, d'autant que ma grand-mère a eu paraît-il
des faiblesses coupables, mes grands-parents sont
inquiétés, mon père aussi. Il essaie de poursuivre la
production, épouse ma mère, une jeunesse lilloise de
vingt ans en 1950, se fait rattraper par une dernière
dénonciation tardive, préfère réaliser tous ses avoirs
en Belgique, dont la brasserie qui sera abandonnée
ensuite par les repreneurs à cause de son passé ou
je ne sais pas, et il fuit avec ses parents au Brésil, au

sud de São Paulo. Henri et Astrid y mourront assez vite dans un accident d'avion. Maman reste ici, ses parents à elle vivent encore, retraités, elle s'en occupe, tient le Dominus, et va rejoindre mon père à chaque vacances. Je suis conçu là-bas à l'été 1959, j'y retourne avec ma mère chaque année pendant que je fais des études de droit. Quand j'obtiens ma maîtrise, maman part rejoindre papa, partager sa fin de vie, moi je reprends le bar et je m'associe avec Judith... Mes quartiers de noblesse puent un peu, non?

Je lève les yeux, Judith est appuyée de l'épaule sur le seuil de la cuisine, on entend bouillir l'eau des pâtes derrière elle, sa bolognaise sortie du congélateur réchauffe, on sent l'odeur. Elle a les cheveux à fils blancs tout emmêlés à force d'y passer les doigts, et ses élégances simples, ce profil d'aigle.

— ... Et toi c'était bien inutile de venir espionner. Tu la connais depuis longtemps ma carte de visite.

— Depuis 1985... Je suis montée boire une limonade, t'as refusé de me servir. Une bière de ton choix, une eau ou un café, à prendre ou à laisser... J'ai pris la bière.

— Une gueuze...

— J'en suis pas une, de gueuse, j'ai dit...

— Pas gueuse avec un S, gueuze avec un Z, j'ai répondu. C'est pire, c'en est une qui va tout de travers, en zigzags.

— J'ai ri, j'étais foutue. Désormais mon pays s'est limité à ce bar sans limonade. Je venais de finir archi, d'hériter des héritages de maman. On a causé de comment faire du fric avec celui qu'on avait, on a eu cette idée de logements à retaper,

208

de lofts, de reprise de bâtiments industriels, assez neuve à l'époque. J'ai dormi dans ton gourbi, dès cette première nuit. T'étais pas costaud, ni grand, ni une gravure, ni rien qui plaît aux dames des magazines, ni juif, même pas très casher sur ton ascendance, mais putain t'étais beau parce que t'as vidé tes poches, complètement, et t'as parlé des gens qui allaient habiter nos maisons, tu les as inventés avec beaucoup d'amour, et là j'ai su que… Et puis merde…

Elle a un geste pour dire à quoi bon, se détache du chambranle, s'essuie la paupière du dos de la main, sans commentaire, et repasse en cuisine, finissant un ton plus haut :

— … Dom, tu veux bien dresser la table, s'il te plaît… ? Pour Sonja, qu'est-ce qu'on décide ? Laura, est-ce que ton Camille est capable de l'avoir récupérée ?

Tout cet échange, dos à la cuisine, Laura ne m'a pas quitté des yeux, jambes croisées, elle ne doit pas peser vraiment les confidences de Judith, jamais elle ne me parle ainsi, ou me fait sentir un rappel d'antériorité amoureuse, comme si je n'avais pas mon mot à dire, Laura, n'importe qui tomberait à ses genoux baiser l'ourlet de sa robe, Laura projette la voix, que Judith entende de la cuisine :

— Pourquoi l'aurait-il fait ? Il ne sait même pas qu'elle existe… En plus, les dates ne coïncident pas. J'ai quitté Camille trois mois après la mort de Claassens. Sonja était en vadrouille depuis longtemps, je l'aurais rencontrée. Mais tu as raison sur la question essentielle : qui a recueilli Sonja ? Quelqu'un qu'elle connaissait ou quelqu'un d'inconnu jusque-là qu'elle a rencontré après son évasion. La seconde possibilité ne me plaît pas… En tout cas, si on raisonne en combinant au moins les histoires et les hommes impliqués par le fichier Sonja, Camille, Debbaudt, la villa de Lamain, la brasserie, la bande à Bonnot, alors la profanation, j'en suis sûre, est une manœuvre contre Camille, tout le néorexisme et leurs contacts dans les mouvances intégristes moyen-orientales… D'ailleurs, c'est sûrement la raison pour laquelle elle n'a pas tagué une mosquée alors que des tombes musulmanes étaient profanées : condamner la guerre et faire porter le chapeau à Camille quand même en désignant l'extrême droite antisioniste, non musulmane mais pro-Arabes ou Palestiniens… Et elle l'a fait grâce à quelqu'un qui l'a conduite à la nécropole : que je sache, elle ne doit pas savoir conduire… Je ne parle pas de l'argent, elle n'a pas de compte bancaire… Donc son ou sa complice pense comme elle et ils sont très très proches !

Cette dernière phrase en me regardant installer une nappe, sortir des assiettes, des couverts du vaisselier, et puis elle se lève, choisit des verres, on dispose tout ça en se frôlant. Le vin, c'est elle qui va le chercher dans les casiers de la cuisine et je monte la voix à mon tour en m'asseyant, pendant qu'elle complote avec Judith, qu'elles ne disent pas non on ne complote pas, je ne suis pas idiot :

— Ben ouais, mais on ignore d'où ils se connaissent. Est-ce que Claassens la laissait sortir ces dernières années, qu'elle ait pu faire des rencontres ? Oui, vraisemblablement : elle avait des manteaux dans ses placards. Ou bien quelqu'un venait la visiter ? Un médecin ? Elle a quand même été malade, Sonja, dans sa vie ! Il la soignait lui-même, Claassens ? On n'est pas plus avancés… Est-ce utile d'aller à Bruxelles demain ? Qui on va contacter ? Vous croyez qu'elle y est ? Moi, non. L'affaire est finie pour elle. Tu vas voir, les nouvelles de Denis : le divisionnaire recherche Geerbrandt ! On parie ?

Laura revient, bouteille et tire-bouchon en main, accompagnée du bruit d'eau des pâtes égouttées par Judith, des bruits de plats malmenés :

— À Bruxelles je veux rencontrer un très vieux monsieur, Eugène Desmieder. Il a quatre-vingt-deux ans. Tu te souviens de lui ?

— Bien sûr ! On était en classe ensemble.

Humour potache. Quand même elle sourit, débouche le rasteau avec maestria et s'assied face à moi, s'accoude, appuie son menton sur ses mains :

— Hippolyte Wallers et Charles Soler, arrêtés dans une voiture conduite par Desmieder, en septembre 1944, tu ne vois toujours pas ?

— Les documents du commissariat, ceux sur lesquels on a déliré ensemble ? Les évadés de Montreuil ?

— Exact. Mais je n'ai pas déliré. Ce type de documents là je le connaissais : il a été distribué dans tous les services signalétiques de police à la Libération, mêlant collabos et droits communs recherchés en Belgique et dans le Nord, région rattachée à Bruxelles, je l'ai consulté dans d'autres fonds d'archives. Tu penses bien qu'en essayant de classer ton capharnaüm, dès que je suis tombée sur ces feuillets j'ai exploré les liasses !

Si je m'attendais ! D'autres fonds d'archives,

quand, pourquoi ? Laura ne laisse rien au hasard...
Peut-être même pas ses nuits...

Judith arrive avec ses pâtes, sa sauce, nous sert
avec de grands gestes qui encombrent, le parmesan,
elle retourne le chercher vite, avec des soupirs
qu'on comprenne bien qu'elle souffre de n'être
pas attendue pour une conversation sérieuse, et
elle s'assied, bruyamment, pas moins curieuse que
moi :

— Allez, pendant que c'est chaud... Si tu nous
disais tout, Laura ? Tu es en mission ? Qui t'envoie ?

— Personne. Un peu de vin, s'il te plaît... Desmieder habite dans l'hôtel de Camille à Bruxelles.
Nostalgique de Rex, je crois bien qu'il fait partie de
l'héritage de Wilfrid Geerbrandt.

— Pourquoi tu ne l'as pas rencontré avant ?

— Il avait rejoint Degrelle en Espagne. Il est
rentré à Bruxelles l'été dernier pour l'enterrement
de Vermeire, le chef des Bourguignons, et il est
resté... Claassens n'a pas eu le temps de le joindre
et moi non plus.

Je la sers, et, comme Judith, mes pâtes commencent à refroidir dans l'assiette, j'attends. Que Laura
cesse de nous prendre pour des marionnettes. Elle
tourne quelques spaghettis autour de sa fourchette,
la porte à sa bouche, nous voit ne pas manger, juste
le verre de vin à la main, et repose sa fourchette :

— Je ne t'ai jamais menti, patron. Autrefois, je te
l'ai dit, j'ai fait des études, beaucoup, pour le plaisir.
Je suis fille unique, mes parents ont énormément
d'argent, des propriétés foncières et de l'immobilier en Italie, outre les appartements à Paris, et ne
se mêlent pas de mon existence. J'ai une rente très

confortable. Rien à dire de ma vie, je ne m'ennuyais pas, je ne faisais pas de folies, des liaisons sages dans mon milieu, je n'étais même jamais malade. Jusqu'à ce que j'aille à la biennale des antiquaires, voilà cinq ans, et que je rencontre Camille. Plus vieux que moi, trop vieux, mais séduisant parce qu'il était capable d'un extrême raffinement et de grossièretés inouïes. Je voulais acheter le secrétaire que tu connais, Judith, mais par principe, je discutais le prix. Et j'ai entendu sa voix, chaude, derrière moi, dire : « Moi je suis preneur au prix affiché si mademoiselle me donne sa permission. » Je me retourne, vous le connaissez, son allure de gentleman sapé comme un maçon, un paradoxe sur pattes, je l'ai pris en plein cœur, j'ai dit oui, comme il vous plaira. Il s'est incliné, a sorti son carnet de chèques et je suis restée là à le regarder faire, bécasse. Adresse de livraison ? Seriez-vous assez gentille pour donner la vôtre, il me dit ça et sans réfléchir j'obéis, je donne mon adresse. Demain vers quinze heures ? Encore oui. Avant que je puisse réaliser, je ne sais toujours pas son nom, il me fait le baise-main, se redresse et me chuchote à l'oreille : « Demain, c'est toi que je baise. » Le lendemain il a sonné chez moi alors que le secrétaire venait d'arriver et je lui ai sauté aux lèvres. Une lune de miel pareille, presque à jouir toute la journée, je n'imaginais même pas. La semaine d'après, je montais à Lille avec lui et le secrétaire et je découvrais sa vraie vie et son comportement pervers. Vous vous souvenez de *Portier de nuit*, le film de Liliana Cavani où Charlotte Rampling retrouve portier d'un palace le SS dont elle était devenue la pute quand elle était dans un camp de concentration ? Au lieu de le dénoncer, elle en redemande, recrée les relations sado-maso du camp, qu'il la traite à nouveau en salope, la batte... Les premiers temps je n'étais pas loin de ça, je lui servais d'escort girl pour ses affaires, les petits dîners fins qu'il organisait boulevard Carnot pour ses partenaires. Sa mise en scène préférée était d'ouvrir le passe-plats au dessert et j'étais là... Jamais il ne m'a rien imposé... J'étais libre, ce qui est bien pire... Il y avait les week-ends dans la villa de Lamain aussi, ou au Château-Rouge, avec des néo-rexistes, des Flamands du Blok parfois... Aucune importance... Je les aurais fait marcher à quatre pattes et aboyer pour avoir le droit de me baiser. D'ailleurs je l'ai fait. J'aimais cet avilisse-ment parce que je n'étais pas forcée de l'aimer, que j'avais les moyens de partir et que chaque matin, je me jurais de lui cracher à la gueule et de partir en lui laissant un chèque pour services sexuels rendus, le traiter en gigolo... Mais à midi, je me parfumais... Dérangeant, hein, cette capacité à la soumission extrême, l'esclave tellement servile qu'elle justifie le maître... J'ai été cette espèce de Lorenzaccio en attente d'assassiner le duc et qui se met à aimer le jeu, le vin et les femmes... Jusqu'à ce qu'il me prête à un homme magnifique qui m'a baisée à me faire mourir, sauf qu'il venait recruter des terroristes, des gens capables d'un autre 11 septembre, et s'en est vanté après. Avant la fin de la nuit, j'ai vraiment décidé d'anéantir Camille. Et j'ai commencé à m'associer à ses affaires, l'hôtel de passe à Bruxelles que j'ai restauré, rendu rentable, la boîte de prod porno que j'ai vendue, les promotions immobilières outre-mer que j'ai développées, et la boutique rue d'Angleterre gardée dans son jus comme symbole sentimental d'origine : la maison de mémé Rosa… Je suis devenue plus indispensable par mon intelligence que par mon cul… Et j'ai commencé de réunir un dossier à charge sur lui, sa famille…

À ce moment, Judith et moi devons avoir la bouche grande ouverte, les yeux en soucoupes, bien sûr on n'est ni des oies blanches ni des bas-bleus mais, cette fille, Laura et ses turpitudes, je n'ai que ce mot… Et à ce moment, on sonne. Denis à coup sûr. Judith va déclencher l'ouverture d'en bas et ouvrir la porte palière, pendant qu'on entend déjà les pas de Denis dans l'escalier tout raide. Laura me regarde en face, son habitude de défier, vrai, parfois elle a une tête à claques, et je ne comprends toujours pas la logique de cette histoire en relation avec mon bar, toutes ces coïncidences invraisemblables de roman à deux balles :

— Pourquoi tu es entrée au Dominus ce matin de fin août, tu vas me le dire oui ou non ? Parce que ton portier de nuit t'avait frappée une fois de trop ?

Denis a entendu mes questions, répond déjà en posant un bisou aux joues de Judith, dont il est amoureux je le sais, je ne l'avais pas encore dit ? Pas grave, il l'est :

— Parce qu'elle est venue me trouver, en juin, moi et ma réputation d'archives ambulantes, pour fouiller dans le passé de Geerbrandt et le bousiller, lui et ses réseaux… Excuse-moi, Laura, on ne peut plus jouer double jeu, faut tout leur dire…

Laura incline juste la tête. C'est quoi la comédie

de ces deux-là... ? Tout dire quoi ? Denis vient poser une main sur l'épaule de Laura qui laisse faire, copain-copine :

— ... Or Rop avait le même centre d'intérêt, j'ignore en fait pourquoi, peut-être ses lubies de prévoir les drames, les violences urbaines, Geerbrandt était un terrain aussi propice qu'Agnès Libert... J'avais commencé quelques recherches paresseuses pour lui... Sauf qu'il est mort deux jours après la visite de Laura, sans l'avoir rencontrée... Et je connaissais le passé de ta famille, Dom, tu faisais partie du dossier... Tu n'aurais pas coopéré si on te l'avait demandé, tu te serais raidi... Donc, vu l'amitié entre toi et moi, je ne lui ai rien révélé, juste suggéré de te faire du rentre-dedans à l'occasion parce que t'avais aussi des archives dans ta mémoire, différentes des miennes... L'occasion s'est présentée : après s'être légèrement balafrée par hasard dans le petit ascenseur du boulevard Carnot, elle a eu l'idée d'exploiter sur-le-champ une situation romanesque, la demoiselle mystérieuse et blessée, seule à l'aube, de jouer les taupes, d'infiltrer le Dominus... En la voyant ce matin-là derrière le comptoir, ça m'a fait un choc, j'ai failli nous trahir !

Au lieu de quoi c'est nous que tu as trahis...

Il laisse Judith s'asseoir à côté de moi pendant ses révélations, salaud de journaleux machiavélique, attrape un verre, s'assied face à elle, se verse du vin sans façons, nous regarde un à un, moustache froncée, gonfle les joues l'air de rester en dehors d'une scène de ménage, mais ravi de ses effets, boit une gorgée, et nous on n'a même plus le goût aux questions, on est ratatinés. Alors là, si j'avais jamais pensé me faire ainsi rouler dans la farine…! Manipulé! Et Judith pareil, par un type qui soupire après elle! Ils ont dû se marrer à nous voir dans le brouillard, chercher des trucs qu'ils savaient déjà! Et moi qui confesse mes secrets de famille, Denis a pris son ton ironique, détaché, des jours délicats :

— Oui, pardon, mais j'ai tout organisé depuis le début, y compris l'achat de la maison par l'intermédiaire de Mᵉ Colpaert, pour qu'on ait accès aux archives de Rop… Ne protestez pas : vous avez fait une bonne affaire. Mais c'est ce qui a pris du temps, contacter la vieille sœur dans le Sud, son hospice, qu'elle réponde… Pas grave : à ce moment le temps on l'avait… Tout était prévu, sauf Sonja… Qui est devenue plus urgente que tout et a supprimé le temps…

L'importance prise par Laura dans le décours de mes jours n'était pas non plus au programme. Ou peut-être que si, bien sûr que si, la séduction est son métier… Je prends ma voix de bienfaiteur, faux cul des ventes de charité, bien onctueuse, pour une vacherie, ça soulage et j'en pleurerais :

— Tu sais, Laura, tu n'es pas obligée de conserver ton emploi au Dominus. Ta situation financière te permet…

— Parce que tu crois te débarrasser de moi comme ça? J'ai un CDI, tu ne peux pas me licencier sans faute grave sinon je te fous aux prud'hommes!

Denis lève les sourcils, l'ironie affichée :

— … Pour le reste des nouvelles, je vous sens guillerets, fin prêts au pardon, donc j'irai vite :

Libert a joint Camille Geerbrandt aux Antilles…
Au moment de la profanation, il y était déjà pour
travailler avec un promoteur immobilier. Libert
attend sous vingt-quatre heures le résultat des véri-
fications auprès d'Air France et à Saint-Bart. Sans
illusions. Ensuite il explore une autre piste, encore
secrète, vous pensez bien !

Judith l'interrompt :

— Et moi, tu pouvais pas me mettre dans la
confidence dès le début ? Même à être jalouse de
Laura, je ne t'aurais pas trahi…

— Tu peux le jurer ? Non, hein ? Je me suis
épargné cet affront. Même si maintenant tu me
méprises à tort. Vous avez prévu quoi demain ?

Sans tourner la tête, toujours bien en face de
moi, pendant que Judith s'est mise à picorer ses
pâtes déjà froides, Laura répond :

— Bruxelles… Desmieder… Tôt. Le Château-
Rouge au passage par acquit de conscience. Une
précision, patron : Desmieder, c'est moi qui ai
rajouté son nom sur la circulaire de recherche, et
son arrestation avec Wallers et Soler, au crayon
bleu… Pour qu'on s'intéresse à lui, je lui ai fabriqué
un parcours qui le rapproche de l'ensemble du
dossier. Désormais on s'en fout. Il est effectivement
porté déserteur de la division Wallonie, puis passe
en Espagne… Vous savez que Degrelle s'y est exilé
en 1945, via le Danemark où Albert Speer lui prête
son avion… Il n'en bougera plus jusqu'à sa mort en
1994… Une fois parti le dernier chef historique de
Rex, Desmieder revient habiter l'hôtel de Camille,
ça m'intrigue…

— Comment tu as connaissance de son existence ?

— Avant que je ne le quitte, Camille a fait donner la consigne à tout le personnel de l'hôtel de traiter M. Desmieder en VIP. Et à ma demande Denis a retrouvé une partie de son pedigree. Les hasards n'existent pas, patron…

Maintenant je le sais. Elle a compris que la soirée tournait court, renfile déjà son manteau, Denis sa peau lainée, pas bien farauds les deux, surtout Laura, elle a perdu ma confiance, le sait bien, s'en veut sûrement, et c'est bon de la traiter glacial, bonsoir, sec, ni prénom, ni bisou, ni regard. Denis soupire, grognoute, merde on n'est plus des gosses, faut comprendre… Je leur ouvre la porte, vite, du balai :

— O.K. pour le tableau de service composé par Laura. Six heures, tout le monde en bas du Dominus. Toi aussi, Denis. Désormais tu restes avec nous, tu ne tournes pas le dos et tu gardes tes mains en vue, ça t'évitera de cacher des cartes dans tes poches et de tricher.

La porte claque à ébranler quelques piles de bouquins et à soulager mes petits nerfs, mon orgueil égratigné, je ne devrais pas prendre l'affaire au tragique, eh ben si, Laura je pouvais la considérer vaincue par mon charme désuet, mes séductions de baroudeur bobo, je croyais à un Père Noël en vrai et je retombe de haut. Mais ça ne durera pas, pour une autre nuit avec Laura, je serai prêt à beaucoup, combien, faut voir, mais beaucoup… Et merde à l'amour, je comprends Raymond la Science ! Pour que Judith ne soit pas triste, humiliée, flouée, à ruminer tout ce que je ressens, pareil, je donnerais beaucoup aussi, autant… Je viens à elle, elle a la tête dans les mains, les cheveux tout ramenés sur les joues, elle se cache, je viens derrière elle, me penche, mes bras autour de ses épaules, mon visage dans son cou et mes lèvres à y poser des petits bisous couillons, et je lui murmure des tendresses bêtes, des trucs d'amours débutantes, qu'elle interrompt :

— On n'a plus quinze ans, Dom ! Si tu n'as pas le courage de rentrer chez toi, tu peux passer la nuit ici.

— C'est raisonnable ? Remarque, entre cocus, qu'est-ce qu'on risque ?

— De se consoler mutuellement.

Elle a ses yeux de proie, je m'installe dans le canapé rouge, j'ouvre les bras, elle vient, soupire, j'embrasse ses cheveux et à la seconde, sa respiration devient unie. Et moi, je me demande si je vais dormir sans pouvoir éteindre les lampes ni me sortir du crâne que Sonja, on ne la trouvera plus, ou dans le meilleur des cas pas à temps, sa maman sans nom mourra. Et rien que l'idée est insupportable. Rop Claassens, t'étais vraiment un pourri de croire que tu pouvais te faire un univers à toi, sans danger, pacifique, qui ne devrait rien au reste du monde. Chacun de nos actes égoïstes engage les autres.

Laura et Denis attendent, ponctuels, pas très rassurés ou sidérés de gel en bas du Dominus, se dépêchent de monter en auto, derrière. Nous, on a les os en morceaux de la nuit sur le canapé, et puis que j'aie porté Judith dans son lit aux petites heures, que je me sois effondré à son côté, pour me réveiller peu après, passer chez moi me doucher, revenir chez Judith... Laura a son manteau de cuir et dessous, elle fait exprès de l'ouvrir que je me rende compte dans le rétro, elle est en tenue de barmaid, robe de satin noir et tout petit tablier blanc, rien que pour me faire bisquer. Échange avec Denis : salut, salut, Dom, tu vas bien, Judith. Politesses avec Laura : comment allez-vous, madame Judith, bonjour, monsieur Descamps... M. Descamps ! Exprès ! Et Mme Judith ! Comme si on avait de l'énergie à revendre pour ces mesquineries ! Sonja ! Sonja !

En moins de deux on est au Château-Rouge, le manoir flamand XVIe siècle, briques peintes et frontons arrageois. Personne évidemment. Pas la peine de forcer une porte ou une fenêtre, Laura sait qu'il n'y a rien de compromettant à l'intérieur. Meubles cossus, pas d'antiquités, du design sur mesure, des prestations splendides et un charme fou. Sonja n'a aucune raison de se terrer là. Et Camille, on sait... On est quand même descendus de voiture un instant, dans la cour où de très anciens petits pavés, douloureux à la semelle, font le dos rond comme à la surface d'une calade. Il tourbillonne un vent sournois, qui nous contourne, nous souffle toujours dans le nez. Forcément, on se calfeutre, on rentre dans la coquille, pas très bon pour le dialogue... Laura prend soin de lisser son tablier sur le haut de ses cuisses, très bonniche emmenée en pique-nique par ces messieurs-dames de la haute, en faisant sommairement le guide de musée, les yeux ailleurs comme si nous étions des aristos laids s'essayant au tourisme. Elle me regarde quand même à l'instant où elle hésite, puis dit que la restauration date de six ou sept ans, l'achèvement des travaux, mais l'achat remonte à 1946 ou 1947, donc à l'époque de Wilfrid, l'homme ruiné... Qui a déjà racheté la villa de Lamain... Encore de l'argent de maman Rosa ? À force, il doit bien en venir d'ailleurs.

Pas de réponse, on redémarre. Personne sur l'autoroute, en moins d'une heure, on sort du ring, on se dirige vers le centre de Bruxelles.

À partir de là, je suis les indications de Laura, jusqu'au boulevard Anspach qu'on remonte vers la Bourse et juste avant la place De Brouckère, elle me fait prendre à gauche, puis me garer. L'hôtel est là, sur un coin, un hôtel de poupée à marquise en demi-cercle, aux briques peintes en gris perle, huisseries, linteaux, corbeaux en gris foncé : Le Halewyn. Du nom d'une pièce de Michel de

Ghelderode, c'est d'ailleurs de là que vient l'*Hallo-ween* des Anglo-Saxons : leçon au passage de Laura qui a ôté son tablier, je remarque, avant de nous précéder à la réception-bar de l'établissement. Tout est de très bon goût, verre fumé et cuir havane. Un jeune employé en chemise blanche, brillantiné et coquet du poil, écoute d'abord distrait ce qu'elle lui chuchote, se met soudain quasi au garde-à-vous, sourit servile et désigne un vieux monsieur, tout au fond, au bout du bar, qui prend son petit déjeuner. Laura nous jette juste un regard, qu'on la suive, puis un doigt sur ses lèvres, qu'on se taise, et va droit à l'homme. On suit, Laura le cache un ins-tant, debout devant lui, on l'entend demander s'il se souvient de son nom, Laura, la compagne – tiens donc, voilà du neuf : la compagne ! – de Camille ? Est-ce que M. Desmieder accepterait une interview avec les reporters d'un nouveau journal qui va sortir, *Le signal de l'Occident* ? Bien sûr, il sera dans la droite ligne de l'ancien *Signal*, l'organe national-socialiste dont Léon Degrelle avait fait la couver-ture... Le vieux se penche pour nous mesurer, on voit, à hauteur des hanches de Laura, son visage d'argile brune, craquelée de sécheresse, sa maigre chevelure blanche plaquée à l'embusquée sur son crâne, et ses yeux froids derrière des lunettes sans monture. Vaillant pour son âge.

— Bien sûr. Pour Camille... Il va bien ?

Laura nous fait signe, on se serre sur des chaises autour du vieux brigand qui nous sourit, hoche la tête quand on se présente, puis glisse que *Le signal de l'Occident* est un beau titre. Sans ambiguïté : les pays et peuples de l'Est, les idéologies de l'Est, n'y ont pas leur place ! Je n'ai pas fait dans la dentelle mais Desmieder a l'air heureux de ma réplique. Laura sent qu'il ne faut pas le laisser aller où il veut et attaque alors dans le vif :

— Certains membres de l'amicale des Bourguignons racontent que le mouvement a abandonné Léon Degrelle après son exil en Espagne le 8 mai 1945, qu'il ne doit sa survie qu'à la générosité de Franco... C'est impossible, n'est-ce pas ?

Le vieux a pris un air filou, pas joli, des crétins de comptoir, ceux que je ne supporte pas dans mon bar, qui sont dans le secret des dieux et daignent parfois dévoiler des explications imaginaires aux errances du monde. Je crains qu'il n'affabule et je sens Judith broncher à mon côté. Une main sur sa cuisse, elle me prend les doigts, on échange un regard et on est prêts à écouter, à se tenir bien. Denis a sorti un calepin, un stylo, il retrouve les gestes anciens du reporter et son œil est allumé en grand. La voix de Desmieder est étonnamment intacte, une voix d'aède, de conteur à la veillée, qui nous raconte *L'Iliade*, le sac de Troie, et une drôle d'odyssée pour un Ulysse à croix gammée :

— Ceux qui disent ça sont des moins que rien. Sûrement aucun n'était sur le boulevard Anspach le 1er avril 1944, ils ne parleraient pas ainsi...

« ... Quand la 28e *Sturmbrigade* SS Wallonie revient de Tcherkassy, sur le front d'Ukraine, les populations nous accueillent comme des demi-dieux, des héros antiques... Malgré la perte de près de vingt mille intrépides combattants, nous avons brisé l'encerclement des forces bolcheviques, communistes, et arraché près de trente mille guerriers aryens aux hordes rouges… Aussi, quand nous sommes à Charleroi, beaucoup des nôtres, originaires de la région, de Liège, de Namur aussi, cette Belgique proche de l'Allemagne, beaucoup des nôtres retrouvent leur famille, leur chien, leur épouse patiente, et la parade que nous donnons est une véritable messe d'actions de grâces et de renouveau… Des veuves s'offrent, elles veulent que nos vaillants soldats perpétuent leur race et jamais je n'ai vu honorer la mémoire de nos morts avec autant de joie et si peu de larmes… L'*Obergruppenführer* Dietrich a fini son discours, il a remis des médailles, et ces dames viennent à nous après la revue, au moment où nos rangs se rompent, avec des bouquets et des sourires. Moi, une blondinette me prend la main, une rebondie, ses parents tiennent un estaminet près de la gare… On y va, elle déboutonne sa robe dans le cellier, elle a rien dessous, et nom de Dieu, voilà un hommage simple autant à moi qu'à l'Europe nouvelle ! J'ai failli rater l'appel.

«Après Charleroi, nous voilà, des gradés certes, mais surtout trois ou quatre intimes du *Wallonenführer*, de Degrelle, et un petit en civil ce soir-là, puissant, un buffle roux de l'intendance que je connais évidemment, nous voilà dans sa maison de la forêt de Soignes… On boit, on mange, la femme du chef n'est pas là, il explique qu'ils sont séparés, une femme est un handicap pour le guerrier. Marie-Paule lui a donné cinq enfants, elle peut rentrer dans l'ombre. À moi, pas la peine de dire, je sais tout, vu que l'amant de Marie-Paule, un paysan autrichien, un aviateur, c'est moi qui lui ai tiré une balle de luger dans la nuque, sur ordre de Degrelle… Cette maison est magnifique, avec des meubles à tomber par terre… Ce soir-là notre chef nous indique qu'il serait bon de prendre nos précautions. La victoire des armées du Reich est assurée mais il faut se constituer un trésor de guerre en cas d'aléas… Et il nous expose le rôle de Wilfrid Geerbrandt, le buffle. Un militant de Rex entré à la SS. C'est lui qui va se charger de nous réunir un pécule. Contre un pourcentage, évidemment, parce qu'il va déserter et rester en Belgique. Il faut faire vite, avant que nous, on ne retourne sur le front… Wilfrid propose d'abord de vendre tout le mobilier de la villa, poignées de portes, radiateurs, luminaires compris. Il se charge de tout… Et puis il demande un volontaire parmi nous pour l'aider. Il a besoin d'un chauffeur pendant une semaine, pour conduire une traction Citroën. Il se trouve que je suis mécanicien et que j'ai participé à quelques compétitions locales sur Talbot. Parfait, demain, c'est 1er avril, parade blindée dans Bruxelles, rendez-vous donc le 2, neuf heures pile, à La Petite Suisse, un bistrot sur la place du même nom, pas loin du cimetière d'Ixelles… J'y serai.

« Le lendemain, les hommes se rassemblent et sur des blindés empruntés à la division *SS Hitlerjugend*, on défile, là, à deux pas, boulevard Anspach. La foule déborde des trottoirs, jamais on n'a connu autant d'enthousiasme, même à Charleroi… Et plein font le salut fasciste, bras tendu, c'est beau comme un champ de blé mûr qui ondule… Pour la population nous sommes la pureté, la royauté sociale du Christ incarnées, et on nous acclame si fort qu'on doit nous entendre célébrer sur le rivage d'Ostende! À un moment, depuis le blindé que je commande, debout, torse sorti de la tourelle, j'entends un mouvement derrière, je me retourne, je vois celui de Degrelle ralentir, stopper, et une femme aider des enfants à grimper sur le char. Ce sont les enfants de notre chef, les petits Degrelle. Puis il repart à ma suite… Et dès lors, c'est un véritable triomphe, la foule assiste à une véritable épiphanie, le communisme ne peut triompher d'une race comme la nôtre qui fait de tels enfants! Comme leur père, ils font le salut, ont la bouche grande ouverte, ils ont besoin de respirer plus large, de sourire plus vaste, ils sont plus que des humains, et les acclamations couvrent le bruit des chenillettes.

« Oui, ce jour-là, j'ai vu le dieu de la Guerre, Mars, et ses enfants… Et le 2, je vais à mon rendez-vous avec Wilfrid…

Les mains tavelées d'éphélides sombres de Desmieder jouent avec sa serviette, la plient, la déplient, ramassent les miettes de pain sur la table en petits tas. Dans l'écho de l'intolérable récit des enfants monstrueux, l'hôtel coquet est redevenu gargote, bouge à soldats.

— … La Petite Suisse est un bistrot à la façade de béton avec une marquise en béton, des lambris fort sombres, un long comptoir, il existe encore d'ailleurs, tenu par une femme aux manières bien rondes. Wilfrid est assis à la table d'un homme qui paraît la soixantaine, sec, capable de l'immobilité d'un animal, pas grand, visage pas remarquable, habillé ouvrier, un grand cabas de moleskine noire posé à ses pieds, pas un castard comme Wilfrid.

Il me le présente, Jean De Boë, anarchiste de la bande à Bonnot, condamné à dix ans de bagne à l'île du Diable en Guyane, évadé en 1922, revenu faire le typographe à Bruxelles, dans son ancienne place d'avant les folies anarchistes…

« "Pas vrai… ? Vous avez vraiment connu ces gens qui ont été guillotinés, et puis les maisons assiégées, l'armée qui fout des bombes, les premiers bandits en voiture, disons-le ? Ah, j'ai lu leurs exploits, vous n'aviez pas froid aux yeux !

« — Monsieur Desmieder, je n'ai aucune considération pour vous. Voici pourquoi… "

« Il a une voix calme comme son regard et ses gestes, on voit à peine bouger ses lèvres :

« "… La guerre est votre vie. Moi je suis toujours pacifiste et anarchiste. Toutefois, j'ai combattu Franco en Espagne en 1937. J'y ai gagné deux filles adoptives, des orphelines de républicains. Si j'étais resté ici, la police m'aurait envoyé en prison dès le début du conflit, on m'aurait même peut-être fusillé pour insoumission. L'Histoire se répète, j'étais déjà insoumis avant ma condamnation au bagne. En tout cas la Gestapo a tenté de m'arrêter. Mais peu importe, j'ai fui en France, retrouvé une ancienne camarade… "

« Il pose la main sur son cabas noir :

« "D'ailleurs, Wilfrid, cette fois j'ai pensé à t'apporter son cadeau… "

« Et continue son explication sans un geste, une parole de trop :

« "… Oui, je file en France, mais en France, le danger était pareil, j'étais fiché… Je suis donc revenu ici avec un cadeau de Rirette, l'ancienne femme de Victor Serge, anarchiste bruxellois proche de Bonnot…"

«Il ouvre le cabas sur un appareil photo ancien, une boîte de bois avec un objectif et des poignées de cuivre. Quelques plaques sont rangées dans une autre boîte. Il pousse le tout vers Wilfrid, mais s'adresse à Desmieder :

«"… Il appartenait à Raymond la Science qui l'avait laissé au siège de *L'Anarchie* à Romainville avant de se faire prendre et guillotiner. Et là, quand je l'ai vue à Lyon, Rirette a pensé que l'appareil me revenait… Une fois de retour ici, mon patron ne m'a pas caché que j'étais de plus en plus en danger… Et il me présente Wilfrid Geerbrandt qui nous confie des travaux d'impression pour Rex. Moi je ne repense pas à Rosa Bella, la chanteuse du Café français à Lille. Alors que Wilfrid a entendu mon nom cent fois par sa mère… Il me demande si je suis bien le forçat… Oui… Alors il me révèle qu'il est le fils d'Édouard Carouy et de Rosa Geerbrandt…! Depuis il me protège en mémoire de son père, et moi, en mémoire de son père, je lui raconte l'anarchie mais je désapprouve son idéologie, ainsi que la vôtre, et je lui rends uniquement des services dont je n'aurai pas honte…"

«Wilfrid l'interrompt :

«"Comme nous aider à dévaliser des banques et des bijouteries en automobile, suivant la méthode Bonnot améliorée… Être avec nous comme porte-bonheur…"

«De Boë n'élève pas le ton, sa voix est juste coupante, définitive :

«"Non. Te dire la vérité sur qui on était, nous, les

229

anars, ni des bêtes fauves, ni des voleurs, la vérité je veux bien... Des pacifistes ennemis de l'armée et de tout pouvoir politique... Plus de trente ans après, si ça se trouve, il ne reste que moi des faux-monnayeurs de Lille... Point final. Mais t'enseigner le crime, même être ton modèle, c'est hors de question. D'ailleurs, avec tes amis vert-de-gris, tu te débrouilles bien tout seul. Là je suis venu uniquement pour te donner l'appareil photo parce que Raymond la Science est mort en assassin et je ne veux rien garder de lui... Bien le bonjour, messieurs."

« De Boë finit son ersatz de café et s'en va, de son pas tranquille, un regard à droite, un à gauche avant de franchir le seuil et il a disparu. Alors seulement Wilfrid sort un plan de Bruxelles et une liste. Qu'est-ce qu'on en a à foutre d'un vieil anar recherché par la Gestapo ? Bien sûr qu'on est assez grands pour se passer de ses conseils. Il ne nous trahira même pas, ce serait son arrêt de mort. Moi je le tuerais bien séance tenante, comme le bel amant de Marie-Paule, mais à quoi bon ? Là-dessus, la patronne apporte des bières et on établit notre programme : Wilfrid me lit les adresses et moi je mets une croix sur le plan. Des petites succursales de banques et des bijouteries, rien que du facile... La technique classique, à l'américaine, celle de Bonnot c'est du passé : je stationne, moteur en marche, en face de l'endroit à dévaliser, Wilfrid et un autre, un nommé Cees, un Flamand, un *pistolero* lui, un vrai, descendent en laissant les portières ouvertes, ils entrent chercher la marchandise, Cees en couverture, ressortent, sautent en auto, et je repars en quatrième vitesse ! Reste à étudier les itinéraires. Mon boulot.

« En quinze jours on a liquidé quatre banques et vingt et une bijouteries, des petites et des luxueuses, dans Bruxelles… Une autre équipe, avec Debbaudt je crois, opérait sur la province et Wilfrid centralisait le butin, négociait avec les receleurs. Je me souviens de la dernière joaillerie dévalisée : celle en face du bistrot, La Petite Suisse. Une formalité, après je devais filer vers le cimetière… J'ai été retenu parce que ça s'est mal passé. Une jolie boutique, modeste apparemment, avec un stock comme on pouvait avoir à l'époque. Wilfrid et Cees entrent, personne aux environs, cinq minutes, ils ressortent à reculons, et à ce moment, je l'avais vue arriver sur le trottoir mais je ne pouvais pas deviner où elle allait, une gamine, quinze ans environ… Elle veut rentrer dans la boutique, se cogne à Cees qui croit être agrafé par la police, tire instinctivement et fracasse un genou de la petite… Du coup la patronne du bistrot met le nez dehors, me voit au volant, nous reconnaît… Je ne sais plus par où on a mis les voiles… Heureusement c'était notre dernière affaire… »

Desmieder s'est arrêté, le regard en dedans, sur son glorieux passé. Judith, je la sens à deux doigts de l'égorger avec les dents, je maintiens ferme ma main sur sa cuisse pendant que Laura baisse la tête et que Denis griffonne.

— … Ensuite les Alliés ont débarqué, on est repartis en Allemagne, le 8 juin 1945 Degrelle a pris l'avion d'Albert Speer depuis la Norvège et s'est réfugié en Espagne. Moi je suis d'abord rentré en

Belgique, Wilfrid m'a donné ma part de magot et celle de Degrelle et je suis passé en Espagne à mon tour... Avec l'argent, la bienveillance de Franco et celle du Christ roi, *christus rex*, Degrelle a pu se lancer dans les travaux publics, construire son château, La Carina, et moi, avec les mêmes protections, j'ai ouvert trois garages... Après la mort de Degrelle en 1994, tant que Jean Vermeire ou Jean-Robert Debbaudt apportaient des nouvelles, j'avais assez de Belgique dans mon exil... Et puis Debbaudt est parti... Quand Vermeire est mort à son tour, à l'été, j'étais sans femme, sans enfants, j'ai décidé de rentrer... Les frontières n'existent plus, l'Europe est à tout le monde... Le Führer avait raison, vous voyez, qui ne voulait rien d'autre... Il m'a suffi de contacter Camille, le fils de Wilfrid, toujours à la même adresse, 12, rue d'Angleterre, Lille... Je ne suis jamais retourné à La Petite Suisse voir si le bistrot et la bijouterie existent encore... Le nom écrit sur la vitrine m'est resté gravé : joaillerie Lucien Claassens...

Il est tout benoît, notre assassin, dans la lumière tremblante du matin et son odeur d'eau de Cologne. Ni doutes ni regrets, il nostalgise un brin et redresse sa poitrine de coq, comme pour exhiber une croix de fer, une *Ritterkreuz*, parader, parader.

Et nous on ne peut plus, on va étouffer dans ce local exigu ou tout casser, tordre ce cou de dindon fané, foutre le feu, Claassens, on connaît désormais les mobiles de sa quête, pourquoi il a tenté d'établir une petite cartographie de la progression du mal, de la métamorphose de petites gens en assassins ou en tortionnaires au contact de l'Histoire, sous la menace ou au plus fort d'une guerre, même alors qu'elle va cesser, comme si seule la guerre donnait à l'homme sa dimension, au sol et au sang leur légitimité. Putains d'éternels chevaliers qu'on est, bons à rien en temps de paix, même pas à aimer, et juste bons à mourir en connards sous une armure inutile. Laura s'est dressée, elle écarte les bras, faut surtout nous empêcher de lui sauter dessus au SS empaillé, elle débite vite en confidence un alibi, que le vieux n'aille pas alerter les forces vives du néonazisme :

— Je sais qu'une jeune Allemande que nous connaissons, de passage à Bruxelles, a voulu joindre Camille, envoyée par un groupe berlinois qui veut fédérer la droite paneuropéenne. Elle se prénomme Sonja, mais son nom demeure secret, il soulèverait trop d'espoirs, peut-être embarrassants, chez les fidèles du IIIe Reich... L'avez-vous vue, je lui avais dit votre présence ici... ?

— Non... Non... Pas vue...

Nous revoilà dans l'impasse. Sonja n'est pas remontée jusqu'ici. Laura réfléchit une seconde :

— Oh, et puis, à vous je peux bien, si vous me faites le serment de ne pas...

L'autre met la main sur le cœur, revigoré, jure, il ne révélera rien, sur la Bourgogne éternelle, le Christ et la mémoire du Führer et de celui que Hitler considérait comme son fils, Léon Degrelle... Maintenant, il est statufié l'Eugène, un homme d'airain, ce serait pitoyable s'il était le seul futur fossile d'une race disparue, mais c'est tragique parce que la relève est assurée. Même pas la peine de prendre congé, on va le quitter en lui laissant des *Sieg Heil!* plein les oreilles et des panzers au fond des prunelles. Je me rends compte soudain de ce cadeau, c'est trop, ce bonheur qu'on lui a rebâti à neuf. J'ai vraiment envie de le baffer et Judith aussi qui gronde dans mon dos, je lève la main et Laura me saisit le poignet, sa force me surprend au point que je la laisse se pencher, murmurer quelques mots à l'oreille de Desmieder dont les lèvres se mettent immédiatement à balbutier en silence, il prend les rides, la fragilité de son âge, se rencoigne, agite les mains et son regard s'affole, il se met à gémir, livide.

Pas le temps de comprendre, de s'étonner, Laura nous tire par la manche, vite, on fout le camp. Et on court presque, tous les quatre, jusqu'à la voiture, je démarre comme après un hold-up sur la caisse du Halewyn et c'est seulement une fois dans la circulation dense, place de Brouckère, que Judith demande à Laura ce qu'elle a dit à Desmieder. Elle répond, les yeux sur les passants, là où en avril 1944 Degrelle exhibait ses enfants sur un blindé :

— J'ai dit : on vous a menti, *Herr Desmieder*, on remplace Simon Wiesenthal, le chasseur de nazis... D'abord on voulait vous ramener en Israël, qu'un procès des anciens de la 28e SS Wallonie ait lieu, mais vous ne valez pas le prix d'un billet d'avion ni d'un séjour en prison... Quelqu'un viendra vous exécuter bientôt, sans prévenir, afin que vous n'ayez pas peur... Mais avant, en fier SS, vous pouvez toujours croquer du cyanure... On ne peut être plus humain, n'est-ce pas... ?

M'en fous des klaxons, des autos qui nous frôlent, je stoppe net, descends, ouvre la portière derrière, sors Laura de force, je vois bien qu'elle me croit cinglé, oui je le suis, et là, au milieu du boulevard Anspach, je la serre contre moi, je lui prends les joues dans mes mains et je l'embrasse, longtemps, pas seulement d'amour, un baiser de vie, qu'on ne baissera pas les bras devant la barbarie, pas tout le monde, pas nous, et Judith est là aussi, elle bise Laura sur les joues et puis moi, aux lèvres, tendrement, entre nous rien ne finira jamais, on partage des bouts de la sale histoire des hommes, et Denis, en tweed et nœud papillon, est tout bête à faire attention qu'on ne se fasse pas écraser, jouer le flic à prévenir que voilà, trois personnes s'étreignent sur le bitume, passez votre chemin, les défilés de chars sont terminés, on a remplacé par une parade de tendresse...

Le retour à Lille, on est partis en campagne si tôt que la matinée est à peine à moitié, le retour sert à décompenser, à revenir aux réalités, très peu de mots, on est d'accord. Tout d'abord, la vieille dame dolente, photographiée avec béquilles et palmiers, est la vieille sœur de Claassens, blessée par Cees, celle qui nous a vendu la maison. Et puis l'origine de la fortune Geerbrandt, père et fils, on la connaît : Wilfrid a détourné une grosse part du butin des casses opérés pour le compte de Degrelle juste avant la libération de Bruxelles. Tant mieux, tant pis... Surtout, il nous manque toujours un levier, un indice, pour remonter jusqu'à Sonja. Elle a repris la haine de Claassens pour l'homme qui a dévalisé son père et mutilé sa sœur, maintenant on comprend ce qu'il poursuivait, pourquoi il voulait la ruine de Geerbrandt fils... Elle a fait le même chemin que nous, et que Laura, mais en parallèle, et jamais on ne croise la trace de ses pas. Ou bien elle les a effacés, comme dans les ordis de bureau restés chez Claassens... Quand même, c'est là qu'on a trouvé les premières pistes sérieuses, on a le temps d'y retourner... Il est onze heures moins le quart quand je me gare rue de La Bassée.

L'intérieur de la maison est toujours une glacière et Judith grogne, si on ne veut pas voir l'humidité s'installer, avant de tout repeindre, il va falloir mettre le mobilier en vente dès que, dès que, et merde pour toutes ces archives, et elle se tait, grimpe aux appartements de Sonja... Laura et Denis attendent mes consignes, où fouiller, comment s'y prendre dans cette espèce de réserve de musée photographique à peine dérangé, écorné par nos visites précédentes... Cherchons ce qui se relie au fichier Sonja, à Rex, à Geerbrandt... Denis découvre les lieux, nez en l'air, il n'est jamais venu, Claassens ne l'a jamais invité, évidemment... Et on n'a le temps de rien, Judith râle là-haut, on entend miaou, des feulements de tigre amateur, on grimpe quatre à quatre :

— Le chat roux ! Il a failli me sauter à la figure ! Par où il est entré... ? Qui lui a ouvert ? T'as laissé une porte ouverte sur le jardin, Dom ? Regarde, il a pissé dans la douche, ça pue pas possible... Et il a grimpé aux murs, regarde-moi ça... !

Effectivement, le minou a colonisé la salle de bains de Sonja, puis sauté sous le Velux pour se rendre compte qu'il était fermé. Judith vient de le lui ouvrir et il n'a pas demandé son reste. Mais dans sa tentative précédente il a laissé des traces de griffes et décroché le cadre avec *Mutter Courage*, qui est en morceaux… Je le ramasse et ôte le document de son cadre déglingué. Avec mes quelques souvenirs d'allemand, je comprends que c'est un prospectus, plusieurs feuillets avec horaires et contenus d'un stage de comédiens où on travaillera sur *Mère Courage*, au Berliner Ensemble, le théâtre de Brecht à Berlin, entre le 8 et le 11 novembre 1989, pile au moment de la chute du mur dont on vient de célébrer les vingt ans! Judith me traduit exactement, je ne me suis pas trompé, et c'est bien un fac-similé du programme mythique de 1954 à l'intérieur de celui du stage, avec une lettre de Brecht, datée du 2 juillet 1956, au président du Parlement de Bonn :

— Voulez-vous faire ce premier pas vers la guerre? Vraiment? Alors c'est tous ensemble que nous ferons le dernier, celui qui anéantira le monde… Nous avons été séparés par la guerre, la guerre ne nous réunira pas… Il proteste contre le rétablissement du service militaire… Et il veut une unification de l'Allemagne comme garantie de paix… Évidemment, Claassens applaudissait des deux mains…

Elle se tait un instant, loin, peut-être dans son appartement vide, avec trois meubles qui ont des noms allemands, et puis me rend le document :

— Quelle importance? C'est lié à son obsession du mur… Toutes ces photos, dans toutes les pièces, le prouvent, non? Là, juste c'est un autre type de souvenir, sentimental et cucul… Si on cherche bien je suis sûre que Claassens avait un bout de béton peint quelque part…! Ou bien tu crois que ça renvoie à Sonja?

237

— Oui. Et je parie que j'ai le nom de la mère de Sonja...

Je souligne du doigt, dans la distribution de la pièce : «*Mutter Courage* : Helene Denkel.» Judith hausse les épaules :

— Et alors...?

— Alors, la femme de Brecht, qui a créé le rôle, le jouait en 1954, s'appelait Helene Weigel, pas Denkel! Claassens a refait un fac-similé avec le nom d'une autre mère Courage, celle de Sonja... Et la fille de mère Courage est jouée par Sonja Denkel! Logique! C'est plus qu'un clin d'œil... À mon avis il a enlevé Sonja à Berlin, à la mi-novembre 1989, au moment de la chute du mur, et il lui a offert ce souvenir personnalisé quand il a été sûr qu'elle resterait avec lui...

Denis et Judith restent un instant, stupides, à relire la distribution, ben oui, voilà ce qu'on cherchait... La dame qui a besoin d'un don de moelle est en train de mourir à Berlin... Et le problème, c'est qu'elle ne doit pas savoir plus que nous où est sa fille... À ce moment, Laura, qui allait et venait avec l'œil d'une qui a perdu une boucle d'oreille, explore des coins à l'écart, Laura nous interrompt :

— Elle est même revenue : c'est elle qui a ouvert au chat. Mais surtout elle a emporté les exemplaires de son écriture qui prouvaient la profanation de Notre-Dame-de-Lorette...

À partir de cet instant, tous les rouages se mettent à tourner ensemble, comme une machine en entraîne une autre, déchire les illusions et rend leur cohérence à d'étranges fragments d'Histoire. Rien ne s'arrêtera plus que le drame ne soit dénoué et le destin de tous les personnages scellé. J'empoche le programme, allez on bouge, on a besoin du Net et ici l'accès est coupé :

— Même si c'est trop tard, il faut en savoir plus sur 1989 et Helene Denkel, les rapports qu'elle a eus avec Claassens…

Denis dévale déjà l'escalier :

— Ramenez-moi à *La Voix*, vite, que j'interroge les archives !

Inutile de nous rameuter, on est presque dehors avant lui, dans l'auto, à remonter vers la Déesse, en quelques secondes. Denkel, Denkel, le nom met du souvenir sur le bout de la langue de Denis, ça lui palpite aux lèvres, merde, c'est trop bête !

À l'entrée du parking souterrain côté rue Nationale, il descend, court presque vers le siège du journal, à l'autre bout de la place. Nous on se gare, on remonte devant le Dominus, Laura en tête, déjà les clés en main, Judith et moi un peu à la traîne, déjà à parler en même temps, imaginer comment localiser Sonja à partir des données berlinoises possibles… Et qui voici, au rendez-vous de l'apéro, ténébreux comme un jeune tueur mercenaire, désinvolte comme un danseur à gages, beau, et sans vergogne à embrasser Laura, laisser une main s'attarder à sa hanche ? David. Il a dû se tisser avec Laura, le soir du réveillon, une amitié renforcée aux désespoirs. Qu'il vienne au bar, attende devant la porte close, ait cet air de connaître Laura de toute éternité, l'embrasse, prouve une évolution : notre jeune homme a fait son deuil du premier amour fou. Où es-tu, Louise, dans la mémoire de David ?

D'ailleurs, il devrait pas réviser des partiels, à cette époque de l'année, notre petit étudiant… ?

— Si. Mais j'ai travaillé toutes les vacances. J'ai promis que je deviendrai magistrat en souvenir de Louise, je tiendrai parole.

Il m'a répondu pendant qu'on se dépêchait de grimper, Laura ouvre le bar, allume les lampes et les appliques, court chercher son ordi portable pendant que je ressors le fichier Sonja, que Judith attrape la sacoche avec les appareils photo de Claassens, regarde à nouveau les clichés en mémoire sur le Canon :

— Nom de Dieu, pourquoi il n'a jamais pris une photo de cette gamine ?

David s'est assis sur un tabouret, un peu en retrait de notre excitation, embarrassé de se sentir étranger à quelque chose de brûlant. Il demande à Laura qui allume son ordinateur en bout de comptoir :

— Qu'est-ce que vous cherchez ?

Judith répond sans le regarder :

— Une petite fille disparue, devenue une jeune fille, qui habitait chez Claassens, Sonja Denkel…

— Il y avait une Sonja à l'enterrement de M. Claassens et de Mme Broquevielle, notre professeur… Mais vous la connaissez, vous avez vu la photo qui est dans la sacoche ?

Tous les trois on a levé la tête :

— Non ! Quelle photo ?

David pointe son index :

— Glissée dans le rabat…

On se précipite, il y a bien un tirage couleur sous la doublure du rabat de la sacoche, trop serré pour qu'on y mette rien, sauf, effectivement un

240

cliché porte-bonheur, un truc à ne pas manier trop souvent. Judith le sort délicatement. David a déjà vu, il nous laisse nous presser sous une lampe. Une petite Boucle d'or en parka rose couperose, emprisonnée dans une porte à tambour, sourit au photographe, Claassens c'est évident, dont le reflet apparaît dans la vitre. Elle a des yeux vairons. Nom de dieu, des yeux vairons, un bleu, un vert, où est-ce que...?

— BB Clean! C'est la fille qui travaille avec le petit trapu! Et c'est eux qui nettoient les stèles de Notre-Dame-de- Lorette! Oh, les vicieux...! Laura, les factures, le contrat avec les laveurs de carreaux!

David, seuls ses yeux bougent, comme s'il avait peur de commettre un impair, de trahir un secret de famille :

— BB : Bastien Broquevielle... C'est lui le fils de notre prof... Elle était divorcée... Je pensais que vous saviez tout cela...

Même pas le temps de le regarder méchant, couillon, si t'avais parlé plus tôt au lieu de pleurer ta Louise et puis de faire le beau avec Laura tout de suite après...! Chutt, tais-toi...! Laura sort immédiatement un dossier d'une armoire dissimulée dans les lambris du fond, tourne deux, trois feuillets :

— BB Clean, 136, avenue Saint-Maur...

J'appelle Denis sur son portable... Oui, vite, on sait où elle est, dans dix secondes à la voiture... David, merci pour tout, désolé, inutile de se rhabiller vu qu'on n'a pas ôté les manteaux, on le pousse dehors, même Laura, pas très reconnaissants... Tout juste si, déjà loin, on crie : on t'appelle, on t'appelle… Et on s'engouffre dans le parking, on récupère Denis en attente à l'autre escalier, iPhone au poing :

— Muriel, l'archiviste de *La Voix*, m'envoie tout sur Helene Denkel… Une gymnaste qui a créé un scandale, je ne sais plus quoi, le dopage je crois, en DDR…

Je sors du parking presque à arracher la barrière, demi-tour sur la ligne blanche de la rue Nationale et je fonce vers la latérale du Grand Boulevard, vers Roubaix-Tourcoing. À gauche à Saint-Maur, nous y voici… Le 136… Pendant le trajet, Judith montre la photo, explique à Denis…

Et voilà, c'est là, la camionnette BB Clean est garée devant une maison plus modeste que celle de Claassens, une 1920 large, bien entretenue. On descend, on sonne, sans même s'être concertés pour savoir quoi dire… La porte s'ouvre sur Sonja, salopette de travail bleue, BB en lettres jaunes sur le cœur, les cheveux tout rebiqués, et ses étranges yeux vairons de sorcière d'opérette. Elle ne bronche pas, s'efface un peu, qu'on entre si nécessaire, et dit seulement, d'une voix presque déçue, étonnée au moins :

— Ah, c'est vous ! Je vous en prie…

Tous les quatre, on a l'impression d'envahir l'enfilade traditionnelle des demeures du Nord, deux petits salons, la salle à manger avec les reliefs d'un repas à peine terminé, et la cuisine sur jardin. Des bibliothèques de beaux livres, les à regarder avec un enfant sur les genoux, et des souvenirs de croisières éducatives partout. Le fiston qui vient à nous, tout raide dans son uniforme, n'a rien changé à l'héritage de maman-prof. Lui est inquiet, il nous tend la main avec retard, monsieur Descamps, mademoiselle, madame, qu'est-ce qui nous vaut... ? Avec à peine un signe de tête pour lui, Judith a tout de suite le nez sur le dos des livres, et elle ne peut pas s'empêcher, je la vois, elle évalue l'ameublement, un design contemporain aux courbes douces, et fronce le nez, pas du tout les antiquités sans grande valeur, mal cotées, qu'elle recherche. Je la remets dans le bon sens d'une tape à l'épaule, Bastien et Sonja sont côte à côte, continuent à essayer de nous faire les honneurs, un café peut-être, asseyez-vous, non merci, on ne va pas s'asseoir, ce n'est pas une visite de politesse... Sans demander, Denis a posé une fesse au bord d'un divan couleur paille, a sorti son calepin et note ce qu'il lit sur l'écran de son portable. Avec Laura à ma gauche, on doit faire flics de série télé, je me plante face au petit couple, aussi attendrissant qu'au Dominus dans leur exercice de raclette, la volonté de bien faire inscrite à leur front, vaillants et amoureux :

— Laissez-moi parler, on n'a pas le temps : vous vous appelez Sonja Denkel, fille d'Helene Denkel, ça c'est sûr, et vous avez été enlevée à Berlin, là je déduis, au moment de la chute du mur, voilà un peu plus de vingt ans, par Rop Claassens chez qui vous avez vécu clandestinement jusqu'à sa mort en juin dernier. À cette date, vous êtes venue habiter avec M. Broquevielle. Vous n'ignorez pas l'existence de votre mère, mais Rop Claassens n'a pas eu le temps de vous apprendre que votre mère est gravement malade et a besoin d'une greffe de moelle. Vous êtes le seul donneur possible et le temps presse :

les médecins donnaient un sursis jusqu'à ce mois-ci au maximum. Or c'est vous qui avez profané le cimetière de Notre-Dame-de-Lorette. Vous avez récupéré les preuves trop tard chez Claassens pour nous les cacher. Nous, on connaît vos raisons, on ne vous reproche rien. Mais la police va finir par vous débusquer, elle sonnera à la porte… Tout s'arrêtera, même si vous êtes laissée en liberté, et votre mère mourra…

Sur mes premiers mots le visage de Sonja est devenu lisse, j'ai eu l'impression qu'elle s'évadait du réel, se retirait dans ses frontières intérieures, on ne revient pas sur une décision ancienne de renier des origines oubliées :

— Papa, Rop Claassens, m'appelait Eva, la femme des origines… Et puis il m'a dit mon vrai nom, Sonja, m'a parlé de Berlin, d'Helene Denkel, mais je ne savais pas la maladie.

Et là, savoir sa mère aux portes de la mort, ne pas pouvoir éviter une décision, elle agrippe le bras de Bastien, le regarde, ses yeux s'affolent tellement qu'ils ont presque la même couleur, maintenant elle est la recluse terrorisée devant le monde hostile, où elle n'a pas sa place, qui ignore même son existence :

— Bastien, qu'est-ce que je fais ?

Bastien, avec une tendresse molle, fataliste, la prend contre lui :

— Ce que M. Descamps va te conseiller.

Denis nous interrompt, lit ses notes tout en surveillant l'écran de l'iPhone :

— Helene Denkel. Athlète est-allemande, sélectionnée pour les J.O. de Séoul en 88… Allons à l'essentiel… Se retire de toute activité, sauf d'opposition politique, quand sa fille Sonja est enlevée le 11 novembre 1989 à Berlin… La presse a accusé la Stasi d'une ultime vengeance contre une dissidente… Bien joli, tout ça, mais… Ah, voilà : Muriel a fait des miracles… J'ai son adresse, Französischestrasse, et le téléphone au nom de Nathan Hirschfeld – Helene Denkel… Elle serait mariée…? Judith, est-ce que tu veux appeler ?

— Bien sûr. Pour dire quoi…

— Que Sonja arrive avec nous par le premier avion !

Denis objecte aussitôt :

— Sans papiers ? Vous n'avez pas de carte d'identité, n'est-ce pas ?

Sonja secoue la tête, Bastien évoque le projet de se rendre en Allemagne dès que possible, bientôt, se faire délivrer un acte de naissance, en essayant à Berlin d'abord… Et pourvu qu'elle n'ait pas été déclarée décédée, ça compliquerait les démarches… De cela ils ont peur… C'est sa faute à lui si…

Il est un peu tard pour les *mea culpa*, je coupe court :

— On n'a pas le temps ! Par la route on ne sera pas contrôlés. Il faut une grosse journée sans arrêts. Dès qu'on a le contact, on attrape un sac, dans vingt heures on y est…

Bastien et Sonja approuvent de la tête. Forte de ces précisions, sans lesquelles elle ne bougeait pas, je la connais ma Judith organisée à un point, après avoir précisé que de toute façon elle ne prend jamais l'avion, tout le monde le sait, Judith compose le numéro, écoute, réclame de quoi écrire, vite, prend note, raccroche, recompose :

— J'ai eu le répondeur et un numéro de portable… Allô, *Herr Hirschfeld? Guten Tag*… Judith Rosencrantz… *Ja, ich rufe von Frankreich an*… Lille, *im Nordfrankreich*… *Ja, eine Freundin*… *Aber Herr Claassens ist*… *Also, Sie wussten*…

À ce moment on sonne, Sonja va ouvrir, une oreille à la traîne comme nous tous, vite que Judith nous donne des nouvelles, traduise, et on entend Sonja dire dans le vestibule :

— Entrez, je vous attendais…

Et un homme robuste apparaît sur le seuil du salon, massif, pas le regard de taureau que j'imaginais, ni la cruauté obtuse, l'air fatigué dans son pardessus sombre ouvert sur un complet gris, navré comme un messager à tristes nouvelles. Judith le voit, précipite le débit de sa conversation avant de conclure et de raccrocher :

— *Ich rufe später an*… *Bald*… *Heute, ja*…

— Messieurs-dames… Commissaire divisionnaire Libert… Tiens, Denis, qu'est-ce que tu fais là ?

— Diogène cherchait un homme, moi je cherche une femme…

Ah, demi-sourire surpris à Denis. Un coup d'œil autour de lui, des petits signes polis de la tête :

— Bien… Il va falloir chercher ailleurs. Monsieur Broquevielle, mademoiselle, je vais vous demander de me suivre…

— C'est nous qui allons vous demander de rester un instant, vous tombez à pic : nous avons grand besoin de vous…

Laura n'a pas bougé, pas regardé Libert pour parler, elle ne lève les yeux qu'à la fin de sa réplique, limpide, d'une beauté terrible de meurtrière sûre de

246

sa cause, et le divisionnaire, un instant soufflé, sans respiration, que cette greluche sexy lui conteste l'autorité, il en a maintenant le menton agressif, pétillant de l'œil, on va s'amuser cinq minutes, goûter l'ironie, mesurer son pouvoir, et le chat croquera la souris jolie :

— Et en quoi puis-je vous être utile ? Moi, j'ai juste une affaire de profanation à régler. Aucune importance, ça peut attendre…

— Merci. Il faudrait intervenir auprès de l'ambassade d'Allemagne, que cette demoiselle puisse gagner Berlin de toute urgence. Dans la nuit au maximum…

— Formalité ! Mais raisonnons comme si mademoiselle était libre : au cas où vous ne le sauriez pas, sa carte d'identité suffit à permettre une libre circulation dans les pays membres de l'Union européenne…

Laura acquiesce, bien sûr, bien sûr, mais c'est que, voyez-vous, monsieur le divisionnaire :

— … pour l'instant, elle n'existe pas, elle n'est pas née… Il faudra donc croire sur parole à son identité et la rendre officielle sur des papiers même temporaires… Sinon, même vous, vous ne pouvez pas mettre en garde à vue quelqu'un sans nom…

Libert en est sidéré, lui les bras ballants, Laura les mains dans les poches de manteau, le satin de sa tenue de barmaid luisant dans l'entrebâillement. Il se secoue, ne comprend plus, cette fille magnifique paraît sérieuse dans sa demande cinglée, il bredouille un dernier persiflage et puis basta, hein, le capitaine Coupet l'attend dans l'auto, il embarque les deux profanateurs :

247

— Vous savez quand même que j'ai maintenant des preuves, presque des aveux... Jusque-là, je les gardais en réserve : à leur arrivée au cimetière pour nettoyer les stèles ils n'ont pas demandé où était la croix de Bourgogne, bien à l'écart, ils y sont allés tout droit. Bêtement j'ai cru qu'ils étaient déjà passés et j'ai d'abord suivi la piste Geerbrandt. En arrivant ici je n'avais aucune certitude, mais en ouvrant la porte mademoiselle m'en a donné, elle a implicitement avoué... Et dans ce contexte, avec les pressions politiques sur ma tête, en gros, vous souhaitez que je la mette au monde administrativement, pour ainsi dire, au lieu de la mettre en garde à vue sous le nom de X avec son complice... ?

Avant que Laura ait pu ouvrir la bouche je réponds :

— Rop Claassens a enlevé mademoiselle et l'a maintenue en réclusion pendant presque vingt ans... Mais il a aussi sauvé un petit Raphaël, non ?

Au prénom de son fils, Libert a tiqué, a pris vraiment la gueule du flic. Denis finit à ma place, tout uniment, sans pathos :

— Tu as une dette envers Rop, Bernard. Et envers mademoiselle : pour Rop, l'équilibre du monde reposait sur elle, en elle reposait l'idée d'une paix éternelle. Ce père de raccroc s'est trompé, elle n'y peut rien mais elle peut empêcher sa vraie mère de mourir... Rop a sauvé un enfant et une mère, je sais que tu n'as pas oublié.

Toujours debout au milieu du salon, Bastien et Sonja ont les mains mêlées, écoutent, écoutent, apprécient mal comment se joue la négociation, à l'estomac, au bluff, à la dignité humaine et à la trouille d'enfreindre la loi, de passer au-delà du bien, le mal aujourd'hui on s'en fout. Judith regarde Libert comme si elle attendait le signal de le fusiller.

Laura s'agenouille près d'un fauteuil genre Le Corbusier, cuir noir et chrome, tapote le coussin en regardant le divisionnaire, qu'il vienne s'asseoir. Et Bernard Libert obéit.

Judith a voulu traverser une bonne partie de Berlin à pied. Au bas du Ku'damm j'ai garé la voiture dans une petite rue, et on a remonté l'avenue à pas amples, mesurés, comme pour une petite manif intime devenue peu à peu une parade, et puis un pèlerinage. Des kilomètres jusqu'à la Gedächtnis-kirche, cette église du souvenir, demeurée en ruine après le sac de la ville en 1945, avant d'obliquer à gauche. Pendue à mon bras, les pans de son grand manteau de peau rebroussés par le petit vent gelé, au début de notre marche triomphale, chaque fois qu'elle pouvait elle me tirait au milieu de la chaussée, au moins au-delà des autos stationnées. Les types qui nous frôlaient klaxonnaient, gesti-culaient, Judith redressait la tête, hostile, et faisait son regard d'aigle impérial. Ce qui ne garantit pas l'immortalité, même à moi, nul n'en doute parmi les conducteurs qui ignorent mon prénom. Et cette corrida motorisée où j'avais l'impression de toréer des bêtes d'acier, de les laisser à l'aveugle charger dans notre dos sans savoir si nous pourrions nous écarter à temps, non merci, j'ai passé l'âge des fureurs de vivre.

— Arrête tes gamineries, Judith, on va finir par se faire écharper...

— Cette ville, je veux la sentir sous mes pas, l'arpenter, en prendre la mesure, la fouler et me l'approprier. L'Histoire m'en donne le droit. Je suis chez moi. Et puis n'aie pas peur : aucun Berlinois n'oserait plus écraser une vieille juive en plein jour...! Remarque, si je mourais ici, dernière victime de l'Holocauste, tu aurais le champ libre pour épouser Laura, mon salaud...

La vieille juive avait fière allure, bottée, conquérante, menton levé, son beau visage patiné de chagrins anciens, mais le code de la route se fout des droits historiques. Au moins, certains passants séduits dans l'instant par ses allures cavalières se demandaient comment elle pouvait s'afficher au bras d'un individu anodin, mal rasé et grelottant dans son pardessus marine. À un passage piétonnier, je l'ai forcée à rallier le trottoir de gauche et plus question d'en descendre. Tu m'emmerdes, Judith, avec tes vengeances légitimes par ascendance, tes douleurs arborées et mes infamies familiales que tu tolères juste parce que c'est moi, comme si, de droit, j'avais des indulgences, tous nos héritages pourris tu les portes en bandoulière et ces décorations intimes n'ont plus cours, mais ne fais pas ta victorieuse enfin, lève plutôt les yeux, regarde ces appartements paisibles, respire au passage le parfum de cette élégante, l'odeur sucrée d'une cigarette, la rumeur civilisée d'une capitale cultivée, et écoute les voix anciennes se lever, la cadence des bottes, les fanfares militaires, les *Sieg Heil!* gueulés à s'imprimer dans les façades, les radios vomir les discours du peintre en bâtiment par les fenêtres, le sifflement des balles, le boum des bombes, les immeubles amputés, et le claquement des chenilles des chars soviétiques, l'irruption de l'Armée rouge et l'apocalypse, les femmes qui égorgent leurs filles avec le couteau à légumes avant de se pendre à l'espagnolette de la cuisine, se charcuter les poignets dans la baignoire pour n'être pas violées par des Tatars puant la graisse de yack, et les autres, les employées, les petites demoiselles étudiantes, les veuves de guerre, les mères aux gamins morts dans des uniformes trop grands sur les décombres du Reich, les jolies et les charmantes, les trop cultivées, trop lucides, les sans Dieu, les renégates du nazisme, les pas assez courageuses ou inconscientes, les qui abdiquent pudeur et dignité, bifteck d'abord, disent oui, je veux vivre après la fin du monde et écartent les cuisses, s'il te plaît, *tovarichtch*, j'ai faim, mon lit t'appartient, et font carrière de leurs charmes, même pas belles, mais décidées à survivre, s'arrangent cyniquement pour devenir la pute d'un gradé mieux approvisionné en vodka et patates, tu les entends, Judith, rire d'ivresse et jouir, même pas faire semblant, et vendre leur cul et parfois oublier être si bas et avoir partagé les arrogances du peuple élu pour des millénaires, et pleurer de honte en cachette, d'humiliation, et les petits, vois-les, assis sur les gravats de l'immeuble, sur un bout d'escalier épargné par l'obus, qui ne comprennent pas maman partie, ou qu'elle soit couchée là, la poitrine emportée d'une balle et qu'il y ait tant de sang, ou qu'elle les menace de coups s'ils entrent dans l'unique pièce encore debout pendant qu'elle satisfait un moujik héroïque, et les hommes, les trop vieux et les trop jeunes, les handicapés ou blessés de guerre, ou anciens combattants de 14 et de maintenant, les rares mâles dont la guerre n'a pas voulu, qui baissent leur froc, pactisent, renient leurs morgues aryennes, les pleins de rancœurs, les qui avaient toujours prédit le pire, les lâches, les veules, et les dignes cons, les incapables de renier la barbarie nazie mais qui ne veulent quand même pas crever et serrent les mâchoires et se promettent qu'un jour le Jugement dernier aura lieu ici-bas et reboutonnent leur veste avec beaucoup d'agressivité contenue, tu les vois, Judith, tu les vois, nous sommes parmi eux, parmi ces beaux messieurs et ces belles dames, qui nous frôlent et que nous dépouillons à en faire des écorchés de Francis Bacon, des vivants dont la peau fout le camp au moindre contact et révèle les blessures sourdes, la mort à l'œuvre de génération en génération... Écoute, Judith, gémir ces voix anciennes, regarde s'effondrer les édifices, assiste à la fin cruelle et prétendument juste d'une guerre inhumaine, toutes les fières illusions de la puissance éternelle se sont déployées dans cette ville et leur déception brutale, tout ce qui a été anéanti ici et sur tout ce territoire allemand plein de musique, de théâtre, de belle nature et de bière, écoutes-en l'écho feutré et regardes-en le spectacle au moins autant que tu te souviens de l'histoire des tiens, de ta famille et de ton peuple et des tortures, des crimes subis. *Vae victis*, Judith... L'amour porté à Laura, l'espoir qu'un jour avec elle, je les donnerais sans hésiter pour ta sérénité, pour que toute vendetta possible soit éteinte. Ainsi que Rop Claassens l'a certainement souhaité à cette mi-novembre 1989... Au moins faire comme si...

— Si je demande la main de Laura un jour, c'est que tu m'auras refusé la tienne...

— Tu me proposes le mariage?

— Non.

— Dommage, j'aurais dit oui...

Et nos amours seraient mortes, tu le sais... On a continué d'avancer, sans hâte, au large parmi la foule vivante, devant les petites vitrines de joaillerie, les magasins de bon ton, et quelques nouveaux immeubles de verre, dans l'air limpide de froid, encore contents de se chuchoter notre marivaudage de toujours, qu'il nous permette de faire bonne figure, et puis serrés à parfois avoir du mal à marcher, avoir envie de tomber dans les bras l'un de l'autre et s'autoriser une petite larme, parce qu'on sait bien qu'on fait les farauds pour l'instant mais le petit vent charrie du fantôme. Tous mes crépuscules berlinois, le legs trouble de mes parents, de ma famille, bien sûr que Judith les sent m'obséder de plus en plus, et là-haut, après la porte de Brandebourg, les comptes vont se faire, comme à la Bourse le dernier vendredi soir du mois, actif et passif, et on va voir si on a été à la hauteur, si on réussit à sauver une vie, donc l'humanité de reste, et sinon, si on ne réussit pas à réparer, on ne s'aimera plus, non, on ne pourra plus se regarder. Ainsi, on a obliqué le long du Tiergarten vers la Siegessaüle, cette colonne de la Victoire demeurée au centre d'une ville vaincue et détruite, comme le symbole de la vanité de toute guerre, même inéluctable, même avec les allures du juste châtiment d'un ennemi méchant... Rop a dû chercher à se garer dans le coin, peut-être plus loin dans la rue du 17-Juin qui menait encore à la frontière de l'Est, désormais abolie, parmi les Trabant abandonnées de traviole, portières ouvertes, les clés au contact, offertes à qui veut, comme autrefois ces dames vaincues aux envahisseurs rouges...

Oui, Rop Claassens n'a pu partir pour Berlin que le 11 novembre 1989, deux jours après les premières fissures dans le mur. Dans l'impatience et l'inquiétude de rater le dénouement exemplaire du grand affrontement universel des deux blocs, résolu en un point minuscule du conflit mais décisif à l'échelle planétaire. Désormais, un combattant faisant défaut, la bataille cesse. Il croit à l'âge d'or revenu, au grand soir dissous dans un jour radieux. Toute la journée il a roulé vers le mirage de la réconciliation, de la paix. Même il baisse sa vitre, subit le froid, conduit avec des gants, un bonnet, par toute l'Allemagne, il est le gamin des rares fois avec ses parents, en route pour la mer du Nord, qu'il reniflait dès avant Ostende, il a envie de sentir l'harmonie du monde, sans s'arrêter il se prend en photo dans le rétro, au jugé, sa tête d'insomniaque. Voilà, le visage d'un ressuscité, d'un qui sort de l'enfer et aperçoit la silhouette du Bonheur. Ce jour-là, Rop se persuade que l'empreinte du sujet sur les traits de son visage au moment où il appuie sur le déclencheur en dit autant que les éléments qui composent le cliché, si effroyable ou si angélique qu'il soit. Une prise de vue ne vaut que de la trace qu'elle laisse sur celui qui ressent son impérieuse nécessité.

Au bord de la nuit il arrive dans cette ville de vases communicants, dont se vide la partie Est, pesante de passé pétrifié, lourde de toutes les campagnes immobiles derrière et des secrets, des tracas de la Stasi, des dos courbés et des regards baissés, des trahisons entre amis. Tout se déverse en cataracte, comme un lac de barrage soudain ouvert dans le village Ouest, et étrangement ne le submerge pas, trouve une liberté de mouvement sur ce territoire enclavé, cette peau de chagrin. Il y entre pied au plancher par l'Avus, l'autoroute construite par des prisonniers russes en 1915 où Hitler faisait battre des records de vitesse par Von Brauschitsch sur Auto-Union ou Mercedes. Le souvenir mutilé de ces fastes sportifs lui revient au passage et puis il ne se creuse pas plus la mémoire, l'essentiel est de parvenir à photographier vite l'absence de tirs, les fusils muets, les *Vopos*, les militaires bienveillants, et surtout la non-intervention de l'URSS, Gorbi qui retient ses chars. Saisir l'absence de guerre! Berlin ne sera pas une répétition de l'été 1968 en Tchécoslovaquie! La paix a surpris le mal à la racine, elle fleurit ici d'un coup, et va manger le monde, comme une algue, un lierre, étouffer les conflits en cours, faire tomber les fièvres guerrières. Il a des métaphores bêtes plein le crâne, il voudrait penser le miracle en même temps qu'il le fixe avec son Leica. Oh oui, cette fois, l'exemple est donné aux nations en guerre, les armes ne peuvent désormais plus que se taire ! Sûr, Rop ne cadrera plus les visages ravinés de larmes dans l'objectif, les cadavres, les bourreaux en fête. Nom de Dieu, l'Est et l'Ouest réconciliés ! La guerre froide des blocs est finie. Quarante-huit heures après le *Schicksaltag*, le jour du Destin, date anniversaire de la prise de pouvoir par Hitler, de la nuit de Cristal aussi... Et le jour où a cessé la Grande Guerre ! L'Allemagne se réconcilie avec elle-même et avec l'Europe, le monde auquel elle avait autrefois mis le feu... On n'efface rien de ces incendies, ni des braises qui restent à éteindre là, maintenant, on dépasse juste, on conjure les malédictions, on panse, on cautérise les vieilles brûlures, même avec la certitude que les cicatrices ne disparaîtront jamais. Mais on n'est plus sommé de choisir son camp, tout le monde a le même : ravaler nos orgueils et bricoler un avenir pacifique.

Une fois qu'il a laissé sa voiture, qu'il va vers le mur où sonne la pioche, ses appareils en bandoulière, à contre-courant des *Ossis* qui se ruent à l'Occident, Rop est à l'aube d'une ère nouvelle. Les utopies pacifistes prennent corps enfin ! Pour un peu il irait, bonnet à la main, s'agenouiller au pied du mur, remercier les dieux et donner une accolade fraternelle à qui veut. Dans la journée, il a entendu, sur son autoradio, le violoncelle de Rostropovitch qui a amené Bach, un visiteur sans parti pris, au pied du mur... Parmi ceux qu'il croise sur les chaussées envahies, des jeunes emballés, ou trop affamés de cet Occident rêvé et déjà déçus, des plus anciens qui ont connu avant, ont gardé un goût âcre de liberté en mémoire, pensaient l'Histoire arrêtée et qui ouvrent les bras en pleurant, baisent les mains de ceux qui viennent d'au-delà dans des éclats de rire, la famille perdue de vue, oncle, tante, et retrouvée sur ce bout de trottoir, je t'ai reconnu tout de suite cousin Helmut, ne me dis pas que c'est Helga, elle avait quelques mois en août 1961, Dieu, tout ce temps sans se voir, et les deuils se font au gré des caniveaux, on s'assied sur la bordure, on passe le bras autour d'une épaule et on déplore les rendez-vous manqués, des proches partis trop tôt, le fils tiré comme un lapin en essayant de fuir l'Est, et parfois, les amours trahies, la fiancée restée de l'autre côté de la ligne et recasée avec un *Vopo*, un apparatchik, un membre de la Sécurité d'État... Des enfants prennent peur devant des grands-parents inconnus qui les dévorent de bisous... Rop mitraille presque sans ralentir le pas, un sourire de femme, un regard de type bien mis, les yeux au ciel, inondés de larmes, avec une dame qui lui mord l'épaule pour ne pas hurler, des mains tendues, des courses à travers tout, perdues d'avoir appris le pire, des bouteilles vidées ensemble, les ciga-rettes qui balisent la nuit, des musiciens, des jeunes bien sûr, aussi des installés, des dignes, même il shoote à la volée un violoniste en frac qui joue une pavane comme une valse gaie, et la musique, Rop voudrait qu'elle se grave sur la pellicule et éclate dès qu'un regard contemplera le tirage. Et puis, à *Brandenburger Tor*, le mur lui vient dessus d'un bloc dans la lumière crue des projecteurs fronta-liers, avec les arcs-en-ciel sauvages de ses graffitis et la jeunesse des deux Allemagne, tous les gamins grimpés dessus joyeusement, agrippés aux nuages pour déglinguer cet horizon de béton à coups de rigolades, d'insouciances et de tout ce qui tombe sous la main. Rop mitraille. Il tire aussi le portrait des uniformes alignés là-haut qui regardent ailleurs et fument, calot incliné sur l'oreille, au bord d'un avenir désormais sans apparat, ils le craignent confusément. Demain, au mieux, ils embrasseront la belle carrière de cantonnier, de pompiste, mais n'imaginent pas encore leurs nouvelles livrées de parade, salopette et bleu de travail. Ils font un pas de recul quand le souffle poudreux de la démolition ternit leurs croquenots cirés miroir. Rop mitraille. On le hisse sur le faîte du mur, une fille coiffée en orage blond, pantalon de treillis et débardeur orange malgré la griffure du froid, de la poussière plein le sourire, barre à mine au poing. Un moment il reste avec elle, debout et fier comme un alpiniste qui vient de vaincre un sommet, il photographie les visages levés vers lui à l'Ouest, les mains levées, les couples qui s'embrassent, ceux qui dansent en silence. Et puis il s'aperçoit qu'il a passé le bras aux épaules de la fille, se tourne vers elle, la joie simple de ses yeux et ses lèvres poivrées d'éclats de pierre. Avant qu'il saute derrière, elle exécute une sorte de rondade, d'un équilibre parfait, sur l'arête du mur, attrape un caillou au passage, un bout de honte solidifiée, de la couleur de son débardeur, qu'elle tend à Rop *als Souvenir*. Lui s'incline, tout séduit, *Sind Sie, euh, eine Zirkuskünstlerin… ?*, il demande ça, mal, si elle est artiste de cirque, il pense que c'est le mot, *Zirkuskünstlerin*, et elle est si souple, elle lui murmure bien au fond des yeux, maintenant je suis enfin un être humain, *jetzt, endlich, ein Mensch*, et

Rop entend les mots, tout bête d'émoi, met le fragment de mur dans sa poche, demande, pour rester encore un peu, où est le Berliner de Brecht, la fille montre là-bas, *geradeaus und erste links*, il écoute à peine, prend un dernier cliché de la funambule du mur, avant d'enfiler, à pas mesurés, sans hâte, pour tenir le cap, s'infliger la solitude, ne pas revenir en arrière, avant de prendre *Unter den Linden*. Ensuite, première à gauche…

Après, Rop Claassens s'enfonce dans autrefois, dans le temps sidéré de Berlin-Est. Il entre dans un livre ouvert longtemps avant les grands incendies et jamais refermé. Tout paraît s'être arrêté ici depuis plus de cinquante ans et les immeubles, le pavé, cette échoppe de savetier là-bas, coincée sous le pont de voie ferrée, la gare noire, les portes, les fenêtres, les lampadaires ont vieilli sans vivre. L'écorce de la ville fout le camp par pans entiers, les maisons n'ont plus de peau sur les os et leur squelette gris, impudique, perce le suaire sale du glacis à tous les pignons. Vu de loin, l'hôtel Adlon étale des fastes fanés, avec un chasseur en souliers éculés et redingote douteuse. Presque on attendrait la sortie de Brigitte Helm en robe de satin blanc ou Leni Riefenstahl splendide et en mauvaise compagnie nazie. Ici la nuit suinte autant de la ville qu'elle ne vient d'en haut et même les étoiles sont rares. Rop songe qu'on a laissé exprès les lieux, le territoire, en l'état, que chacun garde bien en mémoire pour quoi l'Armée rouge s'est battue, que ce sol en l'état original soit le témoin de l'extraordinaire expansion voulue à travers le monde entier par le Führer et ces putains d'Allemands, et ratée. Qu'ils se souviennent toujours qu'ils ont été nazis et ne sont plus rien, merde! Les communistes ont dû raisonner ainsi. Par une rue noire qui fait le dos rond entre des trottoirs aux bordures édentées, il vire à gauche vers la Spree. Le peu de gens qu'il rencontre va en sens inverse, ils ont les yeux brûlants et la démarche vive, parlent plus fort que l'obscurité, mais déjà le quartier est vide. Rop mitraille, calme, sans flash, en récupérant tout ce qu'il peut de lumière, comme, perdu dans le désert, on recueille à l'aube la moindre goutte de rosée. Ainsi, porté par les cahots du pavé, il traverse le fleuve et c'est là, devant lui... Le *Berliner Ensemble am Schiffbauerdamm*, la maison de Bertolt Brecht. Chassé des États-Unis par le maccarthysme il a pris ce vieux théâtre et n'a pas, Dieu merci, connu le mur. Mais sa femme, Helene Weigel, oui, elle a vécu en coulisses de ce petit rideau de fer pendant dix ans où elle a cru ou fait mine de croire qu'elle était libre de créer, là, devant une réserve inaccessible de compatriotes, devant les barbelés d'un camp immense. Il est mort en 1956, elle en 1971. Encore en vie ils arpenteraient ce soir le faîte du mur, lâcheraient des colombes, pareilles à celle qui vole en silence sur l'autre rideau, celui de leur scène... Possible... Rop pense aussi qu'ils seraient peut-être terrifiés, comme les petites gens âgées, de devoir se frotter au monde capitaliste, de voir les horloges se remettre en marche, et puis il s'en fout, on vient ici, de l'autre côté, quand on veut désormais, et il sort de l'ombre vers le théâtre illuminé, ce château au donjon carré surmonté d'un cercle de néon rouge, aussi clinquant qu'une enseigne de métro ou une réclame de bière, et *Berliner Ensemble* en blanc au centre. Entre les fenêtres romanes du rez-de-chaussée, les affiches de la saison sont éclairées comme des tableaux sur leurs cimaises. Une église aussi, un sanctuaire, avec l'espèce de tympan, le parvis en colonnade, ce bazar mythique y ressemble. Pour le coup, Rop éprouve des émois de touriste cultivé. Le lieu légendaire, l'instant historique, cette vitrine de la RDA offerte au monde juste à l'instant où elle se fissure, si seulement son objectif pouvait saisir en même temps que l'extraordinaire de l'événement la température coupante, les odeurs moches de la ville, et la rumeur de l'évasion d'un peuple sur son propre territoire perdu, oui, il aurait sa part de l'avènement de la paix, comme un Roi mage d'aujourd'hui armé d'un Leica. Déjà son fragment de mur lui gratte la cuisse à travers sa poche, maintenant il veut capturer ce qui reste de vie mondaine à l'Est, la nomenklatura pourrissante, ce qui va bientôt disparaître, au moins être bouleversé dans sa hiérarchie avant d'agoniser vite... Il doit bien y avoir des spectateurs à l'intérieur, dans la salle archiconnue, à l'italienne, velours rouge et stuc doré, avec les cariatides aux bras tendus du premier balcon, des gens dont il pourra surprendre la sérénité ou l'inquiétude, au sortir d'un spectacle à l'instant où ils vont replonger dans le monde qui va son train et qu'ils ne maîtrisent plus... D'ailleurs, on donne quoi, ce soir...? Il s'approche de la porte à tambour, prêt à aller demander le titre de la pièce et à quelle heure se termine la représentation, avise un présentoir avec des prospectus, ça parle d'exercices pour comédiens, du 8 novembre à aujourd'hui, à partir de *Mutter Courage und ihre Kinder,* incluant un fac-similé du vieux programme de 1954 où le rôle-titre est tenu par Helene Weigel, et des passages d'une lettre visionnaire de Brecht au président du Parlement de Bonn, datée du 2 juillet 1956, un mois avant sa mort, «... il existe des possibilités pacifiques de réaliser la réunification»... Rop prend un exemplaire, bon, le vieux maître est toujours resté lucide, mais le moment est venu d'entrer voir ces gens qui préfèrent jouer l'Histoire que de la vivre. Il pose la main sur la barre de cuivre et là, debout dans le quart de cercle vitré qu'elle n'a pas la force de faire avancer jusqu'à l'ouverture sur la rue, une petite Gretchen à boucles blondes, un modèle de petite fille modèle, deux ans au pire, en parka rose betterave. Elle n'a plus de larmes, ses joues ont gardé le sel de son gros chagrin et elle sourit à Rop, ses yeux vairons tout éclairés, dès qu'elle aperçoit sa figure usée de fatigue, sa dégaine de campeur perdu et ses yeux d'émerveillé. Il lève son appareil, photographie la petite, en même temps que son propre reflet dans la vitre. Et la petite Sonja Denkel rit tandis qu'il manœuvre le lourd tambour.

Oui, ce soir-là, à bien imaginer, reconstruire le fil des choses tel que ses clichés le permettent, et ma mémoire de petit lycéen en voyage linguistique, Rop a reçu dans ses bras la paix tout juste née, brute. L'enfant lui était destinée, un cadeau prouvant l'harmonie du monde rétablie, la grande fraternité retrouvée, comme son débris de mur au fond de sa poche, et il les a emportés, l'une et l'autre, pour en prendre soin, sans examiner plus avant ni réaliser son crime. Au moins dans les heures, les quelques jours immédiats… Ensuite, le mois d'après, quand il apprend Timišoara, le charnier manipulé en Roumanie, plus de mille morts mis en scène par ses confrères de la presse occidentale, tout ce qu'on installe de faux-semblants afin que le public ait son doux et sordide frémissement au spectacle lointain d'une barbarie artistique, que le cycle des vengeances réelles se poursuive, que la violence et la guerre ne connaissent pas de fin, il s'est recroquevillé, il a construit sa carapace, sa propre rédemption, et tenté de vérifier qu'il n'existe pas de bonne nature humaine, sans cesse, quitte à tricher, à bricoler l'événement, à fabriquer ses charniers de quartier, et à cloîtrer Sonja. Ainsi il corroborait bien son pessimisme profond, sa certitude d'un homme d'autant plus contaminé de mal, plus pernicieux et irrécupérable, qu'il l'avait cru durant quelques jours de novembre 1989, deux siècles après la Bastille, naturellement et désormais, au moins une poignée d'années, bon, racheté.

Et nous aujourd'hui, on parvient aux abords de la *Brandenburger Tor*, dans cette ville aux mains ouvertes, reconstruite de matières qui n'imposent aucune limite, aucune borne, qui ne mentiront plus, la nouvelle gare centrale, là plus loin, en verre, le dôme du Reichstag, sous nos yeux, restauré aussi en verre… Un courant d'air intimidant, un souffle engouffré sous les jambages monumentaux de la porte, couvre comme un grand linge transparent le Mémorial de l'Holocauste, ce vaste champ de pierres dressées, de stèles aux formes simples, de dimensions multiples, ce peuple pétrifié, ces blocs debout, seuls, par couples, en familles, des petits, des minces, des trapus, des élancés, dont on comprend que chacun enferme un cœur supplicié. Judith s'est arrêtée devant, une main sur les lèvres, et on dirait qu'elle reconnaît des êtres dont elle a autrefois prononcé les noms dans l'intimité. Elle a le même regard tendre et inquiet sur son appartement presque désert et ses trois meubles désolés comme des tombes bancales.

Sonja est là, au bord, venue au rendez-vous. En mauvais manteau gris, cache-nez bon marché, toute sa blondeur bousculée de vent, son regard vairon en panique. Mais elle nous attend, la fille sans identité et avec trente-six noms, Juliette, Eva, Sonja Denkel, la petite aux yeux vairons, ma clandestine du Dominus, ma laveuse de carreaux. Laura, bottée, blouson aviateur noir, sentinelle, duègne intraitable, autre ancienne captive, est deux pas plus loin, qu'il faut bien franchir pour l'embrasser, sentir sa chair de poule, son trac, et affronter son regard de Méduse.

Et on échange des banalités alors que chacun sait l'urgence, des politesses imbéciles, on a tous la trouille, rien d'autre, de ce qui va survenir ici, à la minute, qu'on masque en politesses hors de propos, Libert a été charmant, l'ambassade d'Allemagne très serviable, d'ailleurs Sonja a rendez-vous dans une administration ici à Berlin pour régulariser, non, Bastien n'a pas pu venir, il est l'otage de Libert, oui, le vol Roissy-Tegel était parfait, temps dégagé, arrivée *on time*, du bla-bla, surtout pas de silence, malgré Judith presque aussi interdite que Sonja, même pas sa façon habituelle de toiser Laura, la regarder comme une demi-mondaine, faire semblant de la haïr, mettre en scène des relations de rivales amoureuses... Sonja a sorti de sa poche un morceau de béton gris, avec une face lisse barbouillée d'orange, nous le présente sur sa paume ouverte. Elle a une voix d'aparté, un chuchotis angélique :

— Il paraît que ces plaques de béton...

Elle a un signe du menton vers le Mémorial :

— ... sont traitées antitags... Pas comme le cimetière de Notre-Dame-de-Lorette... Ni ça... Maintenant, il faut me dire l'histoire de ce caillou parce que je crois bien que c'est la mienne...

— C'est Rop qui te l'a donné…?

Bien sûr. Rop plaisantait qu'elle était née de cette pierre. Je lui tends à mon tour le vieux prospectus de novembre 1989, retravaillé au scanner et à l'ordi par Rop, où mère Courage est interprétée par Helene Denkel, pas Weigel…

— Ta vie, tes origines tiennent aussi dans ce bout de papier… Tu le connais sans l'avoir ouvert… Il était encadré au-dessus de ton bureau…

— Alors vous allez enfin me dire vraiment d'où je viens… Vous ou monsieur…

Elle regarde au-delà de nous. On se retourne, un homme est là, sans âge, gris, comme frotté de cendre, crâne rasé et malingre dans une sorte de vieux smoking torturé de froid et des tennis, des sortes de tennis-reliques usées à la corde. Il a une rose rouge en papier à la boutonnière. Le signe de ralliement convenu par téléphone. On devrait être soulagés, surpris des apparences mais conscients de toucher au but. Or, par ses mots, les phrases d'allemand au ton crépusculaire, les échappées en français à peu près, Nathan Hirschfeld, notre honorable correspondant à Berlin, nous renvoie à nos effarements. D'autant qu'il est seul, Helene Denkel ne l'accompagne pas, comme espéré. Il n'a pas hésité une seconde, a pris les joues de Sonja dans ses mains frêles, approche son visage et répète son prénom en litanie, bas, puis l'attire à lui, la serre, embrasse ses cheveux, Sonja, *die kleine Sonja*, et elle se laisse faire jusqu'à ce qu'il voie le programme à mon poing, la lâche, presque brutalement :

— *Darf ich…?* Qu'est-ce qui est là-dessus…?

Et il ouvre la main, simplement, sans autre geste,

comme inquiet de tomber s'il bouge davantage. Moi je me contente de lever mes feuillets et de pointer le doigt sur la distribution modifiée. Il hoche la tête, un frémissement aux lèvres, la ride encore plus creusée, cadavérique d'un coup, et fait demi-tour vers la porte monumentale :

— *Mutter Courage… Genau…* Qui l'a fait, a fait cette copie…? C'est toi, Sonja…? Non…? *Sprichst Du deutsch? Ein wenig? Nicht heute…* Alors venir avec moi… *Kommen Sie mit… Wir haben Zeit,* on a le temps… *Helene wartet,* nous attend, après… D'abord l'histoire, je vais raconter… Mais c'est mieux là-bas…

La réponse est inutile, il marche déjà, ses membres aux quatre vents, à croire qu'il va les perdre et s'en foutre, les abandonner comme on se déshabille à la hâte avant l'amour. On le suit, en désordre, avec les écarts du sentiment, et les craintes que son désarroi nous inspire, d'abord Sonja à ses basques, pleine de questions à quoi il ne prête pas attention, l'hôpital, on va à l'hôpital…? Il la calme de la main et poursuit sa traversée de l'ancienne frontière, en oblique, sous la Porte, avec un long lamento tout bas qui ne s'adresse à personne. Plus loin, au petit trot, Judith tendue, la tragédie elle la renifle à des riens, elle qui parle très bien allemand quand il faut sans vouloir l'avouer ni pratiquer, l'autre jour au téléphone elle nous a épatés. Elle écoute le soliloque douloureux de Nathan. Laura est sur mes talons, en désinvolte, avec de brefs coups d'œil vers moi, et des envies de glisser son bras sous le mien, venir se rassurer à moi qui ai déjà compris qu'on mettait nos pas dans ceux de Rop, on peut les imaginer, et nous voici dans l'ex-RDA, méconnaissable, parée, fardée, partout des boutiques à ne pas regarder les prix, joaillerie, vêtements de luxe, bagages, parfums, haute couture, et sur les trottoirs, sortant de limousines, les dames concernées par la profusion, les favorites des nouveaux Russes, des nouveaux Hongrois, Bulgares, Roumains, les maîtresses bagousées des oligarques, des nouveaux profiteurs de guerre... Rop aurait pensé ainsi, content que ces femmes à tomber raide ne soient que des vampires et des pouffes. Nathan nous conduit au Berliner dans leur parfum d'ivresses, par des avenues sans défauts, harmonieuses, des rues pacifiques, à bonheur, au passé apparemment effacé, et d'autant plus hantées... De qui sont-elles aujourd'hui la patrie, qui aurait le cœur de les défendre, de se sacrifier pour elles...?

Et voilà le théâtre *am Schiffbauerdamm*, la porte à tambour où Nathan va se poster et commence à parler. Là, rien n'a changé des époques où je venais, culotte courte et liberté me voici, avec l'association France-RDA constater de visu la splendeur du secteur soviétique et la bonne santé du communisme. Ah si, les arbres plantés par la réunification sont maigrichons, fragiles... Possible que le reste, derrière les façades, le soit aussi. Nathan parle allemand maintenant, pardon, tu comprendre, *Sonja, non, aber, das ist unmöglich, etwas schreckliches auf französisch zu sagen,* il a commencé à se torturer les lèvres d'insultes contre lui-même, désespéré de ne pas pouvoir raconter en français, Judith l'a laissé filer quelques phrases sans piper, et puis elle lui a posé la main sur les lèvres, qu'il en est demeuré un instant écarquillé, court de souffle, *jetzt, Nathan, will ich ubersetzen,* et elle traduit, lui touche le bras, parfois, qu'il lui laisse un peu de temps pour mémoriser, ordonner, que rien n'échappe. Il tâche de contenir l'émotion, de rester juste un récitant efficace en costume de raccroc, un appariteur bon marché qui fait l'article pour un cortège funèbre à l'entrée d'un cimetière de seconde zone :

— ... Helene Denkel est née comme moi à Grenzhagen, un bourg de RDA où le train ne passe même pas, à une quarantaine de kilomètres de Berlin, en 1970. On ne se connaissait pas, seulement de loin, sans jamais s'être adressé la parole. Je l'ai vue avec la section de gymnastique sur les estrades de nos fêtes scolaires. La première fois qu'elle a montré un exercice aux barres asymétriques, elle devait avoir dix-douze ans, moi deux de plus, et quand elle a effectué sa sortie, qu'elle a levé les bras après un salto, elle est retombée juste en face de moi et elle m'a souri. Le soir même, j'ai dit à ma mère que j'avais rencontré ma future épouse. Elle ne s'est pas moquée, juste fait oui, très bien, de la tête. Puisque c'était d'accord, le lendemain, j'ai attendu Helene à la sortie de l'école et je lui ai dit mon nom, mon adresse et mon amour définitif. Bon, elle a dit, moi j'habite au 15, Pfarrstrasse et je t'aimerai si tu es bon au saut de cheval ! Va pour l'épreuve physique, pareil que dans les romans de chevalerie, justement, Lancelot et Guenièvre, le roi Arthur, je devais conquérir ma dame de cœur par mes exploits ! Je me suis inscrit à la section de gymnastique, j'ai essayé de mériter Helene, mais je n'avais pas les muscles, pas le don pour le cheval, donc pour l'amour... Je voulais faire du théâtre, jouer au *Deutsches Theater*... Chaque jour on faisait le trajet jusqu'à l'école ensemble, elle ne parlait que de poutre, de grand écart, d'assouplissement et de mes maladresses à tous les agrès... Helene s'est moquée de moi tout un printemps... À cet âge d'or de la RDA, dans ces clubs sportifs, des entraîneurs nationaux, parfois aidés de conseillers soviétiques, venaient dénicher des talents. Helene a été repérée à l'été... On l'a emmenée dans un centre, une pépinière où on s'occuperait de ses études et de ses performances, jour et nuit... Depuis ce moment je l'ai attendue... Parfois elle revenait chez ses parents... Vous pensez bien qu'elle n'avait pas une seconde à gâcher avec un péquenot de Grenzhagen... J'avais de ses nouvelles par la télé et les journaux... Toujours plus près de l'équipe nationale... Moi, après mon baccalauréat, je suis venu étudier l'art dramatique ici, à Berlin, et j'ai loué une pièce, cuisine, salle de bains, living, à l'entrée de la Französischestrasse, sous les toits... J'y habite encore, mais aujourd'hui tout l'étage m'appartient, rénové... Vous verrez, c'est à un jet de pierre, à portée de sanglot... Helene nous y attend...

N'importe qui, à nous voir, croirait un groupe de touristes et leur guide particulier. Il dit Berlin, les grandes heures de l'Est et des souvenirs désormais folkloriques, propres à l'attendrissement. Mais de plus près, n'importe qui sentirait trembler les murailles cyclopéennes du vieux théâtre au récit de Nathan, dans l'écho français de ses mots qui disent Helene Denkel, la voix rouillée de Judith, nos cœurs résonnent par les rues en bel uniforme

neuf, comme des tambours à la parade, et le fier
passé démocratique revient, son putain de sourire
de camelot sur sa gueule de gigolo...

Helene nous attend depuis ce jour où je travaillais
un rôle, seul chez moi... «Je n'ai jamais de soupçons. Un soupçon, c'est ni plus ni moins qu'une
certitude...» Ce personnage de SA dans *La croix
blanche* de Brecht, il me résiste. Il doit sentir que je
suis juif. Comment montrer un salaud ordinaire,
un revanchard dont toute la virilité tient dans la
tige de ses bottes ? J'arpente militairement mes
deux pièces en capharnaüm, les mains dans le dos,
menton féroce, je m'arrête, hop les mains sur le
sexe, jambes serrées, digne et belliqueux, façon
Führer, je toise, je méprise, race supérieure, et puis
je me cure une dent du bout de l'ongle, mal élevé,
répugnant. Oui, il commence à se dessiner mon SA
à double personnalité, venu du peuple et arriviste
cruel... Theo de son prénom, un dieu en devenir
donc...

Sauf qu'il fait des chaleurs à mon dernier étage,
et impossible de remettre le travail du rôle, mon
concours d'admission comme élève comédien est
dans une semaine, session juin 87, et qu'à faire
le pourri à grands pas, mon froc qui me frotte

l'entrejambe, j'ai les couilles en feu! Après tout, si
je répète à poil sous mon propre toit, ça me regarde,
et peut-être dans cet état je trouverai le côté bestial
de ce SA. Aussitôt dit... Je m'asperge à mon évier,
et je reprends mes manœuvres. Bien près de ce
type qui vient dans la cuisine de grands bourgeois
voir sa copine femme de chambre, en l'absence des
maîtres, et ne se sent pas à la hauteur du décor,
alors faut qu'il compense, et cet ouvrier de passage,
Lincke, le frère de la cuisinière, tiens, je vais t'hu-
milier, mon petit rien du tout, mon nullard, mon
traître au national-socialisme, lui foutre la pétoche.
Et toi ma petite, t'es jamais qu'une bonniche, ça
peut te foutre si je ratisse ton compte de caisse
d'épargne pour me payer des bottes... C'est quoi
cette sonnette, tes patrons qui rentrent? Non? Alors
ton amant, l'ouvrier Lincke, qui me croit parti...?
Laisse, je vais l'accueillir en personne...!

Trois enjambées, j'ouvre ma porte à l'arracher de
ses gonds, arrogant et teigneux, bien dans l'humeur
du SA jaloux :

— Alors, collègue, tu reviens pour baiser ma
femme...?

Et je reviens à la réalité, finie la comédie, nu
devant une jeune fille blonde, coupée court, que
des petites mèches rebiquent sur son front, en petite
robe orange, effarée, toute raide de surprise, qui
en laisse glisser de son épaule une vaste besace...
Helene!

— Helene, non...!

Je la rattrape par le bras comme elle se jette déjà
dans l'escalier, son sac je m'en sers comme cache-
sexe, pardon Helene, je travaillais mon rôle, un SA,

en 1933 au moment de Hitler, tu sais comme ils étaient… Entre, entre, je m'habille…

Elle obéit, se laisse mener à mon canapé-lit, toujours muette et perdue, reste debout… Trois secondes, dos tourné j'enfile un pantalon, un pas propre, puant la sueur de tout à l'heure, un maillot douteux, sans arrêt à regarder derrière moi, qu'elle ne se sauve pas. Et je suis de nouveau Nathan, sa circoncision, ses petits muscles, noir de poil, sa barbe courte, son cœur au bord des dents. Mais je n'ai pas encore repris mes esprits du tout. Juste retrouvé ma silhouette en virgule et mon train de vie d'apprenti comédien au garde-manger vide :

— J'ai de la bière, du Vita Cola, du café Rondo, des Juwel si tu fumes, et je crois qu'il me reste une pomme… Tu en veux… ?

Elle respire un grand coup, toute menue, fragile :

— Moi, j'ai un bébé dans le ventre… Tu en veux… ?

Comme ça, tout à trac, les lèvres à deux doigts du sanglot, une orpheline de mélo, une victime de toutes les injustices comme chez Horváth, le dramaturge. Moi je la prends dans mes bras. Son visage s'adapte exactement au creux de mon épaule, elle sent le chaud de la rue et une peur acide, on croirait qu'on va jouer la mort des amants, Roméo et Juliette. Et c'est la première fois de tendresse, je ne me demande même pas pourquoi elle est venue à moi, elle qui m'avait oublié, ni ce qu'est cet enfant :

— Mais, je ne suis pas son père…

Elle n'est plus la gamine aux gambades de chez nous, celle qui vibrait de plaisir à me raconter un dixième de point gagné dans les exercices au sol ou à la poutre. L'affamée de médailles a disparu. La fille qui s'assied inconfortable dans mon canapé tout gonflé parce que je l'ai replié avec mes draps en désordre, cette fille, c'est Jenny, la fiancée des corsaires dans le *Dreigroschenoper*, ou la Lulu de Wedekind... Comprenez : elle est toutes les jeunes femmes cyniques en même temps, les bafouées, les revenues de tout, et elle n'a pas dix-huit ans. Elle ne pèse rien et ses yeux sont durs :

— Il n'en a pas parce qu'il ne devait pas vivre... Mon avortement était programmé pour aujourd'hui et je me suis enfuie du Centre hier... Parce que je vais le mettre au monde, mon bébé...

Moi je ne comprends rien, d'abord Helene enceinte et puis pas de père, refuser d'avorter au Centre d'entraînement des gymnastes, accoucher... Accoucher !

— Où, quand ?

— Ici... Je ne connais que toi qui sois capable de me rendre ce service.

— Et pourquoi pas chez le père ? Ah oui, pardon, il n'y en a pas. Tout de même, il a bien fallu...

— M'inséminer ? Oui, exactement, comme les vaches de nos fermes à Grenzhagen... Sans me prévenir, à l'occasion d'examens médicaux de routine, avec le sperme d'un athlète, je ne sais pas qui, n'importe lequel de ceux qui s'entraînent au Centre... On y passe toutes à l'engrossage d'État, toutes celles, les gymnastes, les filles des courses d'endurance, qui ont une chance l'an prochain aux JO de Séoul...

À quoi croire désormais ? Elle ressemble à une des femmes de mauvaise vie des pièces bourgeoises, en chair de poule, mon Helene, mon vieil amour à qui je ne songe même pas à redire mes sentiments. Elle est trop en retrait, honteuse d'être traitée comme une bête. Aussi, maintenant elle est bien plus nue que moi tout à l'heure. Et cette insupportable fragilité de la victime, je ne la vois pas à ce moment. Tout ce que je peux c'est nier les évidences dérangeantes :

— Mais… Une grossesse, tes performances en souffrent, non… ?

— Ma ventilation pulmonaire est multipliée par deux, mon cœur augmente l'hémoglobine dans mes fibres musculaires et je secrète plus de progestérone qui me donne davantage de souplesse musculaire et articulaire… C'est du dopage naturel et indétectable. Et l'an prochain, après un second petit tour de manège, insémination, avortement, quelques injections de vitamine à formule secrète, je monte sur le podium du concours général de Séoul, puis j'entre au parti et je deviens une dignitaire, responsable de la formation sportive, ou mariée à un ancien champion d'haltérophilie, ancien dopé, haut placé dans la hiérarchie du parti…

Moi, je n'en reviens pas. Pourtant, je sais parfaitement de quoi sont capables nos dirigeants, Honecker et les autres, pour démontrer la supériorité du socialisme soviétique dans tous les domaines, y compris dans celui du sport, là où la victoire pacifique est célébrée partout et justifie le régime politique. Comme beaucoup je m'aveugle pour vivre à peu près avec bonne conscience. Je m'arrange des réalités insupportables. Est-ce qu'il en allait de même pour les jeunes gens, juste avant guerre, au moment où Dachau était déjà un camp politique, ceux qui passaient devant les barbelés et les miradors pour aller au moulin de ce village? Comme mon grand-oncle, est-ce qu'ils refusaient l'évidence d'une barbarie en marche…? Les soupçons et les certitudes de mon Theo, le SA à la croix blanche… Et s'il suffisait de dire non, comme l'ouvrier Lincke, pour que le système se grippe :

— Quand même, si tu veux garder l'enfant, c'est ton droit inaliénable de femme. Qui t'en empêchera…?

Elle a juste levé son regard et le jour est venu dedans. Elle en avait de la vérité sur tout le visage, le cheveu bien franc, la lèvre inspirant la confiance, comme dans une scène du théâtre de Paul Claudel, où personne ne mentirait à Dieu… Ou bien elle était seulement cynique et foutûment belle, rien d'autre. Elle a dit :

— Moi, parce que je suis censée réfléchir aux conséquences de mes actes… La Stasi sera dès demain à Grenzhagen, chez ma mère, chez son employeur. On va faire pression sur elle, lui demander où je suis, menacer de la licencier de son poste d'aide-comptable… Elle ne sera plus sur les listes d'achat possible d'une nouvelle voiture, elle subira des tracasseries administratives… Et moi je ne veux rien mesurer de tout ce chantage, sinon je serai aussi faible que les autres, je me soumettrai… Or je revendique ma liberté au nom de toutes les filles qu'on a traitées en animaux de concours… Je suis venue à toi pour ne pas renoncer, ne pas céder, que tu me séquestres pendant les six mois à venir, que tu m'obliges à avoir cet enfant! Je ne veux plus avoir de part dans ma déchéance, être la victime qui justifie le bourreau, même si cette part seule peut me sauver... Maintenant la décision t'appartient : si tu me renvoies, tu ne cours aucun danger, je retourne au Centre sans jamais mentionner ton nom et tu me reverras dans les pages sportives des journaux. Si tu me permets de rester, tu vas vivre en criminel, tu devras t'occuper d'une prisonnière dont personne ne doit soupçonner la présence, tu devras me nourrir, acheter double ration, m'habiller, mais sans éveiller l'attention, la Stasi est partout, donc conserver le même comportement qu'avant, ne rien changer à tes habitudes, mais ne plus inviter personne ici, et te procurer, un peu à la fois, les choses nécessaires à l'accouchement...

— Pour quoi faire ? À la clinique...

— Une clinique, un hôpital, je serais identifiée tout de suite et le bébé éliminé. Il viendra au monde ici, dans ce canapé. Et tu vas m'aider à accoucher, toi, Nathan !

Vingt ans, des ambitions d'artiste dans un pays qui méprise l'art sauf officiel, pas le tempérament d'un héros, juste la trouille de l'administration, de la police qui ne peut manquer de nous écraser sous peu... J'étais à la fois mortifié et fier d'être choisi comme sauveur, surtout mortifié, et, merde, jaloux :

— Je ne suis pas médecin, il y a deux vies en jeu...

Là, je devrais me taire mais non, je lui sors des mesquineries, qu'elle s'en aille...

— Et puis pourquoi je ferais ça, prendre tous ces risques de ruiner ma carrière au prétexte que tu fous en l'air la tienne pour avoir un gosse de je ne sais pas qui, toi non plus, d'ailleurs ?

— Parce que tu m'aimes, Nathan. Je le sais depuis que je t'ai souri du haut de l'estrade après ma sortie de barres en salto... Je l'ai su une seconde avant toi...! Alors pas la peine de me le dire ni d'attendre une déclaration de ma part, ni qu'on couche ensemble...

Je peux quand même lui prendre la main, et lui embrasser la paume. Éviter de lui demander de m'aimer, j'ai compris, c'est bon, elle m'exploite. Tant pis. Ces mois de vie côte à côte j'aurai eu au moins ça d'amour.

— Bien sûr tu peux rester, Helene, je me débrouillerai...

On est là, à se tenir les mains dans mon petit appartement surchauffé, tout en bordel comme mes intérieurs sentimentaux, avec même pas de quoi dîner ce soir, à respirer profond pour ne pas pleurer et on est foutus. Chacun de nous deux en est persuadé : on ne tiendra pas six mois.

On a tenu. Je suis entré comme stagiaire comédien au Deutsches Theater fin août. Et j'ai bâti la vie avec Helene comme une suite de scènes où nous composions un rôle dont je savais qu'il basculerait un jour ou l'autre dans la réalité socialiste... Et que le choc serait rude.

L'accouchement, j'ai prétexté devoir jouer un obstétricien et je suis allé dans un dispensaire de quartier, assister à des naissances, me faire expliquer les gestes... Et piquer quelques bricoles indispensables... On répétait tout ensemble... La respiration, je lui ai appris celle de la déclamation, à se servir d'inspirations basses, de son ventre pour que le bébé vienne sans douleur. Elle débitait sur un seul souffle des tirades de Schiller le rebelle que je beuglais en même temps afin de couvrir sa voix. Ainsi, d'après mon avis, les voisins ne soupçonnaient pas sa présence... En même temps je prévoyais ce qu'il te faudrait Sonja... J'ai acheté ce que je pouvais de vêtements pour nouveau-nés. J'en ai cousu d'autres avec Helene sur une machine Veritas empruntée à une couturière du Berliner et j'ai volé des fripes de scène au magasin de costumes du théâtre. Trop grandes évidemment. Ceux qui me voyaient avec des petits chaussons tricotés, une grenouillère, j'avais toujours un prétexte scénique à leur servir, *Le cercle de craie*, un vaudeville... À la cantine je récupérais le pain, un bout de saucisse, pour le chien d'un ami, du lait pour le chat d'un autre ami... Il fallait qu'elle vive, qu'elle trouve les forces de faire grandir en elle une autre petite vie et pourtant qu'elle n'existe pas, qu'elle ne fasse aucun bruit, soit invisible, que nul ne sente son odeur...

Avouer la tentation du bourreau n'est pas simple pour un Allemand mais je le dis aujourd'hui : j'aurais voulu que cette grossesse dure toujours. Helene était à ma merci totale et je prenais plaisir à cette soumission forcée, d'autant plus jouissive que les contraintes n'avaient rien de violent en apparence et ne venaient pas de moi. Je ne la battais ni n'abusais d'elle, simplement elle mangeait quand je mangeais, se lavait quand j'étais là, utilisait les toilettes avec des précautions de Sioux, se déplaçait sur le parquet sonore dans mes traces, faisait provision d'eau du robinet avant mon départ, de quelque chose à grignoter et se retirait avec un livre, qu'au début elle ne lisait pas, sur mon canapé défoncé. Elle y était comme un personnage des romans de Karl May, sur une île dont je la délivrais à mon retour… Parfois tard, quand j'avais une petite figuration ou l'obligation d'assister à une pièce… Elle supportait ces rituels quotidiens blessants, impudiques, ces habitudes de Goulag, d'abord avec des façons altières, de duchesse en exil. Pas besoin de parler quand elle procédait à ses ablutions dans mon coin toilette. J'avais installé un rideau de fortune, un vieux drap sur une ficelle qu'elle manœuvrait pour préserver son intimité. Oh, elle ne quémandait rien, juste un regard et je n'avais qu'à comprendre, me tourner et attendre le nez à ma fenêtre qu'elle dise, c'est bon, j'ai fini…

Et puis peu à peu, avec l'embonpoint qui venait, elle a oublié ma présence, négligé de tirer le drap, et c'était pire, plus mortifiant, parce que je ne comptais pas, elle agissait comme si elle était seule, se mettait nue avant de dormir, passait un T-shirt, pas un regard, à peine bonsoir, Nathan, chuchoté. Après elle se glissait dans le canapé pendant que je m'arrangeais d'une natte de camping qui me broyait les os. Un moment je m'étais arrangé pour aller me laver aux bains-douches, à la piscine, lui laisser l'usage de mon coin toilette. Surtout ne pas lui infliger le spectacle de mon corps sans séductions ! Vous savez quoi : j'ai fini par pisser sans vergogne sous son nez. Par la suite, je lui ai indiqué d'en faire autant, pour que nos bruits intimes se confondent : dans l'immeuble chacun espionnait chacun et j'étais recensé comme célibataire… Je ne me rendais pas compte que j'étais son prisonnier autant qu'elle était ma captive et qu'on perdait toute dignité. Le système socialiste triomphait, puisque notre résistance nous transformait en bestiaux. Que jamais plus, quoi qu'il arrive ensuite, nous ne pourrions vivre ensemble, ça j'y croyais ferme, assez pour justifier mes conduites de petit mac. J'avais des façons à la Liliom, un rôle de Don Juan pour fêtes foraines que j'ai travaillé aussi vers ces époques. Des manières de voyou. Voilà tout ce dont je pouvais me vanter.

À la fin, « l'automne crachait un continuel catarrhe gris sur Berlin », je donnais cette réplique dans une pièce. En tout cas, je ressentais une sorte de mépris du temps pour nous. On en était au dernier dessous, au fond du fond. On se serait mangé le nez d'enfermement. Brouillard tous les jours, à gommer les rues, les trottoirs, ne pas apercevoir sa main au bout de son bras, perdre son chemin. Au pire on pouvait s'aller faire tuer d'une balle de *Vopo* en approchant du mur par hasard.

Tu es née un soir de cette sorte, Sonja. Fin novembre 1987. Je suis revenu du théâtre et Helene mordait les draps pour ne pas crier. Elle avait perdu les eaux, tu arrivais au galop… Pour qu'elle puisse souffler, faire bruyamment l'équivalent d'un travail de diva qui envoie les notes jusqu'au dernier balcon, et ainsi accoucher sans trop souffrir, j'ai couvert ses respirations sonores, j'ai chanté, moi, fort, tout *L'Opéra de quat'sous*, tous les airs, Mackie Messer, *Kanonensong*… Voilà la tête, pousse, un dernier effort, un quart de tour pour passer les épaules… Et tu as crié comme je reprenais le *Hochzeitslied*, putain de chant de mariage pour les pauvres gens qu'on était… Je t'ai posée sur le ventre de ta mère, j'ai coupé le cordon, tout fait comme j'avais appris dans mon dispensaire, le placenta, débarrasser tout doux ton petit corps des crasses morveuses, laver Helene… À cause de tes hurlements j'ai continué mon récital le temps que tu trouves son sein, que tu t'apaises. Je me souviens, elle a eu une expression de douleur suspendue, presque de jouissance. Moi j'ai mis le linge souillé dans un sac et je suis sorti pleurer sur le palier.

Le lendemain, à l'ouverture des bureaux de l'état civil, je suis allé te déclarer comme ma fille, te reconnaître. Sonja. Tu gardais juste le nom de ta mère, Denkel. À partir de là, on ne pouvait plus rien contre toi ni contre Helene. Je devinais qu'ils, eux, ceux des sphères parfaitement pures, les gardiens des hauts lieux et leurs chiens-couchants cachés dans le petit peuple, ils allaient essayer de m'en faire baver. Ils l'ont fait, à leur manière sournoise, à long terme. Ils ignoraient qu'il leur restait si peu de temps. Ce qui nous a sauvés. Une année de plus de ce goulag en pleine ville, on rendait les armes, on se mariait ou on se suicidait. Ou bien on faisait amende honorable devant la section du parti de Grenzhagen. N'importe quoi pour échapper aux tracas planifiés… Mais on aurait fini par courber l'échine…

Téléphone sur écoute, convocations dans les administrations pour enquête, instruire un possible procès en déchéance de nationalité sans aller jusque-là, allocations d'études remises en cause, paiements retardés, licence sportive refusée à Helene, bannissement de l'équipe nationale, pressions sur mon propriétaire, sur les voisins, sur la direction du Deutsches, du Berliner, perquisitions... Et la calomnie répandue de proche en proche, juste une rumeur d'immeuble d'abord, puis de quartier, puis... Vous savez ce qu'on disait ? Qu'Helene fuguait du Centre pour partouzer avec certains fonctionnaires, des enquêtes étaient même en cours ! Quant à moi, ma grand-mère en avait fait autant avec des dignitaires hitlériens avant de passer aux Russes de l'Armée rouge... Des mensonges invraisemblables auxquels les gens faisaient semblant de croire mais qui les autorisaient à nous mépriser, nous éviter... Heureusement le monde du théâtre m'a protégé discrètement, j'ai travaillé officieusement, rémunéré en liquide, sans traces... Et puis l'Église, les pasteurs nous ont aidés, certains parce qu'ils se souvenaient de la collaboration avec les nazis et ne voulaient pas d'une autre avec la Stasi...

On a vécu une année et demie de hargne, d'obstination à résister farouchement à l'ordre soviétique, communiste, entré dans l'ordre du monde, ce paradis pour la galerie, ce système carcéral intérieur... Tous ces mois, avec Helene, on a cohabité sans jamais faire l'amour, mais certainement résister ensemble nous a rapprochés, des locataires nous aidaient, d'autres nous ignoraient, dans les deux camps beaucoup renseignaient la Stasi, ni Helene ni moi n'étions dupes, et tu as fait tes premiers pas, dit tes premiers mots, maman, Nathan. On est restés debout grâce à toi. Et parce que, ici et là, on voyait s'allumer des feux qui promettaient des incendies. Parce qu'on sentait que Gorbi n'enverrait pas les chars, qu'il ne pouvait pas prendre le risque de renforcer un sentiment antisoviétique dans les autres pays du bloc, voire de soulever des mouvements de protestation qui auraient provoqué une répression de la part des pouvoirs conservateurs en place. Tout son travail d'ouverture aurait été remis en question... En août 1989, la Hongrie a commencé à démonter les barbelés, et des centaines d'*Ossis* sont allés pique-niquer de l'autre côté, sans retour... Jamais autant qu'à cette époque on n'a été vivants, jamais on n'a tant vécu à la minute l'Histoire, la mutation politique, nos cœurs ne battaient que d'elle et nos lèvres en tremblaient... Tu as grandi dans cette fièvre d'espoir. Et le premier coup de pioche dans le mur, on l'a senti au creux du ventre, il a retenti dans nos crânes... On s'est précipités par les points ouverts, on a rigolé avec ces pourris de *Vopos* obligés de nous tamponner le visa, on a dansé, démoli, mangé, bu, des vieux musiciens venaient ! J'en revois un, tout desséché dans son smoking usé à la trame, donner une ritournelle de violon... Un Noir aussi, qui enchaînait des blues à la trompette. Et des jeunes, plein, qui grattaient leur guitare sans arrêt, à péter les cordes. Des bougies, des briquets s'allumaient, on disait que ces petites flammes feraient honte aux projos des miradors. C'était le 9 novembre, et le 10.

Le 11, jusqu'en soirée, j'avais la clôture d'un stage au Berliner, je faisais un fils de Courage, avec la possibilité de me faire engager sur une future mise en scène... Helene, ta mère Courage à toi, voulait vivre chaque instant de la chute du mur. Sa vengeance sans cruauté, ce sont ses mots. Elle y est allée, je t'ai prise avec moi. Tu es restée longtemps sage au fond de la salle de répétition, à t'assoupir, à jouer avec une vieille poupée du magasin d'accessoires, dans ce crépuscule, tu sais, un peu bleu, d'au-delà des projecteurs... Moi j'étais dans le cercle lumineux, la plupart du temps, aveugle de ce qui se passait plus loin. Quand j'en suis sorti, on allait grignoter quelque chose, tu n'étais plus là... Plus nulle part dans le théâtre. Ta poupée était abandonnée au milieu du hall d'entrée. J'ai couru, appelé dans les rues alentour, désertes. Je me souviens, elles étaient hantées de vieux qui trouillaient de voir le monde se remettre en marche. Je me suis senti plus vide que ces rues de Berlin-Est, lisse en dedans, une vieille chambre à air de vélo, collée à ne plus pouvoir la gonfler. Il a fallu que j'aille annoncer le pire des pires à Helene, là sur la crête du mur qu'elle démolissait à grands éclats de rire, dans les éclairs de son T-shirt orange. Elle s'est ratatinée, comme si ses os se brisaient, tous, et que son corps ne tienne plus. Elle est devenue un sac mouillé vidé d'un coup et jeté de côté. J'aurais voulu qu'elle me tue. Et puis c'était inutile, on est morts tous les deux ce soir-là. Les années ensuite ont été des illusions, un mirage de vie.

C'était ici, exactement à cet endroit, que tout s'est arrêté, que l'Histoire s'est mise à tourner à l'envers. La réconciliation nationale, européenne, devenait un déchirement pour nous. On n'était plus de la fête. Ce soir-là, je portais le minable costume que tu me vois aujourd'hui et ces tennis pourries. Et Helene a voulu faire l'amour, pour la première fois...

Sonja, presque elle est exsangue, elle ne tient debout que de l'absence de vent, écoute mécaniquement, les yeux perdus au fond du temps... Nathan ouvre sa mémoire, Judith traduit au mieux, transpose peut-être, les bras serrés autour de son propre corps, comme pour ne pas se déchirer les flancs de douleur :

— ... Les mois après, ta recherche n'a pas été simple : on était encore suspects pour la police de l'Ouest, des parents bien irresponsables, et en plus, Denkel, Denkel, vous n'étiez pas dans une sélection olympique... ? Ma petite dame, les privilèges de la nomenklatura c'est fini, fini l'État providence, tous les citoyens sont égaux en véritable démocratie, il faut être adultes désormais, mes petits *Ossis*, enfin, on va diffuser un avis... Tu devines qu'ils ne faisaient pas de zèle... La police de l'Est et les sbires de la Stasi encore en place pour quelque temps sentaient la réunification inévitable et tâchaient de sauver leur peau, alors une gamine disparue, surtout la petite Denkel... Un seul, un certain Sidlewski, une tête à relever les compteurs, un dans la quarantaine, sans couleur ni odeur, qui plaçait des micros chez des particuliers soupçonnés de crimes contre l'État, ou pour en fournir les preuves ou les fabriquer de toutes pièces, il nous a entendus expliquer notre cas dans un commissariat. Et il nous a rattrapés sur le trottoir. Tout de suite, il a fait courir ton signalement dans son monde souterrain, les circonstances de ta disparition... Évidemment, il ne se dévouait pas par humanité : s'il te retrouvait, il se rachetait une virginité vis-à-vis des autorités de l'Ouest. On l'a limogé mais sans poursuites. Il était devenu veilleur de nuit au KaDeWe, je crois, et il revenait nous voir quelquefois. Cinq, six ans… Peut-être plus… Il sonnait chez nous, on occupait déjà tout l'étage de mon ancien appartement. «*Morgen*», je me souviens de son bonjour tout triste, ensuite il attendait une petite minute sur le palier à chiffonner le bas de ses manches de veste trop longues, écoutait notre silence, hochait la tête et repartait. Une fois il a parlé, debout. Je le vois encore : il lissait ses revers du plat de la main. Sa femme l'avait quitté, pas d'enfants, une vague famille à Leipzig, l'intimité des gens qu'il espionnait lui manquait, et toi, Sonja, il n'avait pas cessé de suivre ta trace, toutes ses journées, après ses nuits de veille, utiliser ses anciens contacts, opérer quelques chantages discrets sur des types, des conservateurs au passé pas très net, il en souriait. Et puis il s'est mis à analyser les photos prises le 11 novembre dans la soirée par la presse, des free-lance qu'il connaissait, aller poser des questions à ceux qui figuraient sur ces clichés et qu'il réussissait à identifier, à faire du porte-à-porte dans tout ce quartier, entre ici et la porte de Brandebourg, marcher, parler, prendre des notes, réfléchir. Ce jour, il m'est resté gravé : Helene était venue derrière mon épaule, à cause de la voix de Sidlewski, bourdonnante. Il avait juste réussi à mettre un nom sur quelqu'un qu'on pouvait qualifier d'intrus dans le paysage, un homme avec un appareil photo qui tenait Hélène par les épaules, en haut du mur, en plein sous les projecteurs, un correspondant de guerre célèbre, un Franco-Belge, Rop Claassens. Et le cordonnier sous le viaduc du S. Bahn de Friedrichstrasse lui avait dit avoir vu quelqu'un qui ressemblait à cet homme, ce baroudeur, avec une petite fille, mais la gamine comment elle était, ça…! Et l'heure, est-ce qu'il faisait seulement déjà nuit…? Helene se souvenait de l'homme, il avait failli l'embrasser, elle lui avait donné un fragment de béton peint, un Français, non il n'avait pas la dégaine d'un ravisseur… L'adresse de ce Claassens il l'avait écrite sur un papier qu'il nous a donné en baissant les yeux. Oui, il habitait dans le nord de la France, effectivement il n'avait sûrement rien vu ni fait, mais c'était la dernière piste… À nous de jouer… Maintenant il n'irait pas plus loin. N'arriver à rien, penser à la petite, ce qu'elle avait peut-être subi, imaginer, et savoir qu'il avait fabriqué des malheurs semblables toute sa vie, c'était trop. Il nous a demandé pardon, il allait se reposer et nous souhaitait de bientôt retrouver Sonja. *Wiederschauen*… Nous, à la fois on tremblait d'espoir et on avait peur qu'il nous mette sur une fausse piste. Il a tourné les talons et commencé de descendre l'escalier, Helene l'a stoppé par une question, *Herr Sidlewski*, quel est votre prénom? Ramon, il s'appelait Ramon, comme Ramón Mercader. Merci Ramon, vous êtes quelqu'un de bien, a dit Helene. Un instant, les yeux dans ceux d'Helene, il a paru remplir son costume de quat'sous, et puis il a dévalé les marches. Il n'est jamais revenu.

Nous, à peu près à cette époque, en 1994, petit à petit, sans le formuler, alors qu'on aurait dû remuer le monde, on a admis, au fond de nous, que tu étais morte. Après les révélations de Sidlewski on avait l'intention de contacter Claassens, tout de suite, on allait partir en France. Mais la mise en accusation des hauts dirigeants sportifs a eu lieu, juste les jours qui suivaient la visite de Ramon Sidlewski. Helene a été contactée par la justice, elle a témoigné, s'est investie dans cette lutte commencée par Olga Karaseva, une Soviétique plus ancienne qu'elle, médaille d'or par équipe aux JO de Mexico en 1968, inséminée, avortée, réinséminée… La RDA était troisième, la Tchécoslovaquie seconde… Avec les mêmes méthodes dont les filles ne voulaient pas parler. Helene a élevé sa voix. Et tout s'est répandu sur la place publique, les médailles gagnées indûment, les gamines de seize ans violées par des entraîneurs ou des athlètes, les injections, les avortements en cliniques d'État, la grossesse d'Helene, sa résistance aux devoirs établis, ta naissance et ce que nous avons enduré ensuite, ta disparition, le scandale entier s'est étalé dans la presse nationale, le *Frankfurter*, le *Süddeutscher*… Tout ça, les interviews, les audiences au CIO, répéter le chagrin, se faire encore traiter de moucharde en coulisses, par les incorrigibles de l'ex-RDA, les ostalgiques on disait, Helene en chavirait, ma carrière aussi qui démarrait bien, des téléfilms pour la Bavaria, la Schaubühne, le Kammerspiele à Munich, la Volksbühne, on n'a pas eu envie de recommencer à remuer le couteau dans la plaie, d'écrire au photographe français, ou alors, disons la vérité, on abdiquait, cette fois oui, on abdiquait… Et puis mes parents sont morts dans un accident de voiture parce que mon père, avec ses économies forcées de RDA et la parité des marks Est et Ouest, avait acheté un bolide BMW, alors qu'il n'avait jamais conduit que des Trabant. La mère d'Helene a succombé la même année…

On était dans le crêpe jusqu'au cou... Le deuil de toi, on l'a fait d'un jour à l'autre, ne plus prononcer ton prénom, profiter de l'argent qu'on commençait à gagner largement, être égoïstes, oublier la misère du monde pour supporter la nôtre, on l'a fait, je crois même que le papier de Sidlewski on l'a jeté.

Et Claassens a sonné chez nous une fin d'après-midi. En 1995, 1996...

Les travaux d'agrandissement venaient de finir ici, tu n'aurais rien reconnu, Sonja. On pensait la plaie cicatrisée, au moins pouvoir s'accommoder d'une douleur sourde comme celle d'un membre coupé, se distraire dans la matérialité du quotidien... Non.

Cet homme aux yeux attentifs à peine entré, immédiatement la blessure s'est remise à saigner... Claassens avait lu l'histoire de ta disparition dans une interview d'Helene avec une photo d'elle... Tous les deux ils se sont reconnus de ce vieux soir. Ils se sont embrassés, Helene pleurait, et cet homme lui essuyait les larmes et disait des choses en français. Mais je n'étais pas jaloux, pas le droit, pas après t'avoir laissée disparaître... Après les embrassades on a parlé, il a même mangé avec nous... Un vrai pacifiste... En 1989 il a cru à l'extinction progressive des conflits, que le vieux rideau de fer maintenant déchiré était le signal du début d'une construction pacifique des relations dans le monde... La suite lui a prouvé son erreur et il a cessé d'aller sur le théâtre des opérations... Il n'a rien nié : oui, Sidlewski avait vu juste, le 11 novembre 89 il avait trouvé une petite fille qui te ressemblait, *Unter den Linden*, et, on s'en doutait, l'avait remise à quelqu'un qui criait fort, une femme qui lui a paru être la mère, ou la connaître... Je me souviens bien de lui quand il nous racontait cet épisode... Il s'en voulait énormément de ne pas t'avoir emmenée à la police... Il était aussi désespéré que nous et répétait qu'un enfant est le rappel vivant de la nécessité d'éviter toute guerre... Ensuite il nous a fait tout un discours, que maintenant, les enfants soldats en Afrique, les bandes de jeunes criminels au Brésil, aux États-Unis, le faisaient douter de la nature humaine... L'homme a un fond de violence primaire qu'aucune culture ne peut effacer, la civilisation ne fait que masquer ces instincts barbares, même souvent leur permettre de s'exprimer mieux, d'être plus efficaces dans le mal : nul n'est meilleur bourreau qu'un médecin, meilleur assassin qu'un policier... Il fallait révéler cette part d'ombre, opérer une sorte de psychanalyse d'ensemble, par nations, groupes linguistiques, amener à la conscience cette potentialité de la bête en nous, afin que nous nous fassions horreur à nous-mêmes... Il disait tout cela comme des excuses de ne pas pouvoir effacer nos malheurs... Après, on ne s'est plus revus... Pourtant personne n'a été un ami plus proche que Rop Claassens... Le temps manquait : j'ai beaucoup travaillé, Helene encore plus, pour la communication d'une grosse marque de chaussures, vêtements de sport... Mais on a correspondu avec lui, régulièrement. Même depuis cinq ans que la maladie a réduit chaque jour à une seconde. Tout de suite nous lui avons annoncé la nouvelle et le pronostic mortel, parce que nous savions qu'il partagerait ce nouveau coup du sort comme il était venu compatir à ta disparition. Évidemment, il ne pouvait rien pour guérir Helene. Seule toi, Sonja, tu pouvais lui donner de la moelle osseuse… Alors il n'expédiait que des lettres, pour lui soutenir le moral. Ah, pardon : il a envoyé l'an dernier un vieil appareil photo à Helene, avec un mot. Cette boîte avait appartenu à un anarchiste pacifiste, au début du siècle, Raymond la Science, vous savez, devenu un assassin dans la bande à Bonnot et exécuté en 1912 ou 13…? Vous ne connaissez pas…? Un bel exemple d'homme à deux visages. Rop avait essayé de faire un mot composé, en allemand, *Zweigesichtsmann… Jetzt müssen wir heim… Schnell… Helene wartet…*

Judith arrête sa traduction parce que Sonja ouvre la bouche, elle mesure, elle va dire l'infâme, et ça Judith traduira dans l'autre sens, mais Nathan, de plus en plus en désordre, bateleur triste aux parvis d'un théâtre maudit, s'est interrompu, maintenant on va voir Helene, «*nicht mehr sprechen*», non on ne parle plus, et il prend Sonja par la main, bien serrée sous son coude, comme un Orphée de baraque foraine, un type qui va chercher son aimée dans le manège du train hanté mais craint qu'elle refuse de remonter à la lumière, et il l'emmène, sa fille adoptive, lui met un doigt sur les lèvres quand elle veut parler, non, non, pas encore, après tu pourras te venger sur moi, et elle finit par se taire, et il l'emporte, qu'on suive ou pas il s'en moque. Judith demande «*wo gehen wir?*», ça c'est à ma portée, sans qu'il prête attention. À mon tour de suggérer «*Krankenhaus? Klinik?*», toujours pas de réponse.

Le froid est en train de s'asseoir lourdement sur la

ville et Sonja est agitée de longs frissons, de soupirs qui la laissent en apnée, prise soudain dans une invisible banquise. On leur emboîte le pas. Laura fait sa tête d'assassinat, elle planterait les ongles dans la poitrine du premier à oser la toucher, lui arracherait le cœur, hop là! Quand même, après le pont sur la Spree, elle passe le bras droit autour de ma taille, je pose ma main gauche à sa hanche, et on va ainsi, comme on allait vers le magasin de Camille, maladroits, à risquer de se faire des croche-pattes, mais vivants, n'en déplaise à la mort qui fait la distraite à siffler tout bas sur la mélodie de cette ville au long des façades cossues, avec, à nos côtés, en retard, puis devant, presque au trot, Judith en débandade qui avance sur l'élan, larmes au vent.

On passe *Unter den Linden*, toujours suivant Friedrich-strasse, et les couples parfaits, ceux dont le type est moche et la femme inaccessible de beauté, ceux qui descendent des voitures de maître devant des boutiques clinquantes et hors de prix, les passants solitaires aussi, tous ils s'écartent, nous laissent le passage, comme s'ils sentaient nos urgences et nos tourments. Et on tourne dans Französischestrasse, une rue réhabilitée aussi, orgueilleuse, avec de la morgue sur ses façades impeccables comme des soldats à la revue. L'immeuble de Nathan a un ascenseur maintenant, qu'on prend en deux groupes, lui et Sonja d'abord, jusqu'à l'étage qu'il occupe tout entier, nous autres trois ensuite, sans un mot.

Au centre du palier, il ne reste qu'une porte, celle de l'ancien deux-pièces, on le comprend, les entrées des anciens couloirs vers des appartements plus grands, à droite et à gauche, ont été murées et les couloirs intégrés au nouveau loft en U. L'accès se fait désormais par des ouvertures pratiquées dans un vaste vestibule où Nathan nous introduit sans prévenir qu'un catafalque est posé devant les fenêtres donnant sur la cour intérieure. Tout est strict, blanc, les tentures aussi, parquet sombre, pas de meuble, hors le cercueil. Helene y repose, qui d'autre, on prend ça pleine figure, ce jeu de dupes, qu'on n'est pas arrivés à temps, que cette pauvre morte n'aura pas connu la victoire sur le sort, jamais, ni su que la preuve de sa résistance à la barbarie civilisée était bien vivante. Sonja va seule, une main tendue, comme pour se raccrocher, ne pas tomber, et nous on approche derrière elle. Helene la splendide, le vif-argent, cette grâce incarnée dans une beauté minuscule et forte, il n'en reste plus rien que la blondeur, les cheveux courts, bouclés, intacts, et le choc terrible de son ultime élégance : elle porte un pantalon de survêtement marine, déchiré par endroits, et un débardeur orange délavé. Entre ses mains jointes, elle serre un petit bouquet de mariée tout neuf, fleurs d'oranger et gaze blanche.

Nathan, au chevet de la morte, dos à la fenêtre, nous regarde nous, et pas Helene, comme s'il attendait notre avis sur ce travail funèbre, bien sûr il voit nos cœurs ruinés par le gâchis de ces vies anéanties. Judith s'est remise à traduire, la gorge nouée serré :

— Quand elle a su que tu venais, Sonja, ta mère a accepté de m'épouser, vite... Pour que tu aies des parents, enfin... À la clinique judaïque, un officier municipal est venu nous marier, Helene et moi. Par exception. Hier. Je crois que « oui » a été son dernier mot conscient. Elle est partie en fin d'après-midi, à l'heure où viennent les ombres. Jusqu'au bout elle a cru que tu arriverais à temps… Aujourd'hui elle est revenue chez nous. Depuis la maladie elle avait précisé ses volontés, que j'ai exécutées : sa dernière nuit sur terre, elle a voulu la passer à l'endroit exact où elle a accouché de toi, Sonja. Et habillée comme le jour où tu as disparu… J'ai trouvé cette décision bien théâtrale mais je suis mal placé pour faire ce reproche. J'ai seulement pris la liberté du bouquet… Elle t'attendait pour me laisser fermer le cercueil. Quand je l'aurai fait, je partirai : les dispositions pour que cet appartement soit à ton nom sont en cours, ça c'est mon geste mélodramatique à moi, qu'Helene et moi soyons à égalité…

Sonja est devenue d'une pâleur, ses traits se pincent, collent aux arêtes osseuses, aux pommettes, et ses yeux fuient dans le temps. Elle ouvre la main qui tient toujours le fragment de mur :

— Rien ne peut être à mon nom, je n'en ai pas…

Et elle pose le caillou orange sur la poitrine de sa mère, près des fleurs :

— … Qu'elle soit vraiment comme au premier jour, que Rop Claassens lui rende tout ce qu'il lui doit… Il n'était pas l'homme que tu croyais… Traduis, Judith…

Judith bredouille, Nathan lève les sourcils, Sonja a un sanglot, cherche ses mots…

Alors, je vais t'aider, Sonja, ne pas te laisser seule à te confesser. J'ai bien deviné à quoi tu te résous d'insupportable, tu ne peux plus mentir, même par omission. Nathan, cet homme qui t'a laissée disparaître, a trop aimé ta mère. Et il n'y a rien à traduire.

Je ne sais pas si la pilule sera moins amère venant de moi, mais je sors le cliché de ma poche et le tends à Nathan… Celui où la petite, boucles d'or en parka betterave, prisonnière de la porte à tambour, les joues salies d'y frotter les larmes de ses paumes ouvertes, lève ses yeux vairons, soulagés, confiants sur le reflet dans la vitre d'un ogre photographe maigre et décoiffé. Nathan a saisi dès le premier regard sur la photo l'impitoyable du destin. Il a une sorte de haut-le-cœur, et puis froisse le cliché d'une main et fuit, tout son corps à la déglingue, comme je le connais maintenant, il fout le camp dans l'aile gauche, les territoires conquis sur les autres appartements, comme s'il avait peur qu'Helene ne voie la photo cruciale, de l'origine, au soir où culminait son bonheur, de sa pire et définitive souffrance. De la cause de leur mort à tous les deux.

Et nous trois, qu'est-ce qu'on peut? Laura, Judith, elles éprouvent quoi, de la compassion, du chagrin par contagion? Moi, c'est moche à avouer mais je me sens spectateur au mélo, dans l'odeur universelle des larmes, et furieux de mes impuissances, de mon inutilité de simple témoin, de tenancier de bar. Allez, soyons lucides, peut-être que Rop était en partie dans le vrai, face à l'Histoire qui va, on est tous des types accoudés au zinc, et on se fait des illusions sur nos horoscopes, la possibilité d'une vérité céleste, d'une voie écrite pour chacun, qu'on peut apprivoiser, infléchir une fois identifiée. Faudrait pas lire les astres aujourd'hui, ni même brandir notre thème astral, cette radiographie du ciel de notre naissance, comme une excuse sibylline à nos vilenies, nos lâchetés et nos compromissions, faudrait juste chercher à reconnaître en nous ce qu'il y a de pire, et s'en tenir éloignés, comme d'une arme transmise de génération en génération, qui a déjà souvent servi à créer du malheur, toujours chargée, et qu'on croit désormais sans danger au point qu'on peut la trouver séduisante et s'en laisser conter.

Là, on se précipite sur les pas de Nathan, dans un espace traversant, de la rue à la cour, un living immense, également blanc, des canapés de cuir blanc, des fauteuils, et les rayures colorées des dos de livres qui strient les deux murs aveugles, du parquet au plafond. Étrangement, Claassens avait meublé sa maison exactement dans le même esprit... Par mimétisme d'ici, apporter quelque chose de Berlin à Sonja... ? Entre deux fenêtres, un miroir qui couvre le pan de mur élargit encore l'espace où, sur un socle d'alu, un appareil photo portable en bois précieux, acajou certainement, avec des poignées latérales, une monture d'objectif en cuivre, viseur carré, rabattable, au-dessus, et soufflet court de toile enduite, tout craquelé. L'appareil de Raymond la Science... Encore une fois, au moment du danger, de décision vitale à prendre dans la seconde, je ne panique pas, le temps s'étire et me laisse sans trouble, capable d'agir vite et sans hâte, un peu à la façon d'un chirurgien face à un accident opératoire, ou comme on flotte hors pesanteur, inaccessible, quand on double en voiture, les fois de tempête sur l'autoroute d'Ostende, un camion qui nous isole de la bourrasque. Ici, trois pas de côté sitôt entré dans la pièce, garder la distance de réaction possible à l'inattendu, je me réfugie dans le grain des objets, la conscience aiguë de l'ameublement, de son austérité cossue, je m'extrais de la dimension vivante de la scène, presque à ralentir mon rythme cardiaque, me mettre en dehors de l'événement brutal, en deçà, pour conserver assez de force et de lucidité et ne pas en ressentir l'impact, l'esquiver, l'amortir au moins. Je devine : Nathan va exulter son désespoir, se tirer une balle, se défenestrer, bousiller de la vaisselle, s'attaquer à ce qui ressemble le plus à Rop, le seul type plus tout jeune : moi… Ce qui ne rate pas, il a jeté le cliché froissé à travers tout, déjà abattu des colonnes d'étagères, renversé des fauteuils, il court attraper l'appareil photo par une de ses deux oreilles métalliques et il me dégringole dessus, veut me fracasser le crâne mais il est bien brouillon, pas bien vaillant du biscoto, et je le repousse d'une bourrade des mains comme dans une vague algarade de cour de récré, de terrain vague, qu'il valdingue dans ses meubles design, se récupère contre le pan de mur couvert d'un miroir, entre deux fenêtres sur cour, vocifère, *Anarchist, zwei Gesichte, was für ein Pazifist, Strassenraüber, Verräterei,* il insulte les plafonds, les murs, appelle Rop et Helene, Sidlewski, on ne comprend pas tout, Judith peut-être, plaquée contre un des pans de bibliothèque, Laura non, c'est clair, blouson dézippé sur un col roulé, gueule de *mafiosa* fatale, elle est juste prête à entrer en action s'il touche à Sonja qui vient à lui, doucement, du pas lent du torero face aux cornes noires, bras ouverts, à peine quelques kilos de fille, rien que le poids des chagrins, et elle parle doucement en français, répète les phrases, en litanie, papa, écoute, jusqu'à toucher la poitrine de Nathan, papa, écoute, toutes ses boucles levées vers son visage de cendres, poser une main à son cœur et broyer dans sa paume cette horreur d'œillet en papier crépon rouge, papa, écoute-moi, et parler cette fois, des mots humides, mouillés, ruisselants, des larmes articulées que Judith recommence à traduire, et qu'il laisse pendre sa boîte d'acajou à bout de bras, la respiration en débâcle. Sonja parle :

— Papa… Tu n'es pas plus coupable que moi… Et Rop est mort en juin sans m'avoir dit l'exacte vérité… Il m'avait enlevée parce qu'il croyait l'âge d'or, la paix, en train de revenir, il a été inhumain avec moi parce qu'il s'était trompé… Tu vois, il croyait tellement à la capacité de chacun à faire le mal qu'il s'est efforcé d'être un salaud, pour se prouver qu'il avait raison… Mais j'avais choisi de rester avec lui, de l'aider à supporter la désillusion du grand repentir des hommes…

— Rop, mort…?

— La seule fois où il a pensé être en sécurité, être à l'opposé de la guerre, elle l'a rattrapé dans un lycée… Les élèves l'y avaient amené sur ses photos… Tu peux le haïr autant que j'aurais pu avoir envie de le tuer quand j'ai compris qu'il me séquestrait, que j'étais à l'écart du monde que je sentais battre dehors, qu'il confisquait ma vie et me la modelait comme on fait aux pieds des Chinoises, afin qu'ils ne grandissent pas… Mais il a aussi été mon père, celui qui m'a éduquée et nourrie… Oui

302

il m'a emmenée jusque chez lui, dans cette nuit du 11 novembre 89, d'une traite, en voiture, et il a fait de moi sa fille, il s'est fabriqué une fille, de toutes pièces, mois après mois, année après année, et personne n'y a rien vu… ! Je ne savais pas pourquoi il me gardait éloignée de toute vie. D'abord, la question ne se posait pas, j'étais petite voilà tout… Ensuite il m'a expliqué que j'avais une maladie qui m'interdisait de sortir, les pilules chaque soir étaient pour la guérir… En réalité il me donnait des pilules de fluor… ! Et à cause de cela il me faisait la classe chez nous, à sa façon… Et il m'a appris plus, et plus vite, en histoire, littérature, sciences, langues, que je n'aurais pu dans n'importe quelle école de surdoués… Plus tard, il me parlait des guerres qui détruisaient la planète entière, jusqu'au coin de notre rue, me montrait d'horribles photos, et j'avais peur… Après, plus tard encore, il me répétait que j'étais la paix incarnée, le symbole d'une fin possible de tous les conflits… Bêtement, je me sentais importante, comme une déesse cachée, une sorte de christ en attente… Jamais il ne m'a fait de mal, je l'aimais puisque je ne voyais que lui, je ne manquais de rien puisque je ne connaissais rien que la ruine du monde… J'ai compris, parce qu'aucun enfermement n'est totalement imperméable à l'extérieur, que l'appel du reste de l'humanité résonne profond en chacun de nous… J'ai compris quand un garçon un peu plus vieux que moi est venu récupérer son chat sur notre toit… Bastien, notre voisin… Et qu'il a passé le nez à ma lucarne, qu'on a parlé… J'ai compris aussi qu'il fallait ruser, se voir en l'absence de Rop et que Bastien ne parle pas de moi à sa mère… Quand il pouvait venir je mettais un mouchoir de papier à la lucarne… Et personne ne s'est douté de notre secret d'enfants, jusqu'au moment, il y a quatre, cinq ans, où Rop, bien sûr à cause de Bastien, pour désamorcer de possibles envies de fuir, m'a dit toute la vérité, mon enlèvement, ma séquestration, et aussi qu'il avait fait la connaissance de ma mère à Berlin, ce même soir de 89, qu'il l'avait retrouvée par la suite, que j'étais allemande, et que si je voulais, j'irai vivre avec elle et mon père, toi, Nathan… J'ai refusé, net, j'ai cru que maman ne voulait pas de moi, j'ai pensé qu'elle m'avait donnée ou vendue à lui, et puis mon papa c'était lui… Il ne m'a pas détrompée… Et je lui ai parlé de Bastien… Que je ne voulais pas perdre… À partir de ce jour, il n'a plus jamais fermé la porte à clé… J'ai eu un ordinateur, les livres que je voulais, j'étais libre mais je ne sortais toujours pas, ou très peu, dans le quartier avec Bastien, plus loin je ne pouvais pas, j'avais peur, syndrome de Stockholm, psychose profonde, je ne sais pas, les autres êtres, les pays, ce que je voyais sur mes écrans des conflits et même de la vie ordinaire, les fêtes, les amours, les amitiés, le travail salarié, les événements sportifs, la politique n'étaient que des représentations dangereuses si je me mêlais à elles, j'étais certaine de mourir si je les affrontais dehors… Rop était mon seul contact… Et Bastien, bien sûr… Lui et sa mère avaient déménagé. Il m'avait laissé son gros chat roux et passait me voir moins souvent mais ses visites me suffisaient, il était mon extérieur… Et puis un jour, en juin dernier il est venu : sa mère et Rop avaient été tués par un soldat amoureux dans le lycée où elle était prof... Ma première vraie sortie depuis novembre 89 a été pour assister à l'enterrement... Je ne suis plus rentrée à la maison... Mais je n'existais toujours pas, je n'avais pas d'argent, aucun droit sur l'héritage, pas de papiers d'identité, pas de nom... Rop m'appelait Eva au début, donc Bastien également, trois lettres d'un prénom c'est tout ce que je possédais... Et la peur des espaces, de la foule, sans Bastien... À la mort de Rop, il m'a tenu la main, comme à une aveugle, jusqu'à ce que je sois capable de marcher seule... Voilà mes responsabilités, mes culpabilités, ce que tu es en droit de me reprocher... Mais rien d'autre... Jamais, au grand jamais Rop ne m'a dit que maman avait besoin d'une greffe de moelle osseuse que j'étais la seule à pouvoir lui offrir... Bien sûr il savait que pour une telle raison j'aurais affronté les grands chemins et peut-être je ne serais pas revenue... Et sans moi qui n'étais rien, il ne se sentait pas grand-chose... Oui, papa, voilà ce que je suis, Laura dit une fille en creux, une qui n'a pas encore eu lieu, moi je dis une qui a pris son élan pendant vingt ans pour sauter par-dessus son ombre, suivant l'expression allemande... C'est Rop qui me l'avait apprise, une façon d'avoir de l'audace, de se libérer... Maintenant, je vais la survoler cette ombre que j'étais, rentrer à Lille vivre avec Bastien, je veux un enfant de lui, une maison, un métier, un jardin, des fleurs, voyager, apprendre à conduire, regarder les cruautés quotidiennes, le mal dont tous on est capables, sans détourner les yeux, et les arbres à l'horizon, la mer qui grogne sur la dune, la beauté du regard des gens, tout, tout, et apprécier, toucher, goûter la réalité compliquée des hommes avec Laura, Judith et Dom, parce qu'on commence à peine l'amitié ensemble et que je ne veux plus décevoir ni qu'on me trompe... Quand j'aurai été jugée pour avoir craché, comme une anarchiste débutante, sur la mémoire des morts en croyant cracher sur la guerre... Je suis comme Regulus, le général romain prisonnier des Carthaginois... Il avait donné sa parole de regagner Carthage de son plein gré après être allé à Rome demander une capitulation... Il a tenu parole mais au sénat il avait poussé les Romains à intensifier la guerre. Les Carthaginois l'ont mis en pièces... J'ai aussi promis à un policier de rentrer payer mes dettes... Ensuite je reviendrai ici, pas habiter, vivre des jours avec toi, papa, l'allemand je le lis assez couramment, tu m'apprendras à le parler, tu me rendras ma mère que je ne connais pas plus que je ne me souviens de la dame qui dort à côté... Je reviendrai quand j'existerai... Attends-moi...

Sonja a parlé ainsi, avec trop de virgules, je ne peux pas toutes les mettre ici, une érudition à tomber, tout le bagage de ses années intérieures, et du sanglot, et des silences où elle cherchait l'air, agrippait les revers du vieux veston de Nathan, qui, pareil, n'avait plus assez de place dans la poitrine, et nous pareil, on a bu l'émotion au goulot sans reprendre haleine, on cherche l'équilibre, pas larmoyer, serrer les dents. Et puis Sonja respire plus calme, ajoute pour nous, mécanique, en montrant la boîte d'acajou :

— Cette chambre photo, celle de Raymond la Science, Rop l'a achetée, très cher, à un antiquaire

-expert du vieux Lille, Geerbrandt. C'est à ce moment qu'il a parlé avec lui, découvert sa face cachée, et commencé un dossier sur lui, qu'il m'a expliqué et que j'ai essayé de clore à ma façon... L'appareil, il m'a dit à qui il voulait l'offrir, à ma mère, qu'il soit un symbole, même si elle ne comprenait pas : l'innocence n'existe pas, on ne peut pas rester en dehors du monde, ni le racheter même en y écrivant avec de la lumière.

Et Laura a une idée, brindezingue et unique. D'abord on ne comprend pas, elle redresse Nathan, le tient à bout de bras comme une défroque juste bonne à jeter, s'il vous plaît, laissez-moi faire, et puis lui prend l'appareil photo, le réinstalle sur son socle, juste devant la grande glace, glisse une plaque sensible dans son dos, et nous tire, nous pousse, qu'on pose devant comme en famille, allez, on lève le menton, on regarde l'objectif et on sourit, Nathan et Sonja devant, assis au bord d'un canapé blanc, nous debout derrière, avec moi au milieu des deux femmes que je tiens par la taille, pourquoi on obéit, personne ne peut l'analyser, comme on ne comprend pas ces parents à qui un policier vient annoncer la mort violente d'un enfant assassiné, victime d'un accident, et qui disent ah, très bien, merci, ou courent droit devant eux et on ne les retrouve plus, ou effacent instantanément un fils, une fille de leur mémoire, nient être concernés, vous vous trompez, monsieur, nous n'avons pas d'enfants, on obéit à Laura, rien d'autre, qui explique en même temps, Judith traduit en chiquettes de phrase, toutes écharpées de son envie de pleurer, on va faire la seule photo qui n'existera jamais, n'aura impressionné aucune plaque, aucune pellicule ou carte-mémoire, qu'on n'aura jamais aucun chagrin à regarder, mais notre image dans la glace, face à l'objectif qui nous voit tels que nous nous voyons, on se souviendra toujours de ce cliché intérieur, qu'on faisait digne figure, on aura trompé la mort, comme si ce putain d'appareil on le conjurait, on le tuait, lui qui a été dans les mains d'un homme de bonne volonté devenu criminel par idéalisme, un type dont les mains d'assassin sont conservées dans un bocal de formol, et en même temps on réalise le vieux rêve mallarméen de Rop, de la photo absente de tout album, voilà, c'est bien, c'est un vieil engin, on tient la pose dix secondes, respiration bloquée, un, deux, trois, et mes deux femmes, je sens leurs reins tendus, battre le sang au bas de leur dos, quatre, et c'est pas du simulacre pour théâtre amateur, personne de nous ne bouge, ne se dit qu'on est cinglés, des gosses qui jouent à faire semblant, cinq, six, même pas respectueux d'Helene, non, au contraire, Rop et Helene sont là, plus que jamais, le deuil de leur mort est dans nos yeux, sept, huit, et la vie, la vie seule de chacun de nous fait exister ce cliché qui ne sera plus quand un seul d'entre nous partira, neuf… ! Et juste à cet instant où Laura compte dix, d'un coup, le soleil passe outre l'immeuble d'en face, comme si quelqu'un avait actionné l'obturateur. Dire les embrassades après, qu'on a du mal à cesser de se toucher, qu'on parle sans vouloir être entendu, on tâche de reprendre pied, Sonja est-ce que tu souhaites notre aide pour… Et toi, Nathan, on peut revenir demain si tu as besoin de nous, les obsèques sont prévues quand…? Des phrases qui se croisent dont les échos tissent une douce étoffe sonore pour cacher des douleurs immenses derrière le paravent transparent des mots…

Alors c'est vraiment tout pour cette cérémonie funèbre, on rejoint le vestibule endeuillé, Nathan tire la plaque vierge de l'appareil ancien, la glisse contre Helene, puis un instant, il parle bas à Sonja, paraît répéter, insister, supplier, elle, elle lui touche juste la joue, secoue la tête, alors il ne se retient plus, les larmes coulent, et on la regarde l'aider, perdu de chagrin, sans forces, à fermer le cercueil après un dernier baiser à la morte.

Le Dominus brille de tous ses cuivres. Chaque verre à sa place, chaque fût branché aux pompes à bière qui rutilent et les tabourets alignés au cordeau. Deux semaines bientôt qu'on est rentrés de Berlin, Sonja plus tard que nous, de l'administration à régler, et l'enterrement d'Helene nous pèse encore. J'ai le dos au comptoir, face à la porte au haut de l'escalier, et les bras ouverts larges, posés sur le zinc. Voilà, c'est aujourd'hui, on met les comptes à zéro, on répartit les dividendes. On dénoue les vieilles ficelles romanesques, comme dans un Agatha Christie, j'attends tout mon petit monde et je sortirai le lapin du chapeau... Mes dames vont arriver sous peu, elles sont allées avec Bastien cueillir Sonja à l'aéroport. Denis est accoté au cadre de la fenêtre, guetteur mélancolique et élégant, en cachemire cacao et nœud bleu ciel. Il tient un verre où la mousse d'une Orval finit de retomber. Dehors, une voiture freine, claquements de portières, redémarrage et bruit caractéristique, caverneux, du moteur répercuté par la descente bétonnée dans le parking.

— Les voilà.

Il s'est retourné, lampe une franche gorgée qui

lui laisse à la moustache une rosée de bière et s'accoude au haut bout du zinc, à regarder dans sa chope comme une extralucide dans le marc de café. L'escalier résonne, la porte tourne et elles entrent en grand tralala, pomponnées, parfumées, mes âmes damnées d'amour que je ne mérite pas, hop, comme un ballet, pour me donner la petite représentation des femmes fatales de ciné, jouer à la séduction, hop, Judith au creux de mon épaule gauche, la douceur de ses cheveux à mon cou, Laura, en vis-à-vis, ses lèvres contre ma joue, et j'entends le coup de talon jaloux de Judith, tac, arrête Laura… Laura gémit, je fais hmmm, et on rit douloureusement ou on fait semblant, comme les fois d'avant quand à nos fous rires tous les verres des crédences éclataient ensemble.

Par le fait, Sonja nous trouve en cet état, la gorge déployée, et tant pis si elle ignore pourquoi, ne voit pas qu'on est près des larmes, tant pis si elle n'a pas de raison, malgré la machine judiciaire qui va se mettre en marche, les organisations judaïques, musulmanes, SOS racisme, tout ce qui va se liguer contre elle dès demain, elle se met à rire aussi, peut-être qu'Helene l'entende d'au-delà de la vie et retrouve aussi la joie, qu'est-ce qu'elle lui ressemble à sa mère, blonde, et menue, et précieuse dans son petit tailleur noir pas de saison mais foutûment seyant, Laura lui lorgne l'élégance, bravo, Sonja. Bastien sur ses talons on l'entend pesant, déjà dans l'escalier, et il nous étreint rapidement, pas trop démonstratif, robuste, large à embrasser des armoires, des poussières d'émotions à l'œil pourtant, habillé cérémonieux.

Pour cacher nos émois sûrement, tous les cinq on mord dans la conversation à pleines dents, comme dans un fruit interdit sous peu, sans compter les bisous, on parle tous en même temps. Denis finit sa chope. Dans une mince faille de l'excitation, de nos craintes et de nos espoirs, des opinions qui se bousculent, assénées, définitives, pour se rassurer, que les petits ne passeront pas à travers la justice pour la profanation mais qu'elle pourrait être clémente, allez savoir pourquoi, je demande à Sonja ce que Nathan lui a dit avant de fermer le cercueil d'Helene. Il était bouleversé... Mais peut-être c'est personnel... Sonja, ses yeux vairons, rarement j'en ai affronté d'aussi durs, et terrifiés en même temps :

— J'espère avoir bien compris, je l'ai fait répéter... À partir du moment où il a retrouvé Helene enceinte, Nathan a été un *inoffizielle Mitarbeiter*, un collaborateur non officiel de la Stasi... Tout le temps, ces deux ans environ, d'avant la chute du mur, il a écrit des rapports hebdomadaires sur l'amour de sa vie... Pour qu'elle survive, que personne ne lui fasse mal, il s'est chargé lui-même de l'espionner en parallèle de Ramon Sidlewski, d'organiser la répression comme une mise en scène... Sa trahison lui permettait aussi de travailler, d'obtenir des rôles... Chaque jour, il a joué celui de l'homme traqué. Le lendemain de l'enterrement, vous aviez déjà repris l'avion ou la route, en tant que comédien très connu, il s'est confessé aux médias. Il a même fourni les cotes du dossier dans les archives de la Stasi où les journalistes pouvaient vérifier... Je crains qu'il ne lui reste peu d'amis...

— Alors ils ne le méritaient pas : il faut vraiment aimer quelqu'un pour le préserver à ce prix
d'avilissement…

Je ne peux continuer, Sonja me fait chuut, on n'en
parle plus, fouille dans une poche de son tailleur,
pose un passeport sur le comptoir. Allemand.

— Allez-y, ouvrez-le… !

Judith nous regarde, est-ce que je, mais oui,
dépêche-toi… ! Elle feuillette et lit :

— Denkel-Hirschfeld Sonja, *geborene*, née à
Berlin, le… Tu as adopté aussi le nom de Nathan.
C'est bien.

Bastien a pris la main de Sonja, celui-là est
amoureux fou de sa belle au bois dormant, n'imagine même pas le pire à venir pour avoir continué
le combat forcené de Claassens comme un conte
de fées :

— Maintenant, si elle veut, je peux l'épouser, et
elle aura les deux nationalités…

— Maintenant, surtout, on peut me condamner
pour ce que j'ai fait, j'ai une identité, un pays, je
suis quelqu'un…

— Compte sur Libert, il va réclamer son dû, sa
part du marché…

— Avec Bastien on doit être à son bureau à
15 heures. Pour la mise en examen officielle…

Sonja regarde les pompes à bière :

— … Il me laisse le temps d'une dernière
chope… ! Laura, qu'est-ce que tu me sers… ?

Laura passe derrière le comptoir, ouvre les
compartiments réfrigérés, referme, hésite, finalement décapsule une Jupiler toute simple, la plus
prolétaire des bières. Il faut apprendre l'humilité !

— Et à moi, vous conseillez quoi…?

Libert est sur le seuil.

Laura le toise, le poil dru, ce visage de centurion, costume anthracite cravate rouge, impeccable, pourrait faire député, quand même un rien m'as-tu-vu, sûr de son effet, salaud, personne ne t'a convié :

— Une eau plate…

Denis dit, de nouveau le nez au carreau :

— C'est moi qui l'ai invité… Donne-lui une Jupiler comme à tout le monde…

— On peut avoir tes raisons?

Un instant suspendu sans répondre, qu'il ne se trompe pas, et il abandonne son poste :

— Elles arrivent, mes raisons…

L'escalier retentit encore de pas, plus légers, décalés, et entre un petit garçon de cinq ou six ans, un Libert miniature, avec une femme, une petite brune pas maigre, qui embrasse Denis, bonjour, Agnès, bonjour, Denis, Raphaël, tu donnes un bisou, et le petit fait claquer ses lèvres au coin de la moustache de Denis avant de courir à son père, vite. Et puis Agnès vient sous l'aile de Libert qui a pris son fils devant lui, comme à une cérémonie, tous les trois très photo de famille. Il baisse un instant les yeux sur sa femme, surpris de cette intimité, s'éclaircit la voix, prend un ton officiel, conférence de presse mais il ne parle qu'en direction de Sonja et Bastien :

— Un nommé Eugène Desmieder est mort d'une crise cardiaque voilà presque une semaine, dans un hôtel de Bruxelles appartenant à Camille Geerbrandt. Il semblerait que l'ancien nazi, récem-

314

ment revenu en Belgique, ait planifié la profanation du cimetière de Notre-Dame-de-Lorette. Figurent au dossier des essais d'écriture, trouvés dans sa chambre d'hôtel, pas forcément de sa main, qui correspondent aux graffitis des stèles... Il sera très difficile d'identifier les complicités dont il a bénéficié ici, en France... Camille Geerbrandt ne sera pas inquiété sur ce dossier mais il sait qu'il est soupçonné d'être le commanditaire du délit, il va faire profil bas, voire s'installer outre-mer si j'ai bien compris. Pour moi l'affaire est close, à moins qu'on ne découvre les complices de Desmieder, ce qui m'étonnerait...

Raphaël a gardé les yeux levés sur son père tant qu'il a parlé, il les promène, grands, sur nous tous quand il se tait, et malgré lui, ce petit homme sourit, déjà sensible à la beauté, quand Laura décapsule une Jupiler de plus, vient l'apporter à Libert. Et nous on applaudit, comme à une fin heureuse de film, un *happy end*, avec Sonja et Bastien qui s'embrassent et pleurent et puis David qui surgit à point nommé avec une dizaine de jeunes gens mal habillés, les filles, passe encore avec leurs légèretés sous les manteaux épais, mais les garçons font négligé, écharpes enroulées plusieurs fois autour du cou, et tous les yeux humides, comme à des condoléances, à une prise de voile, des vœux prononcés au seuil du couvent, le bar en est plein, Laura embrasse à tour de lèvres, étreint, se laisse mélanger à toute cette jeunesse et Judith aussi, elle vire jouvencelle, te serre sans pudeur ces mômes contre sa poitrine sans mystères, leur parle bas lèvres à lèvres, des mains viennent à ses cheveux, elle met la main sur le cœur de petites dont l'eye-liner déborde, et Sonja et Bastien sont emportés dans le tendre et triste ouragan, les Libert, le petit Raphaël dans les bras de son père, ils ont compris, sourient du fond des yeux, se laissent aller. Bernard Libert a reconnu l'ancienne terminale littéraire, la classe orpheline, il a glissé deux mots à Agnès, qu'elle sache, et ils ont des gestes d'apaisement pour caresser des joues mouillées, poser la main sur une épaule. Denis en profite pour passer derrière le comptoir rendre son calice d'Orval, vide, et passer à la Jupiler démocratique. Question à voix basse :

— Tout ça c'est encore toi, Denis, ton complot avec Laura, tu as organisé un dernier acte de mélo... ?

— Exact. Les petits ont juste un peu de retard mais globalement mon protocole a été respecté... Je voulais tout le monde ici. Que chacun sache qu'aujourd'hui commence une autre histoire et la même pourtant... Il arrive un moment où il faut abandonner son ombre quelque part...

— Et le Dominus en est rempli, n'est-ce pas... ?

Denis ne me répond pas, il me montre du menton David, qui a donné une main à Sonja et l'autre à Bastien, tout soudain, le silence est venu, magique, à peine un soulier qui racle, une respiration courte, une étoffe froissée, que la voix de Denis couvre tout juste :

— Rop Claassens, Mme Broquevielle, Louise, quand vous avez perdu la lumière vous avez pris sur vous l'inhumanité du monde, pas seulement celle de ce jour de juin mais celle qui s'est déployée dans tous les conflits depuis les temps d'avant le temps, depuis Hector et Achille, depuis que des errants luttent pour posséder un sol et que des sédentaires prétendent le garder, sans que les uns ou les autres aient plus de titre à cela. Vous avez confisqué toute violence possible en la dirigeant sur vous, la mort de la maternité, du savoir, de la jeunesse, de la beauté et de l'aspiration à la paix. Vous nous avez tous fait naître de nouveau à notre condition humaine, vous avez fait le voyage au bout du mal à notre place... Rop Claassens me disait souvent que sans guerre il n'est pas de civilisation, sans barbarie, pas d'humanité, parce que nous ne fabriquons les antidotes que face à la maladie. Oui, quel que soit notre âge et le vôtre à l'instant où la mort vous a pris, pauvres morts de juin, nous sommes vos enfants...

Mes dames, je ne les ai pas senties arriver, ou bien je me souviens d'une ancienne étreinte, mais Laura, ma *traviata*, et Judith, ma loyale, j'entends battre leur sang contre mes lèvres et je ferme les yeux.

Mes parents, mes parents sont là, et leurs parents à eux, derrière mon épaule, dans ce bar qu'ils ont payé avec je ne sais pas quel argent, inavouable ou honnête, et Camille, et son père à lui, le bandit rexiste, et Degrelle, Debbaudt, Desmieder, toute la traîtrise des miteux qui ont cru pouvoir devenir des dieux, et Claassens, et puis Carouy et Raymond la Science, fleurs sauvages d'anarchistes, de voyous, d'assassins, et les douces Louise, Mme Broque-vielle, et les signataires, les destinataires des lettres qui dorment sur mes étagères, les petites femmes d'amour et les délateurs pourris, les soldats qui vont mourir et les parents qui attendent, les exilés et les bourgeois comblés, les évadés, les criminels recherchés, les fiancés, les mariés et les morts annoncées, et les silhouettes bistre des cartes postales anciennes, tous, comme des mots magnifiques et terribles, ils traversent la chambre noire du bar, les ombres vives qui le peuplent, touchent au nombril, à l'origine rêvée du monde réel, y entrent et viennent boire au carré de soleil rouge jeté sur le parquet comme un seau de sang. Eux aussi vivent encore. Commémorations, anniversaires, armistices, libérations, victoires qu'on croit définitives, on arpente un présent miné de passé, où d'anciens malheurs encore actifs, maintenus en vie par la peur des hommes, éclatent sous chacun de nos pas. Nous mourons de balles tirées depuis des siècles, de coups d'épée, de boulets, de carreaux d'arbalète, de flèches venues du fin fond de l'Histoire, comme ces enfants qui ramassent joyeusement des grenades, du passé apparemment inoffensif, dans les dunes et les plaines des deux guerres mondiales, et n'ont même pas le temps de cesser de rire quand elles leur explosent au visage. Une ancienne gamine une qui dansait autrefois au fil d'un mur entre deux soleils, vient d'en faire péter tout un grand champ au creux de ses mains, de quoi nous permettre de vivre en paix, au moins le temps d'un battement de cœur.

Et rien n'est fini

DU MÊME AUTEUR

Aux Éditions Joëlle Losfeld/Gallimard

SANCTUS, 1990.

CAKE-WALK, 1993, 2001.

LUNDI PERDU, 1997, 2004.

AIMER À PEINE, 2002.

EFFROYABLES JARDINS, 2000, 2003 (Folio n° 3982).

ET MON MAL EST DÉLICIEUX, 2004 (Folio n° 4266).

L'ESPOIR D'AIMER EN CHEMIN, 2006.

UNE OMBRE, SANS DOUTE, 2008 (Folio n° 4975).

AVEC DES MAINS CRUELLES, 2010 (Folio n° 5394).

Quelques titres chez d'autres éditeurs

CADAVRES AU PETIT MATIN, Éditions Syros, 1989.

LES GRANDS DUCS, Calmann-Lévy, 1991, 2001.

BILLARDS À L'ÉTAGE, Rivages noir, 1991, 2001.

LE BÉLIER NOIR, Rivages noir, 1992.

LA BELLE OMBRE, Rivages noir, 1995.

L'ÉTERNITÉ SANS FAUTE, Rivages noir, 2000.

À L'ENCRE ROUGE, Rivages noir, 2002.

LA DÉDICACE, Le Verger, 2002.

CORPS DE BALLET, Estuaire, 2006.

LES COULEURS DU NORD-PAS-DE-CALAIS « North End Blues »
   photographies Sam Bellet, Du Quesne éditeur, 2007.

SUR LES PAS DE JACQUES BREL, Presses de la Renaissance, 2008.

MAX, Éditions Perrin, 2008.

SUR LES TROIS HEURES APRÈS DÎNER, Gallimard Jeunesse, 2009.

LES JOYEUSES, Stock, 2009 (Folio n° 5153).

LA DUCASSE AUX NUAGES, UN GRAND VOYAGE

AUTOUR DU MONDE, illustrations de Jean Pattou, Elytis, 2010.

LA FOLIE VERDIER, Éditions du Moteur, 2011.

LES AMANTS DE FRANCFORT, Éditions Héloïse d'Ormesson, 2011.

CLOSE-UP, Éditions La Branche, 2011.

Composition Entrelignes
Impression Maury-Imprimeur
45330 Malesherbes
le 12 mars 2012.
Dépôt légal : mars 2012.
Numéro d'imprimeur : 171924.

ISBN 978-2-07-044644-5. / Imprimé en France.

238979